我用零星的记忆来祭奠那些虚幻的梦、失落的梦、革命的梦、爱情的梦、友谊的梦和重回人间的梦。

难忘桃金娘

一个人的饥饿记忆

范若丁 著

中国友谊出版公司

图书在版编目（CIP）数据

难忘桃金娘 / 范若丁著. -- 北京 ：中国友谊出版公司，2019.12
ISBN 978-7-5057-3893-5

Ⅰ. ①难… Ⅱ. ①范… Ⅲ. ①散文集－中国－当代 Ⅳ. ①I267

中国版本图书馆CIP数据核字(2019)第282309号

书名　难忘桃金娘
作者　范若丁
出版　中国友谊出版公司
发行　中国友谊出版公司
经销　新华书店
印刷　唐山富达印务有限公司
规格　880×1230毫米　32开
　　　11.5印张　265千字
版次　2020年6月第1版
印次　2020年6月第1次印刷
书号　ISBN 978-7-5057-3893-5
定价　58.00元
地址　北京市朝阳区西坝河南里17号楼
邮编　100028
电话　（010）64678009

目录

自序

这是我的青春祭

这本书是我的青春祭。

我的青春有什么好祭奠的呢？只有梦——革命的梦、爱情的梦、友谊的梦和重回人间的梦。不知道为什么生活对我如此苛刻，给予我的常常只是梦，而我又始终是在寻梦。

我用记忆——零星的记忆来祭奠那些虚幻的梦和失落的梦，祭奠一个崎岖的不成功的寻梦历程。这本书是散文集不是传记，但这一篇篇散文记述的就是我寻梦历程的一个个侧面。

书中主要记述了我在三个城市——开封、武汉、广州——的生活，因此我曾想将此书名为“三城记”，但毕竟我在广州生活的时间比那两个城市要久得多，书中写广州的篇幅比那两个城市也多得多，所以我以书中的一个篇名为书名。六七十年过去了，开封和武汉这两座萌动着我的纯真、虔诚、热情和幼稚幻想的城市，似乎距离我越来越远了，而广州将成为我的终老之地，怎奈是“此生谁料，心在天山，身老沧州”吧。

这本书由三组文章组成。第一组以《小院》为首的文章，写的是开封、武汉时期的生活与亲友；第二组以《寻梦街》为首的一组文章，背景大都在广州，其中也有部分发配海南的记事文，如《难忘桃金娘》等；第三组以《苦丁香》为首的文章似乎多为纪游，但其中不少篇章反映了我的另一种生活侧面。我从海南回到广州之后，被安排在一个省级公司当业务员，也就是后来有人说的“采购员”。我认为采购员是个伟大的职业，在人民需要的生产资料和生活资料的交流中发挥着举足轻重的作用，但我不是真正的采购员，我缺乏那种能力。在计划经济时代，我没有采购过一分钱的货物。我仅仅是个业务员——常到外省催调国家分配物资的、被对口单位称作“代表”的业务员。在那个到处停工、停产、停运的年月里，一出差就是两三个月，同货源单位及交通部门不断地交涉、谈判、求助，常常在拥挤的几乎无可立足的车厢里，一天一夜不坐不睡、不吃不喝；到处碰钉，艰难备尝。

当“代表”也有悠闲与风光的时候，在等待货源与车皮的焦虑中，有祖国的大好山河陪伴。我本想为这段生活写几篇札记，却未写出，留下了一个很大的空白和缺憾，但其中一些纪游文字从不同角度和不同心态，还是为我留下了一段生命的痕迹。

如果说透过《失梦庄园》可以看到我的童年，透过《旧京，旧京》可以看到我的少年，那么透过这部《难忘桃金娘》就可以看到我的青年和中年了。

我用这本书来祭奠我的青春。青春不再复还，只留下这点作为香灰的文字。

若丁 2018 年 3 月 30 日

难忘桃金娘

小院

小 院

二门里那棵石榴树又开花了；开的是白花。你知道，那是一棵酸石榴。

我也是多年没回来了；三十二年，这是我第二次回到开封，第二次回到这座小院。

小院确实已经太残破了，比起新建区的红砖楼，它显得古旧而寒碜。虽说几十年的风剥雨蚀使它面目全非，但我不难认出它。它依稀仍是当年的庭园，何况还有那棵石榴树呢。

在日本投降带来的那种短暂的欢愉和希望中，妈妈领着我们兄妹从豫南乡间回到这座旧宅。忽然外面传说，我父亲“投降了八路军”，小院笼上一层疑惧和不安的阴影。就在这时，你跟着你父母来了，住在临街的四间客房里。我记得你们刚到时，妈妈要我唤你爸爸“荀老伯”，唤你妈妈“荀伯母”，还交代我好生同你玩，不要淘气。从小讷于言辞的我，憋了半晌叫不出口。那时你父亲是个风度潇洒的中年人，穿件水獭皮领的大衣，斯斯文文地望着我微笑；你那肥胖的快活的母亲却哈哈大笑着把我俩推出门口，要我们到院子里玩耍。

我带你走进二门，坐在石榴树旁的花坛上。你向我讲起你们家乡的桃、煤，还有咧个大嘴、子儿晶红晶红的石榴。……当然你们老家的石榴好啰。你比我大一岁，好像比我知道的事多得多。我也要讲点稀罕的，于是我讲了由豫南来开封过朱仙镇渡口，给我们拉车的一匹马在上船时掉进了黄河，十几个人拉它不出。挣扎在泥水中的马越陷越深，最后，我看到那双惊恐的突眼里淌出两行泪水，马哭了……你有点吃惊，并且我感到你对我的“见识”也有点佩服。

你们要长期住下来了。不知算是周济，还是算付房租，每月你爸爸给我们两袋白面。就这样，你们成了我家的“房客”。

过罢春节，我俩都考上了初中。你上中国中学，在南关外袁家花园；我在开封初中，在东司门。

你父亲是个文人，听大人们说他是军部的参议。那时我不知什么叫参议，他好像很少去“办公”，每逢我到你们房里玩，总见他在写字。他的字写得很好。你曾告诉我，他还会画画，我不大信；可有一次无意间我在一个画展上看到了他的画，标价很高，居然还被人订下了，我吓了一大跳。

那时，你父亲经常对我妈妈讲：“要和谈了，要和谈了。”好像这是对我妈妈的一种安慰。

可是仗越打越大。虽然马歇尔不断上庐山，仗还是越打越大。

大人们的情绪好像很阴郁。还记得吗？星夜，我那多愁善感的大哥常常在花坛旁给我们讲诗词：

帘外雨潺潺，春意阑珊，罗衾不耐五更寒。梦里不知身是客，一晌贪欢。

这是南唐后主李煜的词。李后主后来就“客死”在我们这个汴京了。听着大哥悲怆的声音，望着石榴树枝间的繁星，在我幼小的心上，弥漫着一层惆怅与苦楚。好像你也是这样。

但是大人们的叹息，报纸上和大地上的炮声，似乎并没有太多地影响我们少年人的心情和少年人的欢乐。

你还记得吗？我们在小院里斗过多少次陀螺？弹过多少次玻璃球？抖过多少次空竹？你抖空竹抖得可真棒！你能把飞转在绳子上的空竹抛起两丈，然后一转身又用绳子接住，你还会叫空竹爬杆，叫空竹在地面上旋转……说真的，我心里真忌羡你。

我们常常去附近的包府坑。当夕阳慢慢坠到锯齿形的城堞那边，明丽的晚霞从黑沉沉的城墙上方映照着寂静的水面时，我们常常步行或骑自行车嬉闹着来到水边。浓绿的发着腥味的包府坑，简直就是我们想象中的杭州西湖。水中间那条土堤和堤中间那座朽了的木桥，不就是白堤和断桥吗？北边，延庆观的亭台，不就是雷峰塔吗？啊，儿时的幻觉啊，可以使一切美化！净化！深秋，在水草疏落的水面上，不知从哪里来了那么多野鸭，成千上万，回翔浮游。可惜没有船。我们常想象着把自行车驶在水波上的情景。有一年秋天连着下了一个多月阴雨，包府坑的水漫进了我们的小院，我们把竹床翻转来当作小船，真的划了出去。但结果挨了我妈妈和荀伯母一顿好骂。

冬天，你还记得开封的北风凛冽的冬天吗？但冬天对我们另有一种魅力。我们坐在发出淡淡酸味的火炭盆旁读书，读高尔基的《在草原上》，读巴金的《家》，读《爱的教育》和《福尔摩斯探案》，读都德和张恨水……有时我们停一停，静听风的呼号，街外卖烧饼油馍的喊叫和从二门里传来的我表姐弹风琴的断续的音节。这些声音交织起来，有一种哀伤，但哀伤抓不紧我们天真的心。我们丢下书冲开风门，到小院去同地面上的白雪和瓦檐上的冰琉璃戏耍。啊，儿时……

那个星期天，雪下得真大！我们骑着自行车气喘吁吁到禹王台游玩。白雪掩盖了污秽的街道，白雪赶走了凶狠的伤兵和“救济总署”的美国吉普，白雪使一切归于纯洁、静谧，白雪把禹王台装点成真正的琼楼玉宇啦。那翠柏上积的白雪多美啊！我不知道何处还有这么白、这么美、这么温暖的雪！几十年过去了，我还常常想起儿时的那场雪。人们都说我爱雪，是的，我确实深沉地爱着故乡的雪。

在那个年代，小院的气氛是不能不发生变化的。

听说我父亲在延安通过广播电台讲话，痛骂“老头子”。大人们的脸色阴郁而紧张。你父亲不再斯文地笑着用“和谈”来安慰我妈妈了。终于，警察找上门，把我妈妈带了去。

有好长一段时间没有看到你父亲，当他再回到这座小院时，他已成了“国大代表”。

我们就那么自然地疏远了。碰面时笑笑——一种不是孩子们应该有的不明朗的笑。“国大代”开会的日子，我哥哥和表哥们故意把收音机开得声音很大。收音机从早到晚传出一位什么主教的唱票声：

“李宗仁，一票……”

“孙科，一票……”

大家笑闹着：“这一票是前院那位荀‘国大’的吧？几根金条？啊啊啊……”

大家还恶作剧地“组织”了几个“党”，“竞选”激烈，都当了“国大”。

我知道那几天你很难受，你老是一个人躲在屋里。我想你受不了这种奚落，你在哭。有时我也有一种说不明白的难受。

不久，我妈妈第二次被警察带走了。哥哥们猜测说是姓荀的使坏。我不再为你难受，我恨了。

我坐在二门楼里，拉开橡皮筋弹弓，一下，两下……用了半天工夫，把你父亲种在房前一排花盆里的仙人掌、秋海棠，全部用石子打得窟窟窿窿或枝折花凋。傍黑，快活的荀伯母见客回来，看到这景象倒没见怪，还说："憨生的弓法还真不赖哪。"可是第二天早晨，我那一树宝贝酸石榴，被打得稀稀落落。我知道那是你干的。

从此，在我们中间失去了夕阳下的包府坑和雪掩的禹王台了。

1948 年 6 月间，解放军攻进开封，国民党部队据守着"省府"、龙庭几个据点。国民党的飞机狂轰滥炸，妈妈把两张方桌并拢，把所有的棉被盖上去，给我们造了一个"防空洞"。这时荀伯母把你领来，说我们有"福"，叫你同我们待在一起。其实那一次解放军很快就转移了，爸爸也没消息，我们的"福"没有来。

大约是中秋节前吧，你父亲把你们接往南京。当你临离开小院时，我摘了几个已经崩了口的石榴，默默地塞给了你。你默默地接了石榴。你知道那石榴是酸的。

我相信你会回来，当然我不知道你将怎样回来。

几个月后，我也离开了那个小院。我是唱着"打过长江"的歌儿离开的。

三十多年过去了，我又回到这个小院。也许是一种怀旧的情绪，我接受了亲戚的建议，要在二门内西厢房——就是窗口临着石榴树的那间房——住几天。

隔邻郭老伯家的孩子也回来了。他也是 1948 年离开这座古城的，如今从加拿大回来，当了博士。昨天我们谈了一个上午。从《参考消息》上我们知道台北有一个大湖新村，那里住着不少"万年国大”。你们全家是不是就住在那里呢？

他说，你会回来的。这是他从切身体验中得出的结论。我深信。

我深信你会经常回忆起晚霞辉映下的包府坑，回忆起粉妆玉砌的禹王台，回忆起这有棵酸石榴树的小院。

那窗前的落叶，
阶上的苔痕，
依旧是当年的庭院。
……

你会回忆起似乎没有多少深意，但却是我们过去经常唱的这首歌。

我深信，你像我一样，也会常常想起少年的友伴。

你一定想知道，你一定想问：这些年我生活得怎样。

我可以告诉你，这些年我确实受了不少苦！但我毕竟同我们的祖国靠得很近，我怀有希望，我把爱深深地埋于故国的土地，因此我是幸福的。

……啊，谁在门外说话，多熟悉的声音，是你？是你踏进这个小院来啦？原来是我们的郭博士。

你会回来的，在这破旧的小院被拆除之前。包府坑已经被一条新的大道划开了，那条大道要延伸过来，一直延伸到我们这片过去叫作“州桥”的地方。有一天，你会沿着这条大道走进这个小院，你会感到这棵石榴树上的石榴是甜的……

1980 年 9 月 9 日于佛山

风 沙

前晚，观看中国足球队同沙特阿拉伯足球队首场比赛的电视转播之后，我又想起了你，想起了那古城，甚至那风沙。我深信你也常常想起那古城，甚至那风沙；同我一样怀着一种苦味的爱，眷恋着那古城的风沙。

那风沙常被人们诅咒，但那毕竟是故乡的风沙啊！

在那漫天的风沙里，我们确实留下过少年的梦想，留下了我们的春天！因为那风沙，古城的春天才把它特有的色彩，特有的美，那么深地镶进了我们少年的记忆里……

当黄河的覆冰开始坼裂的时候，春天舞着淡黄的纱巾，淡黄的纱裙，来到古城。沙，到处都是沙；天是黄澄澄的，地是黄澄澄的，人们的头发是黄澄澄的，室内的桌面也是黄澄澄的。就在这时，那棵我们总在注视着的、光秃的、兀立院中的洋槐树，一夜间爆出了几个嫩芽——几个绿中带黄的嫩芽。于是，刹那间，我们的心把整个世界染绿了，整个世界的绿把我们的心熏醉了……风沙依旧舞着，但春天毕竟来了。我们在风沙织成的沙幕间追逐、嬉戏，感到一种新奇的燥热和狂喜。

啊，风卷着细腻的、柔软的、洁净的沙土，同我们一起欢笑；它一会儿把它留在地上的痕迹吹皱，一会儿又把皱纹抹平。抹了又皱，皱了又抹，只剩下一个个深窝——我们留在沙面上的脚印。

啊，少年时代的脚印啊……

我们最喜欢在风沙中打篮球。夹着黄沙的风，往往奇迹般地为我们把球场打扫得干干净净。

你曾经几次向我讲过这样一个故事：在一次运动会上，当我国篮球队同某国球队进行决赛的最后三分钟，我国球队还落后一分。对方防守严密，眼看比赛要结束了，我国一位队员抓住一个瞬息即逝的机会，切入对方防区，投球得分。比赛结果，我国以险胜一分获得胜利。但是那位奋力上篮的运动员，却因冲刺过猛，身子撞到球架上，一条腿骨折断了……也许这故事是杜撰的，但每次听你讲，我都那么激动。你头一次讲这个故事，是在“沈崇事件”发生后的那个风沙弥漫的春天。

“沈崇事件”的余波在我们的小心湖里，经久难平。那被羞辱激怒的人群，那洪流般的游行队伍，那狂暴地投向汽车和橱窗的砖头，在我们小心湖上激起了同样的波澜，同样的反响……

你一定还记得，我们常在一起说起未来。我不知你如今从事何种职业，我如今从事的却是我们当时认为无力救国的“只能说说写写的文学事业”。虽然我们都喜爱文学，虽然我们常常在一起背诵“醉里挑灯看剑，梦回吹角连营。八百里分麾下炙，五十弦翻塞外声，沙场秋点兵”这样的词句，但在我们稚气的想法里，确认吟诗填词是不能救中华的。要救国，要不再有“沈崇事件”

之辱，就要立马沙场，就要发明一种比原子弹还厉害的武器，就要有运动员为了祖国荣誉，奋不顾身的精神。……在那个春天，受那个故事的影响，我们一时都成了“打球救国论”者。你常到我读书的学校来。我们在扑面的风沙里练球。在我们学校一位热心的体育老师指导下，练三大步上篮，练中距离投射，练翻身扣球……我们分别参加的少年篮球队——“醒狮”队和“怒吼”队，常常比赛。“雄立东亚！”“光我民族！”你一定还记得我们每逢出场时相对高呼的这两句口号!

多年来，这口号，在我内心的最深处呼唤着，似乎有一种轻微的回声，从你那里传回。所以当中国足球队战胜了沙特阿拉伯队，当人们高呼口号，欢呼庆贺时，我的心激烈地颤动起来，我的眼睛湿润了。“中国万岁！”“振兴中华！”这一代青年的呼声，在我心底应和着，同时仿佛感到从遥远的地方传来了回声。这回声是跨过海峡来的吧？这回声是跨过心底的深谷来的吧？这回声是飞过时间堆积的高山来的吧？啊，我想起了古城，想起了风沙，想起了风沙中的球场和球场上响起的口号……

你可能已经听说，古城的风沙小了，它是小了。北城墙外变成一片绿洲，出现了一个大苹果园。但是春天还有风沙，我回到那里，一切都是那么熟悉、那么亲切。有一年春天，我迎着风沙如醉地在故乡的街上徜徉，碰上了曾经带我们练球的体育老师——过去那位曾经叱咤球坛的篮球名将——正带领一批年轻运动员跑步。他不服老，还同我谈起新的训练计划；他提到你。我不知道你的情况，我只能告诉他，你一定也怀恋着古城，甚至古城的风沙。

小草恋山，故土难离啊！我想你一定在梦中寻找过这片被风沙拂拭的故土。我不禁想起莱蒙托夫的两句诗：

我爱祖国，但用的是奇异的爱情！

连我的理智也不能把它制胜。

是的，有谁能用理智制胜这种奇异的爱情呢？

古城的风沙被多少人诅咒过，但那毕竟是故乡的风沙，毕竟是祖国的风沙啊！

我听到了风沙在你心底的呼啸……

车 站

不觉间，我的同代人也到了送儿女出发的年纪啦。啊，岁月……

看着他们的愁苦，他们的眼泪，他们的奔波，我在一种莫名的怅然中，往往想起那座车站，那座很久很久以前，妈妈送我出发的车站。

这大半生，我到过多少车站！我在成百个车站落过脚。我见过各式各样的车站建筑，高耸雄伟的宫殿式，异国情调的哥特式、城堡式和朴素得像农舍一样的简易式，它们像一幅幅色彩斑斓的风情画，把大城市的喧闹和山涧的清幽，留在我的记忆深处。可是，只有那个车站，只有妈妈曾在那里送我出发的车站，常常激起我亲切的回忆。

那是一座只有一个站台和一排平房的老式车站，可是在那一年，多少彩旗，多少锣鼓，多少歌声，多少悲伤和喜悦的泪水，多少送别和出发，把它装扮得无比辉煌壮丽，使它永远矗立在许多人的心上。

当我乘坐的混合列车，终于从这个车站开出的时候，人们忘情地高唱起来。

人民的战士过长江，
光荣岗位在前方，
打过长江，打过长江，打过长江，
把胜利带到南方……

站台上，棚车内，歌声此起彼伏。

同我一个车厢的几十个年轻人，坐在盐包上，仰着闪光的脸，都在忘情地唱。对我们来说，车轮前面就是胜利，就是英雄业绩，就是人民解放。我也在唱，但我透过小窗口，注视着渐渐离远了的妈妈。

一个月前，我告诉她我要南下，她哭了。哥哥前几天才走；爸爸几年没有回家，早几个月到国统区工作，路经这里停留了一天，又匆匆走了。在战争年代，哥哥和爸爸去的地方，都不是没有危险的。这对一个家庭妇女来说，也许她感到她付出的已经不少了，也许她感到她的心，已经不住再重的负担了。但她没有这样说，她却说：

“你太小，你走了，妈不放心……”

“有什么不放心的？我已经不小了！”在那个年代，孩子可以突然变成大人，可以当战士，可以过长江，可以有种种的壮志与幻想。我确实感到自己已经不小了。

为了准备行军，领导交代棉被不得超过两斤重。称棉花时，明明秤平了，妈妈老絮叨着说秤不足，非要把秤杆弄得溜溜高不可。我急了，同她争了几句。缝被子时，她嘟嘟囔囔地说，她要去找我的领导，要求把我留下。怕她难过，也怕她阻拦，我不告诉她出发日期，临出发前，我也没有回家向她告别。可是当我出发那天，她却赶到车站来了。

她一只手拎一个布包，一只手拉着七岁的妹妹；十一岁的弟弟跟在她的身后。看到她走来，同伴们同我开玩笑，要我快藏起来。我怔怔地站着，茫然地望着她一步一步走近。忽然我心里有些难过，我感到妈妈苍老了。

同我年纪相仿的同伴，都静了下来；连兴高采烈的锣鼓手，也停止了敲打。妈妈低头凝视着我，没有哭，也没有闹，只是伸手掂了掂我的背包。

"妈送送你，"她说，语调分外平静。看到向这边走来的辅导员，她还笑了，"要不是辅导员托人捎信儿，还真的偷跑了你呢！"她用一个手指捣捣我的脑门。

大家笑了，空气顿时缓和下来。

"给，"妈妈把手中的布包塞给我，"带上这包馍干，路上和同志们匀着吃。"

我没有伸手去接妈妈递过来的布包。我眼前出现了妈妈蒸馍、切馍、晒馍的形影；出现了一个知道儿子即将出征，在默默地为儿子准备一点干粮的母亲的形影。

"拿着。"妈妈催促道。

我还是没有去接。那时候，很少见到白面，我想妈妈做馍干的白面，大约是区上慰问军属的。我望着年幼的弟弟和妹妹，猝然，开始了解了战争年代一颗母亲的心。

后来，还是辅导员代我把馍干接下。

"这次出发，去得很远吧？"妈妈同辅导员搭讪。

“远是远，大嫂，你放心。”

“不是不放心，”妈妈拽拽我的帽子，“你看他，又瘦又小，抱不动一根枪，连累你们领导。”

“孩子在妈面前，啥时候都小。”辅导员当过区委书记，很善于同群众拉家常，“当妈的都舍不得……”

“也没啥舍不得，”妈妈望望我的一大群同伴，“看这些半不大孩子，不都是妈心头的肉……舍得，我舍得他去，就是太小……”说着，她摸摸索索把一对金耳环摘下来，递给我。

我急忙推开她的手，我知道为了这事，我将被同伴们取笑；我好像听到了同伴们的笑声。但是谁也没笑，甚至也没有人说话。

静了一会儿，辅导员说：“大嫂，这耳环你还是留着。”

“孩子出远门，这耳环叫他带去。人在外，难免有个三灾六难的，急用时，也可变几个钱。我知道，咱部队上，也没钱……”妈妈轻声说，“自打他爸爸到了解放区，这几年我拉扯几个孩子，日子也很难，就是这双耳环没舍得卖，算是留下了。”

“妈，我不要。”我坚决说。

妈妈叹了口气，又用抖抖索索的手，把耳环戴了回去。这时，要上车了，人群晃动起来。妈妈急忙帮我背上背包，又用手把背包托了几托，自语道：“听说南方也冷，这被子……”我要去站队了，她忽然蹲下身去，不知从哪儿摸出了针线，在我的鞋襻接头处又多钉了几针。“不是老坐火车，还要走路的……”我感到滴落在我脚面上的泪水，热辣辣的；她埋头钉着鞋襻，她不愿儿子看见她哭。

……火车向站外开去，妈妈跟着火车跑了几步，停了下来。我倚着车厢的小窗口，望着。站台渐渐离我远了，妈妈渐渐离我远了。

列车还没有出站，敌机来了。这是一列装载大区机关人员和物资的列车，有两门高射炮在最后两节车厢上护卫。敌机俯冲下来，炸弹在空中发出尖厉的嘶叫，高射炮的炮弹在空中爆炸开来，散发出一朵朵小伞般的烟雾。列车加快了速度，我倚着小窗，看到妈妈仍站立在站台上，看到她的一缕鬓发在颤动……

母亲的心啊！

我一直以为妈妈那时已经很老了。许多年过后，我才意识到她那时才三十多岁。

许多年过去了，如今到了我们这一代人送儿女出发的时候了。看到我的一些同代人为了子女的去留而奔波，我总想起在解放战争时期，在抗美援朝时期，那些似乎还缺乏“高度觉悟”，却把自己的亲人一个、两个、三个……送到血与火的地方的母亲们。虽然她们也流过眼泪，但那眼泪是高洁的。我崇敬这些战争年代的母亲们。

听说那座老车站就要拆了，一座新的气魄宏大的车站，正在它旁边建造。但是，在我的心头，当年母亲送我出发的那座老车站，却是永远拆除不了的。

1981 年冬于广州

积 雪

又是刚过罢春节，又是刚下过一场大雪。

积雪覆盖了城头、房坡、湖面的坚冰；积雪覆盖了道路，覆盖了那条我同他曾经走过的道路。

我爱这洁白的积雪，爱积雪上新的脚印。甚至我不愿意积雪消融，因为我不愿失去那洁白，失去那脚印。

我走出门口，大嫂要我不要走远，因为外边有雪，可是，正因为有雪的缘故，我才急切地想到外面走走。我一直在南方工作，多年没有看到积雪了，多年没有踩过积雪了。

我走在湖中一条蜿蜒的道路上，望着大学高耸的楼宇走去。阳光亮得刺眼，雪白得刺眼，远处的高楼闪闪烁烁，像缀满了珠玉。我走着，几只寻食的喜鹊在路中间蹦来蹦去，时而啄啄雪层，时而侧头凝思，用两只亮晶晶的红眼睛瞧着我，一点没有要飞去的意思。四周寂静，只有我一个人。脚踩在积雪上，发出“嘎吱，嘎吱”的声音。这声音很响。

“嘎吱，嘎吱……”

这声音像在我前面，在空漠的雪地上回荡。

这是他的脚步声。他长得高大，脚步很重……

三十年前，也是春节过后，我和他沿着这条路，踩着积雪，往大学走去。我们原本同班，都是高中一年级的学生。他比我小几个月，还不到十五岁，可长得肩宽体壮，比我高半个头，像个十八九岁的英俊小伙子。春节前，我俩冒着风雪到离城很远的红洋楼，报考过建国学院。虽说考取了，家里人却说我们年纪太小，执意不许我们离家。那时候，家庭的大门是无法关住年轻人的心的。后来我俩又悄悄报考了中原大学。我们决意在入学前不告知家人。那天，他从墙外接过我的背包，我从墙外接过他的背包，悄悄地离开了家。

我们就这样踏上了革命征途。

我没有背过这么重的行李，走一会儿，就落在他的后面了。他停下来，等我走到身旁，不由分说抢过我的背包；他挎着两个背包，跨大步向前走去。

“嘎吱，嘎吱”，在我面前的积雪上，现出一串更深的脚印。

“还远吧？”我问。

“走吧，有腿不怕路儿长。”他憨笑两声，头也不回，迈着他那特有的大步，向前走去。

他生性敦厚、腼腆，平日总是含笑不语，加之长得眉清目秀，班上的同学就给他送了一个“大闺女”的雅号。可是一进中原大学，他即刻变得活跃起来，好像这座革命熔炉里的高温，一下子就使他这块沉默的矿石熔化，并变成沸腾的铁水了。进校的第二天，队长同我们谈心，说学校生活苦，要吃“钢盔”（高粱面窝窝）、“黄金塔”（小米面窝窝），问我们怕不怕。一时没人回答。

他却突然说："不怕，精神胜于物质！"他那憨憨乎乎的神态和这句顺口而出的话，把旁边的人都逗笑了。

很快，他成了秧歌队的台柱。他长相英武，全身充满活力，一扭起秧歌，那身段，那步武，那气魄，那神态，就把人们吸引住了。不管大秧歌小秧歌，他跳起来就是一种艺术。

锣鼓敲得响，
秧歌扭得欢哟，
哪里的人民翻了身，
哪里的人民扭呀嘛扭起来。
扭个欢天喜地，
扭个扬眉吐气，
……

每次扭秧歌，他都是男队的"打头的"。他扮成工人，一只手握把系着红绸的大锤。那种气势，据说连文训班的老师们都十分赞赏，更何况一般观众，更何况女同学们呢。

问题正出在这里。不久，同学中间就传说他在谈恋爱，对象是一位皮肤微黑的美丽的女同学。那姑娘也是个扭秧歌的好手，扭秧歌时常常举一把大镰刀，扮作农妇，同他是一个"对子"。"对子"变成了"对象"，人家这么说，我却不相信。后来他们的学习小组居然把"情书"公布了。物证面前，我对我的老同学也不能不改变看法了。革命，爱情，理想……信写得充满激情，读起来颇受感染。唉，那一代年轻人啊！

学习期间不允许谈恋爱，这是纪律。小组会批判他时，因为我是他的好友，被他的小组长"特邀"了去。我发了言，而且以一种“革命利益高于一切”的凛然气概，运用刚刚学习的“辩证法”，论证了革命与爱情这对矛盾的“尖锐性”。

从此，他又沉默了，秧歌扭得也少了，直到他被批准随两广纵队南下。宣布名单那天，他又恢复了刚进校时的开朗神情。那一天，他的秧歌跳得多么欢快、多么好啊！晚上，他到我们小组找我，给我留下了几本书和几个理发牌。我要他把理发牌拿到上士那里换几角中州币，买点花生米带着行军路上吃，他却一定要给我留下。我推让再三，他说：“留着，我要轻装减备呢。”

我们在月地里久久漫步。他激动地说着，憧憬着未来的战斗和我们都未见过的大海。不知为什么我忽然想起了雪，想起了我们一道来大学时踏过的积雪，不禁说：“到广东你就看不到雪了。”

“回来再看，”他说，“看雪的时候多着哪。”

“听说你们是步行，路很远呢。”

“有腿不怕路儿长！”他笑了，还是那种憨憨乎乎的声调。

我没再说话，低头看着拉长的身影；附近，响起深情的歌声。无疑，这是那位皮肤微黑的姑娘的歌声。

地上的月光，白得像积雪。……

我到武汉后，收到他在行军途中写的两封信。他的信很少谈自己。从其他同学的信中，我知道他在行军途中常常帮助病弱的同志背枪，背背包，表现很好，立了功。在海边练兵时，他又给我写过一封信，告诉我他入了党，也谈到对雪和友情的怀念。

这以后不久，我突然得到他牺牲的消息。他是在万山海战中牺牲的。他乘的先遣船在海上与敌舰遭遇，全船同志都英勇地牺牲了。

有一次，我在武汉郊野的藕田边，遇到了那位皮肤微黑的姑娘。姑娘噙着泪谈到他，也谈到雪。她说他给她的信中，也提到积雪。

无疑他是很爱雪的。他在我们中间是最年轻的一个。我常想，他的生命就像积雪，虽然很快融化了，但确曾洁白地存在过，确曾把自己化为清水，滋润过大地。我常想，他在阳光照射的碧波下，在永恒的寂静中，是会思念起他曾经留下脚印的积雪的。因此，我也常常思念那积雪。

又是刚过罢春节，又是刚下过一场大雪，我走在积雪平铺的道路上，大学离我越来越近了。

“嘎吱，嘎吱”，这音响，清晰地飘过我的耳畔。在我前面，有一串新的脚印。

1981 年 10 月 28 日于广州

桥之梦

我几次到过丹东这座清秀的边城。不过这离我的梦，已经有许多年了。20 世纪 50 年代初期，我在梦中到过这座城市；我总是梦见鸭绿江大桥，我在梦中跨过了这座桥……

多年后我从梦中走出来，走在结实的鸭绿江堤岸上，望着鸭绿江碧透的流水，望着新义州背后的烟云。每次来到丹东，我都要登上锦江山，眺望车辆来去的鸭绿江大桥。江上有两座桥，一座是我梦中的桥，如今只剩下几个突兀的桥墩；一座是新建的桥。这新桥不知是哪年建的，总之是那场战争过后建的吧。每次我站在锦江山上，都要把这两座桥看个仔细：新桥，十一个桥墩，十二节大梁，十三个桥孔；桥在正当中分成两种颜色，一半银灰色，一半深灰色。老桥，几个弹痕累累的桥墩，顶风迎浪，屹立江心。晴空一览，江色如绣，我的梦在这幅真实、清晰的画面上萦回着。

在这个梦中，她踏着那几个桥墩，踏着那成为一幕悲壮历史的遗迹，含着微笑——含着她那特有的单纯、明净的微笑——向我走来；她拿着一束干枯了的金达莱，不，她拿着一束刚采来的沾着露珠儿的金达莱，向我走来。

分别了多少年，我又见到了她——在一个清醒的梦中。我们一同在鸭绿江边漫步，拨开淡黄的柳丝，从这个春天走进过去了的春天。

用现今的眼光来看，朝鲜战争爆发那年，我们还都是孩子。可那时我是武汉一个部门的工作人员，她则是已经参军两年的老战士了。抗美援朝激起了我们这一代青年人新的热情，就在我申请参加志愿军的那一天，接到了她的信。信上说，她也在申请。信的末尾写了三个十分洒脱的大字：朝鲜见！

她就是这么个脾气，这样天真，好像我们一定能在朝鲜战场上相见。当然，能在战场上重逢，那是够有诗意的。自她参军之后，我们两年没有见面了。

我们住在一条街上，她常常到我家来。她父亲早亡，家境不好，听说她的继祖母对她母亲很刻薄。记得为了交学费的事，有一次她将眼睛哭成红桃儿似的。可是我更多见到的是她的笑脸。她很喜欢笑，笑起来声音很高，有时还要笑出眼泪。大家都说她好流眼泪，但她哭的眼泪倒没有笑的眼泪多。

她模样儿不算俏丽，但生得端庄敦厚。月盘儿似的面孔，黑黑的不加修饰的短发，大大的单纯得可以映出心灵的眼睛，有一种温良的美。她很爱李清照的词，并且特别喜欢念叨这几句："梧桐更兼细雨，到黄昏、点点滴滴。这次第，怎一个愁字了得！"我感到奇怪，因为她是不知道愁的。我想，她所以喜欢李清照的这几句词，只不过这词意同她的名字有关罢了。我猜对了，后来她告诉我，她真正喜欢李清照的是"生当作人杰，死亦为鬼雄"

这两句诗。

从小我就感到她有几分巾帼气。

因为工作关系，我没能够参加志愿军，她却被批准了。她接到我的“有情绪”的信之后，立即给我寄了一本纪念册。这是她赴朝前得到的慰问品。

我很喜欢这本纪念册。红布烫银的封面，在当时算是很豪华的了。粉红色的扉页上是一幅卓娅的石印像。像下，有几句卓娅的诗：

我完成了任务，
我正确地选择了一条通向胜利的道路，
我们是大无畏的战士，
我们屹立在敌人的路上，
千百万活着的人会珍惜我们的生命，
那我们又何必去考虑什么死亡！

在第一页上，她写了一句话：记上你最珍贵的……

她参加了志愿军空军部队。春天，她和战友们日日夜夜守卫着鸭绿江大桥。

从此，鸭绿江大桥常常进入我的梦境。有一晚我看罢话剧《丹娘》归来，给她写了一封长长的信。睡后我在梦中唱着丹娘唱的歌：

生活是多么幸福，
生活是多么美好，
我愿意永远这样的生活，

让蓝色的星儿照耀着我，
鸟儿同我一起歌唱，
浪花拍击着河岸，
我们生活在这幸福的年代，
哪个青年不心花怒放。
在故乡的小镇里，白杨花飞扬……

我梦到我同她一起唱，并且一起坐在鸭绿江的堤岸上，望着彩虹般的桥。

后来，她跟部队转移到平壤北面的一个空军基地，生活好像比较安定。这一段，我们通了不少信，我们谈到祖国、战斗、友情、未来……她的来信，大都要夹上一两枝金达莱花。我把这些金达莱都夹在那本空白的纪念册中，因为我不知道还有什么比这更珍贵的。

这些金达莱花慢慢干枯了。我同她最终没有再见面。但是，那桥仍然常常出现在我的梦中。

我无法忘却年轻时的梦想——那激励人心的梦想。如果生活的大江能够倒流，我愿意重新体验一下那个时代的激情。如果灾难再一次在江那边降临，我愿意跨过那座大桥，即使这次注定该我永远躺在那边的土地上。

我走在鸭绿江边，我走在锦江山上，凝望着江上的两座桥。我从梦中回到现实，又从现实回到我的梦中。

1981 年 8 月 2 日于沈阳

共和国的早晨

我站在桂山岛的解放纪念碑下仰视良久，我在寻找一个名字——周民生，但我没有找到。千千万万为共和国牺牲的烈士的名字都没有刻在纪念碑上，找不到一个熟识的名字，也不足为奇了。

1948 年冬天，在黄河岸边的一座古城里，两个年龄不满十五岁的少年——我和同班同学周民生，正迎着凛冽的北风，走进一座革命大学的大门。后来周民生和一批同学参加了两广纵队，从中原一直打到南海边，1950 年 3 月在解放万山群岛的战斗中牺牲。朝霞映照着碧蓝海面上的硝烟与血花，在共和国的太阳刚刚升起的时候，他与他乘的桂山号炮舰及他守护的电台，一起沉入了大海。那年他十六岁，他的生命与革命生涯因短暂而分外辉煌。

我和另一批同学从革命大学到了大区的一个机关。如果说周民生们是在战场上为新生的共和国而战斗的话，我们这批同学将要在另一个战场——一个隐蔽的战场，为新生的共和国站岗放哨。

1949 年上半年，迅猛发展的革命形势令人目不暇接。我所在的大区机关半年内改了两次名字。机关原名中共中央中原局，不久改为华中局，接着又改为中南局。中南地区包括六省二市，即河南、湖北、湖南、江西、广东、广西六省和武汉、广州二市（当时是直辖市），虽然那时广东、广西及广州尚未解放，但已没有人会怀疑它不在中南局的实际管辖范围之内。

我们是在武汉迎接中华人民共和国成立的。那些日子，街上到处是彩旗、腰鼓与秧歌舞；到处是歌声，似乎每天醒来，迎接人们的都是一个节日。其实早晨等待我们醒来的，并非只有彩霞，还有阴云、雷鸣及闪电。

近年有两部电视连续剧曾打动过我。一部是《江山》，一部是《誓言无声》。《江山》描述的那个城市、那些人物及那段生活，对我来说似乎都很熟悉；《誓言无声》的片首歌，则令我想起很多很多。

我们所在的那座城市，确实很不安宁。敌人很猖狂，甚至他们竟能忘记荫蔽的身份，公然向新生政权挑战。记得有这样的事：被盯梢的特务分子竟敢公然扭转头去，把口水吐在我们侦察员的脸上，或趁上公共汽车的机会回身打我们侦察员的耳光。在新解放的广大农村，敌人更为凶残。广西地区在一年之内，我们的干部就被杀害了两千多名。可见共和国成立之初，敌我斗争的剧烈与残酷。在这种情况下，我的这批同学义无反顾地加入了肃清暗藏敌人的斗争。

同我一起到部里来的这批同学，当时年龄都不大；小者十五六岁，大者十八九岁，用现在人的眼光看来，他们大多还是孩子。我因年龄太小，被分配做内勤，坐办公室。一些年龄稍长的同学，则到了对敌斗争的第一线。

其实，斗争并非如电影或如年轻人常常想象的轰轰烈烈，它往往是平凡甚而是平淡的，但在这平凡而平淡中，却默默流淌着青春与生命。这需要忠诚与坚韧。记得偶然一天我在中南局附近看到了小姚，同学中，他是与我比较要好的。多日不见，我正想上前打招呼，忽然看到一张木刻般冰冷的脸，我立刻意识到他正在执行任务，扭头走了过去。走了一段路，我回头看看那个吊着一盏昏暗电灯的小杂货铺，他站在摆放着一些纸烟火柴的柜台后面，成了一个完完全全的“陌生人”。当时中南局在杨森花园，我们部在怡和村，都在西商跑马场（现解放公园）周围。或听报告，或看电影，或到图书馆借书，我们常到中南局去。酷热的夏天傍晚，有时也三五成群沿着荷塘间的沥青路，到中南局里面的游泳池游泳。暑热中昏睡一天的荷花，这时清醒过来，在阵阵晚风中散发着幽幽的薰香。田田的荷叶从脚边一直向暮色渐浓的远方铺展，雪白的花瓣与饱满的莲蓬摇曳着，轻唱着，似乎在呼应天边刚刚闪现出来的那几朵星光。和平，安静，平平常常的一个夜晚渐渐走了过来，在这样静谧与飘散着花香的晚上，人们自然会忘记战争、厮杀与艰辛……但站在柜台里的小姚却一刻也不能忘，他坚守着自己这块不起眼的阵地，日日夜夜地坚守着。

如果只是一天两天，如果只是一月两月，也许还容易；如果是无尽期的坚守，对一般人来说还能是容易的吗？我们常常从他面前走过去，我们能够面无表情地走过去，但小姚那位在中南局当打字员的清秀的女朋友，却忍受不了这种长期的尴尬与寂寞，终于同他分了手。我知道，直到小姚变成老姚，他都为这件事痛苦着。又有一次，我与一位女同事到新华分社去看那里的手摇印刷机，下汽车却看到了马路边的小刘。秋风把地上的破报纸卷起来又抛落下去，街道清静并有几分寒意。小刘倚在三轮车上，身着单衣，戴顶破草帽，冷风中不免有几分觳觫，但他目光专注，当我们不经意出现在他面前时，他微微一惊，不易察觉地摇了摇头。女同事想同他打招呼，看看他单薄的衣服眼圈红了一下又忍了。后来组织安排这位女同事扮成阔太太，刘义成了阔太太的包车夫。我一直未听说小姚、小刘们有什么壮烈的行为，但新生的共和国却因他们而得以渡过一个个险滩暗礁。

当年带领我们的老同志，如今我尚能见到的怕是只有一个苏烈了。苏烈是我的上级，1950 年夏天，中南军政委员会成立时，我与他都在大会警卫处工作，他是外勤科科长，我是内勤科干事。当时他年近三十，因为在我们眼中他的年岁已经是很大的了，所以背后我们都称他“老苏烈”。这位身材高大，黑脸膛，浓眉下一双眼睛炯炯有神的山东大汉，身上那套士兵装好像从来没有干过。我一直不明白他为什么要穿一套苏式士兵军装，这种不开襟的套头上装，最不适合武汉的炎夏。他常乘一部美式中吉普，带领着我的几个同学进进出出，上下台阶从来都是跑步的。我住在警卫处期间，夜晚常常听到隔邻舞厅内传出喧闹与争吵，或打情骂俏，或争风吃醋，时不时还大打出手，一直闹到深夜。而苏烈的那部中吉普，往往突然间又发动起来，撕开夜的黑幕，驶过一个个街区，向阴谋破坏这个大会的敌人冲去。隔邻仍放着涣漫的音乐，我们这边的电话铃声在紧张呼叫，正所谓一边是荒淫无耻，一边是庄严悲壮，形象地诠释着那个时代的特点与我们的工作环境。面对枪弹与匕首，美女与美酒，千千万万新中国的卫士没有退缩，没有迷惘，没有辱没他们的神圣使命。

但他们的生活道路同共和国一样，曾有过坎坷、磨难甚或悲剧。

我好像又看到了他们的面影，我又听到《誓言无声》中的那首歌：

知道你昂着头，
知道你含着泪，
知道你的笑容已经憔悴，
风在路上，你在风中，
我的目光始终在追随，
你的皱纹刻下了千山万水，
你的心情，
雨打风吹……

五十五年过去了，当共和国如日中天的时候，我又想起共和国的早晨，想起为共和国壮烈捐躯的周民生，也想起胸前没有红花，没有奖章，履历表上没有丰功伟业的记载，如我一般平凡地默默地度过大半生的同学及同事。

但我并不悔恨，我们虽不是共和国朝霞上绚丽的彩锦，但我们为共和国的朝霞拨拂过云翳。

而今，当那一切都成为往事，都成为回忆，当我缅怀同学与战友时，我不能不缅怀当年我们为共和国奋斗的初衷。历史是人民创造的，希望在共和国今后的日子里，谁都不再忘记、不再戏弄共和国名号里最庄严、最神圣的两个字——人民。

2004 年 9 月 6 日于广州丽江花园

尿 床

无论怎么说，十五岁的大小伙子尿床，都不是一件光彩的事，何况我已是“革命干部”。人事处送办公室转呈部长的花名册，我暗暗看过，在我名下的职务栏里填的是“干事”，级别栏里居然填的是“正排”。如果敌人（那时我们天天讲：“在拿枪的敌人消灭之后，不拿枪的敌人依然存在。”）知道我是个尿床的正排级干部，还不把大牙笑掉？身边的同志不笑我，幸好他们年龄都比我大。

我与朱可是 1949 年底先抽到部里去的，去帮助抄写“治安条例”“交通条例”之类的东西。一位姓黄的身材肥胖高大的科长同一位瘦高的面色乌青的警察局长好像在草拟这种条例，然后要我与朱可将草稿誊清，呈交处长、部长审阅。革命队伍中没有警察局长的称谓，故而思之，那位警察局长当属“旧人员”了。果然不错，后来黄科长告诉我们，他是原来的市警察局长。这是个直辖市，局长的官位不小。据说他是起义的。记者出身的他，只当了几个月的局长，解放军进城前夕，不知怎的他就与解放军联系上了。这座城市是五月下旬解放的，部长刚进城时在一间旅社办公，这位起义局长去拜见新上司，着实演练了一番。后来据当时在场的人说，当日他身着笔挺黑呢警服，零件齐备，皮靴锃亮，腰挎弯刀，庄严肃穆。不知出于何典，进得旅社大门，就将军刀从腰带上取下，靠墙放稳，然后双脚一并，摘下大檐帽托在臂弯上，咔咔咔咔走着正步，令旁边的人目瞪口呆。我们的部长原是小木匠出身，善于运斧，无论在井冈山还是在以后的肃反中，对要砍的脑壳从不手软，这时也被正步走来的警察局长吓了一跳。卸任局长与领导他的黄科长嘴里整天不离“警察”二字，警服的颜色，警服的袖套，弄得我心神不定。我们干训班有位同学就是因怕当警察而跳了井的，可想此时我的心境。可能是受了惊吓，加之我与朱可住在地下室里，三九寒天，阴风阵阵，一晚我竟病了。我自小容易发高烧，一发高烧就说胡话，惊呼不已。朱可起来陪着我，不断用毛巾给我擦汗，按住我的肩头不让我跳起身。第二天我坚持同朱可一起去到办公室，朱可把昨晚我病的情况说给黄科长听，最后还补充说：

“小范烧糊涂了，还叫妈呢！”

黄科长怔了一下，这个粗壮的汉子听到这话，居然眼圈红了。

“去，”黄科长对朱可说，“去陪小范到卫生所看看病。”

“我不去，我好了。”我摇着头。

“罢了，去也没有药，医生可能又是嘱咐喝两碗白开水。”黄科长摸摸我的额头，转身吩咐朱可道，“你去办理一下，到司务长那里给小范登记一个病号饭，要厨房下碗面条。”

朱可去了，我因那碗面条而有些振奋。

警察局长走近几步，关心地问：“你几岁了？”

我望望黄科长，黄科长代我回答：“十五。”

“太小了，本应还在妈的怀里哪。这么小就出来了，怪不得昨晚还在梦中喊妈呢！”警察局长感叹着。

我本想反驳，黄科长先说了：“我们革命队伍中，从来就有小鬼，甚至有的还尿床哩！”

我脸热了一下，赶紧镇定自己。听黄科长的语气，革命队伍既然收了那些小鬼，似乎也就给了他们尿床的权利。

不久，周启民、苏化民、冯克强、胡胜章等一批干训班的同学，也到部里来了，分配在各个处室。

我们的住地叫怡和村，在西商跑马场旁边。这里是市郊，漫天荷塘里，点缀着一幢幢西式别墅。大区机关都在这里。这些红的、黄的、灰的造型各异的别墅，原先是属于洋人和富人的，可能他们还打算回来，所以这些建筑未遭破坏，连室内的家具与地毯都保持着原样。我们住进去后当然就是另一番景象了。

1949 年的冬天，这座有火炉之称的城市特别寒冷，连降大雪，忽阴忽晴。雪刚刚开始融化，往往一夜之间，寒风便将远近树木雕琢成玉树琼枝；水晶般的树挂，白绒般的雾凇，将世界装点得神话一般。就这样，树挂与雾凇反反复复地来去，日子却冻结了。

我住在研究科的地下室。所谓地下室即原先停放汽车及供仆人居住的底层，我们来后在楼上办公，就将楼下做了宿舍。地下室很冷，南下带来的两斤重棉被薄如纸，为了取暖，夜晚睡觉常把棉衣棉裤全盖在身上，甚至闹出把皮带、袜子也盖在身上的笑话，但无论怎样想办法抵御寒冷，寒气依然阵阵进逼。夜半尿急，越急身子就越卷缩得紧，畏缩犹豫中，又蒙眬进入梦乡。待从梦中突然惊醒，怯怯地用手摸一摸身下的床单，那湿漉漉的感觉已经成了无可挽回的事实。

别墅旁边是个豪华的花园，虽久无人整修，但铁栏、亭台及草木依在。用矮柏树植成的绿篱，依然平整，依然不失苍绿的颜色。我将尿湿的床单、褥子铺在绿篱上晾晒，下午忘记收回，傍晚又下了雪，到晚上从办公室回来，褥子已被积雪盖住了。待雪融化，晾晒的东西尚未晾干，接着又是一场雪。如是三四个轮回，我就只得睡四五晚光板了。我的床单及褥子，无疑给冬日的花园增添了一道风景。

那时早晚要学习，干部必读十二本，一本一本接着啃。《社会发展史》是学过了的，正在学《政治经济学》。冬天学习时有一盆炭火，有种暖洋洋的气氛。一晚学习结束，一个与我同室住的同学用一把无柄铁铲，将炭盆里的余烬铲回来取暖，放在两张床铺中间。房间仅容两张床，床间的距离很近。由于冷，我在床上不断蜷曲滚动，到后半夜我俩都被浓烈的烟味呛醒了。惊起一看，满室浓烟弥漫，我的棉衣则扑在地上冒着闪闪的火星，一只袖子几乎被烧断，张开一个六七寸长的大口子。几个同学都为我发愁，无论从哪方面说，这对于我都是一个关乎国计民生的大问题。向总务处再领一件棉衣？不可能；向哪个同志借一件，更不可能，没有谁有两件棉衣。但穿这件断袖棉衣万万过不了冬，并且事关观瞻，会影响新政权的形象呢！几个人聚在一起想办法，忽然周启民说，他有块旧布（至今我不明白当时他怎么会有块旧布）可以打补丁，“颜色不同是吗？我还有件旧衣服可以罩在外面。”他一面说一面拿出宝贝旧布与旧衣。虽说旧衣的颜色浅了点，大家一致认为不能讲究那么多了，只此一法，一致决定立即上街找裁缝店去。

周启民、朱可、冯克强和我带着一块旧布，沿着西商跑马场旁边的渣甸路向中山大道走去。雨绞着雪，气温似乎突然变暖，我们迎风冒雪，仰着满脸的雪水高唱起来：

像暴风雨中的海燕，
我们要展翅飞翔；
我们是汹涌澎湃的海浪，
奋勇向前。

我们倾诉着全部的真诚，唱出心中的最强音。风在听，雨在听，雪在听，大地在听，一切被倾倒了被感动了；啊，我们也被自己的歌声陶醉了。我敢发誓，我这大半辈子再没有听过如此美好，如此令我感动的歌声了！

从渣甸路转向中山大道，雨雪中的我们走了好长一段路。不要以为解放了几个月，所有店员都认识到自己是工人阶级一分子了，都是新政权的主人翁了。我们进了几家裁缝店，都被店员或老板用卑夷、疑惧、厌烦的目光推了出来。后来我们走进一间单门脸的裁缝小铺，同一个脖子上搭条软尺的老裁缝说了好一通好话，老裁缝才接了这个活儿，要了我们五千元人民币（合新币五角）。那一冬我就是穿着这样一件补过的棉衣，快快乐乐地在积雪与泥泞中走过来的。

在那批同学中我年龄最小，在部里我也是年龄最小的一个，总是能得到别人的照顾。我记不得 1950 年之后我是否还尿过床，但我感到我在长大。那时每月的津贴大约是七万元（合新币七元），除了买一块肥皂一支牙膏，也只有两三块钱可以零用了。逢星期天我们的主要活动除了偶尔拿着首长不要的戏票去看诸如梅兰芳、荀慧卿、言慧珠、赵燕侠等名角的演出，更多的是到江汉路及交通路的书店看书，一看大半天，偶尔也买一本。从球场街走出来，走到中山大道口，有一间著名的老通成饭店，据说里面的三鲜豆皮做得好，好吃得很。我们几个人每经过那里都要议论一番，但不知价钱如何，不敢贸然进去。一怕违反纪律，二怕我们的粗布衣服遭白眼。我们对美味的三鲜豆皮只能够坐以论道了。1950 年的夏服发的是苏式绿军装，干部服与战士服有很大差别，我们发的是大盖帽、上衣开襟、袖口镶红边的干部装，虽然警卫团的战士看着我们不服气，故意在我们通过机关大门口时高喊“敬礼”口令，吓得我们尽可能少进出，但穿上新军装，人确实精神很多。一个星期日我们从老通成门前通过时，我忽然提出要进去吃三鲜豆皮，几人怔了一下，没有讨论，就都跟着我挺起胸膛走进店去。

我们围桌坐下，一个年纪较大、面容和善的堂倌（服务员）走过来问：

“同志，吃什么？”

“三鲜豆皮。”我说。

“要多少？”

这一问难住了我们，谁知道三鲜豆皮是圆的还是扁的，是论碗还是论斤。大家相视而坐，一时语塞。毕竟我是上过馆子的人，稍一想，很老到地回答：

“你看着办吧。”

“那就每人先来个中碟？”

天哪，原来这宝贝三鲜豆皮是论碟的。

我有些神气，我想我这次的表现多少会冲淡一些学长们对我尿床的印象吧。……

事隔几十年，今年春节过后出差北京，特意到新华社莲花小区宿舍探望周启民、周移珊夫妇，谈起过去，想喝酒。谈话间不知怎样提到电影《江山》，更引起了对几十年前那段生活的回忆。我谈到尿床，谈到烤火，谈到补衣服，谈到三鲜豆皮，周启民有时会说他记不得了，我一急，忙提醒他："是这样……你怎么会记不得呢？你怎能记不得呢？"

几十年狂风暴雨呼啸而过，遥远的往事渐渐清晰起来；杯里的薄酒，愈来愈浓烈醇厚，启民的眼睛里闪出了泪光。……

那时，我们多么纯真啊！

2004年6月11日于广州丽江花园

他日相呼

多年以前看到过齐白石老先生的一幅画作，画面是两只围绕在一条小蚯蚓旁边的鸡雏，似相争又似嬉戏；画题为“他日相呼”，我不禁怦然心动，想起二哥。二哥比我大不到两岁，是我少年时代最亲近的伙伴，不论读书或是游玩，常常相依为伴。他是个聪明而机灵的孩子，我则笨拙而倔强，他想“领导”我，我则不服他“领导”，在“领导”与“反领导”的争闹中，也常常会发生如齐白石老先生描绘的那种画面。

我和二哥童年的时候住在豫西老家，豫西比较贫瘠，能吃上白面馍的人家不多；刚出笼的白蒸馍蘸辣椒水，就是乡人的美味。一天厨房大师傅堂叔蒸出一笼热气腾腾的白面馍，我学大人们的样子调制了辣椒水，用筷子从氤氲的笼内插出一个白馍，蹲在一棵荣华树下刚要品尝，二哥就走过来指责我，说我把辣椒水调多了。我一不留神确实调多了，但我看着几乎满碗的辣椒水硬说不多。二哥恼了，说他要看着我把辣椒水吃完，吃不完的话就让我喝下去。我恼了，轻蔑地瞥一眼就端起碗将一碗辣椒水喝了下去。旁边的大人们感到吃惊，想制止已来不及，后来成了他们口中的一则笑谈。

二哥是个胆大、机灵的孩子，常为我解难救急。他善养麻雀，能将麻雀训练得按他的指令，噙着小旗飞来飞去。我很羡慕，他给我掏只幼雀来养，我却调教不好。一天我正患咳嗽，陈干娘出二院打牌时将一碗中药放在我面前，说不喝完药不许出去玩。我最怕喝药，坐在方桌对面的二哥一直看着我，我垂下头面对一碗黑乎乎的药汤就是没有勇气喝下去。二哥急了，从对面走过来推我一把说："看你这怂包样子，不就是一碗药吗？我不信能将人苦死。"说着，端起碗咕咚咕咚替我把一碗药喝了下去。这事严重损害了老中医吴先生在陈干娘心中的崇高地位，因为我仍然咳嗽不止，陈干娘纳闷地嘟哝道："蔡店街吴先生是咋啦？不灵啦！"二哥窃笑。

二哥天生是当"领导"的材料。从小学到高中他都是学生头，好像他是永远的班干部，他还当过佩戴红绫值星带、向全校学生喊口令的大队长呢。我什么干部也没当过，连个组长、小队长之类的角色也未曾当过。我虽讥笑他好出风头，但他的风头对我却有好处，正因为我是他的弟弟，没有哪个同学敢欺负我。他天资聪明，只要他感兴趣的东西，上手就学会。抗战胜利后我和他随母亲回到开封，由乡村到城市，很多事物令我们感觉新奇而陌生。同街一个同学会吹口琴，吹《苏珊娜》，吹《天上人间》，吹《千里送京娘》，我们买来口琴跟着学，二哥不数日就吹得烂熟，有节有拍，比那个同学吹得好像还有味道，我则仍停留在几个音阶上。看到街上孩子抖"牛"（抖空竹）好玩，他来了兴趣，到相国寺买个回来，不到两天工夫就抖得风生水起，能让"牛"爬杆、

"牛"站地、"牛"登天，把"牛"抛上一两丈高再接住继续抖动，我也跟着学，却从未使"牛"在绳子上转动起来。他还是骑脚踏车的能手，刚念初中时，他的一部脚踏车是我俩上学的交通工具。学校离家远，天不亮要赶去上早操，他带着我，我能听到呼啸北风中他粗重的呼吸。虽然他因我动作迟钝而骂过我，虽然他因疲累而发过牢骚，但我一直感念他，耳畔那粗重的呼吸一直在我心头盘桓几十年。他骑车骑得好，却几次出事，不是同别人剐蹭了，就是前叉被别人撞断了，每逢吵嚷着闹到警察局，瘦小的我绝对不离他身边。我学会骑车后，母亲带着我到相国寺前街买了一辆车子回来，二哥比我还高兴。战争刚刚过去，五金行尚没有新车出售，买回的是一辆日本人遣返回国时留下的生茂牌旧车，二十六英寸，咖啡色，车梁和轮胎较粗，他帮我擦拭了很久，并想出新花样，撺掇母亲到百货公司集中的马道街，给我买了双刚从上海到货的双钱牌蓝色高帮球鞋，并让我穿上这双球鞋骑车给同学看，不料我一上车竟忘了下车的要领，在操场上转了几圈摔倒在地，这件事很丢他的面子。

上天从不把一切聪慧集于一人，也不会将一切愚钝置于一身。大人们常用一个"能"字形容二哥，用一个"憨"字形容我，但令人不解的是我读书总比他强。二哥有气度，不因我功课一直比他好而嫉妒我，反而为我自豪。一次全市初中数学比赛，我得了个第二名，拿了张奖状。有同学不服气，说我不过得了个第二罢了。二哥立刻回敬道："第二咋啦？看吧，有第二就有第一，等着瞧！"他是颇以我的学习成绩而骄傲的。他考高中那年，家人让初中尚未毕业的我也去报名试试，权当练兵，不意我考上，他却考个备取。这件事很伤了他的自尊心，我也得意不起来，两人心里都暗暗难受。

1948 年底，我和他先后参加革命，不久，十七岁的他和十五岁的我都到了刚刚解放的武汉。两个人的单位相距不远；他在江汉路，我在南京路，两条路相邻，却不常见面。他好像突然严肃起来，穿一套灰布制服，对我说话带点“老干部”的腔调，我想笑，没敢笑。他在青年团武汉市委工作，组织青年活动较多，有时会有些毛巾、牙膏之类的纪念品，会给我留下。那时一般干部每人每月的津贴费很少，刷牙常用牙粉，一支牙膏或一条毛巾是很珍贵的。抗美援朝期间，他常到各中学去做动员，团市委印制了一种纪念册，他给了我一本，至今我还保存着。那时候这个纪念册算是很精美的了：红布封面，烫银的图案是一个拿枪的青年和“到祖国最需要的地方去”几个美术字；最吸引我的是卷首有几张彩纸插页，页面上是保尔·柯察金（奥斯特洛夫斯基）、丹娘（卓娅）和马特洛索夫的画像与隽言。他们是那个时代的青年偶像，他们的崇拜者心中充满热血、信念和牺牲精神，不是今日的“追星族”们可以想象的。抗美援朝运动如火如荼，一队队青年走出校门，唱着《青年团员之歌》走上战场：

听吧，战斗的号角发出警报，
穿好军装拿起武器，
青年团员集合起来踏上征途，
万众一心保卫祖国。
……

看到一队队青年从大街走过，我想起二哥，想起纪念册封面上那个呼号的年轻人。丹娘说：“千百人会珍惜我们的生命，我们还害怕什么死亡！”我相信走上战场的青年团员们和动员他们走上战场的青年工作者们，怀揣着同一个信念。

我调广州工作后，很难再见到二哥，只有书信联系。他患结核病那两年，我每月寄钱给他，我当“右派”在海南农场劳动改造身患浮肿病向他求救时，他给我寄过饼干，相互也只能给予这一点帮助了。那些年他在工作上还是比较顺利的，但家庭出身与我及父亲的问题是他沉重的政治负担。他不得不“划清界限”，不得不忍受家庭的怨言和内心的熬煎，陷于两难的处境。多少人同他一样被政治异化，这是那个时代的病痛！父亲病重时他未回家探视过，父亲病逝时他也没有回去，但我深知他的心是痛苦的。在我奔丧那几天，他不断给我写信，要我告诉他丧事办理情况，要我返广东时一定到他那里住几天。他是多么想表达内心对父亲的思念与愧意啊，但我从武汉下车，刚走进他住的院子他就一把把我臂上的黑纱抓了下来，我一惊，接着就明白了，不知有多少窗口正在往这边看，这是个什么生存环境？我理解他，多少次被骂作“孝子贤孙”的他，不能不谨小慎微地屈从于这个能把一切异化的环境。我同情他，甚至可怜他，原本那个有胆量、有智慧的少年哪里去了？这件事我们后来再没提起过，母亲生前我也没同她说过。

二哥半生希望得到信任，却终生不可得。他被下放到蒲圻五七干校劳动，一天突然被押解回武汉，走下火车，看到两边荷枪实弹、如临大敌的士兵，他还不知自己犯了什么大罪。住了一段“学习班”，那个空穴来风的“五一六”罪名虽纯属子虚乌有，他还是被调离多年工作的市委。他是个有能力、有魄力的人，在一个技工学校基础上，大搞基建、搜罗人才、扩大招生，使这间学校几年间完成了由技校到中专再到大专的转化，而后成了武汉地区一间名校。他是全校尊重的校长，正当他热情高涨，决心把余生投进教育事业的时候，上级派来了一位党委书记。他想尽力与这位对教育并不热心的书记配合好，但书记对他却处处掣肘，他忽然明白他仍不被信任，他灰心了，他提前离休了。

二哥同我一样都是悲剧人物，套用老托尔斯泰的话，只是各有各的悲剧罢了。

我常想到二哥，想到齐白石老先生《他日相呼》那张画。

2012 年 12 月 7 日于广州丽江花园

我们这一代人啊……

最近，韦君宜同志的《亲人啊，你在哪里？》一文，提到我一位陌生而又熟悉的人——廖贻训；我没有见过廖贻训同志，却熟悉他的名字。当年，我是从韦君宜同志写的《祖国的儿子》那篇通讯中，知道了这位抗美援朝的战斗英雄的事迹的。在武汉的严冬里，读完这篇通讯，我久久地望着窗玻璃上的冰花……窗外慢慢变成了飞雪弥漫的朝鲜战场。廖贻训，一个新民主主义青年团员，一个志愿军战士，一个参军不久的文化教员，在朝鲜的奇寒的风雪中，爬着，爬着……他的心叩击着雪原，向祖国发出呼号；他那颗年轻的火热的心烧化了雪堆，烧化了冰层，开出了一条留下殷红血丝的路。他爬了几天几夜，终于从前沿爬回自己的阵地，找到了自己的部队，他的双脚和双手冻坏了，但那颗向往祖国，向往未来的心，却是任何奇寒、任何冰雪都冻不僵、冻不凉的。望着窗外，我听到了他的心叩击大雪原的声音，看到了雪原上那条留下细细血丝的路。我崇敬他，我打心眼儿里羡慕他，因为我感到他是幸福的。是的，他是幸福的，我深信我同他的感情是相通的……啊，我们这一代人共通的感情啊！

他是我父亲一位老同事的儿子。在抗日战争末期，也许我们都在豫南的山区住过，虽然不在一个村庄；也许我们都在白河边洗过澡，虽然不在一个滩头；但我们在同一个环境中生活过。1945 年 10 月，我父亲同他父亲一起参加了反内战的邯郸起义。后来我父亲去延安，我父亲的职务就是由他父亲接替的。可能是因为老辈人有这层关系吧，所以在抗美援朝的千百个战斗英雄中，廖贻训给我留下的记忆就深了一层。过了许多年，有时我还会突然想到他。

1967 年，又是一个奇寒的冬天，我同年迈的父亲对炉闲谈。我问起廖贻训。父亲沉默了一会儿，望着淡蓝色的火苗，声音里带着老年人的颤抖与悲怆道："听人说，这孩子如今也很可怜……"父亲似乎不愿再说下去，我也没有再问。可以想见，失去双脚和九个手指的残疾人，生活中必然会遇到许多不便。直到我读到韦君宜同志的新作，才知道廖贻训在 1957 年就被开除了党籍，虽未被划成右派，却被"按右派待遇"，而那位因崇敬英雄，不远千里从苏州赶到北方，自愿嫁给他的善良姑娘李天仪，却被划成了右派，送到劳改农场劳动。不言而喻，这些年他们经受了许多苦难！

当年因发了《祖国的儿子》，无意而成了"月老"的韦君宜同志，不久前第一次见到了这对从坎坷道路上走过来的夫妻。韦君宜听到廖贻训用手指弹击木头小腿的声音，她的悲愤，她的激动是可以想见的。她简直要大声发问了，廖贻训"就是以这样为祖国战斗剩下来的残躯忍受了那么多的凌辱……天下还有比这更不公平的事吗？"可是，廖贻训和李天仪却没有向她诉说这种不公平，他们热肠可炙地谈着当前的工作和学习，谈着未来。这使韦君宜同志更加激动了，使读了韦君宜同志文章的我，也激动不已。

放下报纸，我凝望着窗口。可能由于泪花的缘故，窗玻璃上幻化出许多我久未见到的冰花。透过这冰花，我又看到廖贻训在爬，在爬；在一个比朝鲜零下四十摄氏度更冷的奇寒的环境中，匍匐爬行。这次他不只爬了几天几夜，而是爬了二十几个年头。在他的残躯里，那颗虽然已被戳伤但却依然鲜红、依然炽烈的心，叩击着大地，叩击着坚冰，发出了对祖国、对人民的忠诚的呼号。二十多年啊，千里冰，漫漫路，他默默地坚韧地匍匐行进，为了回到自己的阵地，为了找到自己的队伍……他身上肯定留下了更多的残疾，但是那颗心没有残，没有僵，没有凉！

由于 1957 年我的命运并不比廖贻训好些，由于我们的出身和生活道路有许多相似，由于我们都带着同一时代的热情与沉思、幸福与痛苦，我深深地理解廖贻训，我深深地理解千百个廖贻训。啊，我们这一代人啊！

我们这一代当年带着幻想和稚气会集在革命队伍中的年轻人，其中确有一些廖贻训这样的同志：他们骤然获得了新的理想，于是，一下子舍弃了他们自幼所爱的一切，带着纯真的梦幻般的热情扑向革命。为了祖国的未来，他们甘愿扑向弹雨，扑向烈火，扑向冰窟，他们真诚地希望着，希望着接受严峻的考验。生活毫不怜惜地给了廖贻训和他的许多同代人以考验，而且这些考验太严峻了。

我为廖贻训们感到骄傲的是，他们经受住了生活中的风霜冰雪，他们没有倒下来，我尊敬他们的是，今天他们没有沉湎于个人的私愤，没有心灰意懒，丧失信念，他们对祖国的前途和党的事业，仍然怀着火一样的热情和钢铁般的责任感。

我们这一代人在追求未来的征途中，头上曾出现过浓重的阴云。既然那时我们没有后悔，没有低头，今天，当未来已经闪现出美丽的霞光的时候，我们还犹豫什么？我常感到，由于历史长河中那些难以捉摸的旋涡的戏弄，我们这一代人未能及时担当起历史赋予的使命。但是，自然法则毕竟是无情的，历史严峻地将责任更多地放在我们这一代——介于老一代革命者和青年之间的这一代人的肩上。即使你脸上还留有屈辱的爪痕，鬓边过早地染上了白霜，难道你就能玩世不恭，对一切漠然视之吗？

想到正在用只剩一个手指的手执笔为会议准备文件的廖贻训，我振奋地想："我们这一代人……"

啊，我们这一代人啊！

1982 年春

冬日里的往事

秀表姐在电话里欢快地说："下雪了，雪很美，像我们小时候看到的雪。"

我想象着黄河岸边正在落雪，雪地上印上一串脚印。

雪很美，但那一串长长的脚印却是凄美的。

表姐武秀之是大姨许文贤的女儿，原名武秀芝。20 世纪 20 年代，大姨毕业于开封女师，以后一直任教于河南省立第三小学（中华人民共和国成立后改名为开封市第五小学）。秀芝姐幼年丧父，抗日战争期间跟着母亲随学校不断迁移，日无定所，颠沛流离，在极端困苦的环境里读完了小学，后在镇平考入当时迁往那里的开封北仓女中。抗战刚胜利，她同几个年龄相仿的女孩子在兵荒马乱中，几乎全凭徒步，从镇平回到开封，考入河南省立开封女中，1949 年参加革命。

大姨从我大哥教到我弟弟，范家的孩子几乎都是她的学生。

有几年——我念中学的时候——我们两家同住一座宅院，所以关系十分亲密。大姨一生自甘清苦，为人正直，她的品格和学问，影响了我们这一群孩子，尤其是她特别宠爱的秀芝。秀芝从大姨身上继承了自尊、坚毅、刚正的品德，但因受宠和天资聪慧的缘故，性格中比大姨多了敏感、活泼与好胜；她比大姨少了几分沉稳，多了几分激烈。也许因为这一点性格差异，加之天赋条件——上帝给了她一副好嗓子——所以她虽然也是一生为人师，但遭遇的大波大浪，是大姨和我们任何人起初所想象不到的。

小时候，我喜欢听她唱歌，又不喜欢她“唱歌”。每当她的老师带她去参加音乐会，我心中就涌起一种不满的情绪，我下意识地感到“唱歌”会给她带来不幸。我说她是咕咕鸟。在我们家乡，人们把不停歌唱的杜鹃唤作咕咕鸟。那时我怎么也想不到这个比喻会包含那么多不祥、崇高与悲哀。

秀芝姐在人生的道路上，一直歌唱着，从五十年前我第一次听她唱《可爱的阳光》（即《我的太阳》）至今，她一直歌唱，她是一个坚韧的执着的对人民怀有无限深情的歌者和播种者。她培养歌者，她给予人以温煦的阳光，但阳光对她却太吝啬了。生活给予她非常人可以承受的阴冷、不幸和磨难。她始终不悔，她对她的歌、她的学生、她的人民无限眷恋。因此我常常想起“望帝化鹃”的故事，我常想她就是一只杜鹃，一只从歌喉里啼唱出缕缕血丝，染遍层林，染遍漫漫人生路的杜鹃。1969 年 8 月，我曾经写给她一首诗，其中两句是：“只有一只冻僵的云雀，倒悬在光秃的白杨树顶。”这两句诗在某种程度上成了她当时处境的写照，甚言之可作她半生的写照。但她是坚强的，她在“倒悬”中并未“冻僵”，或者是她一次一次挣扎着苏醒过来。于是她继续唱，继续从喉咙与心头啼出缕缕血丝。

我是很敬重她的，虽然小时候我常无端同她争吵。小时候，她是一个十分活泼、开朗和聪慧的女孩子。不仅歌唱得好，功课也好。她在开封女中读书时，是一个出类拔萃的学生。她是我的小先生，她比我高两个年级，每星期天，她都帮我复习功课，带我去看电影，给我讲许许多多新鲜见闻。我的学习成绩绝对同她的帮助分不开，我能从初二考入开封高中，多赖她的辅导。儿时谈理想，她说她要当医生。如果开封那座小院的生活一直平稳地延续下去，也许她真会成为一名医生。她那柔软细长的手指适合弹琴也适合拿手术刀，但生活给她选择了前者，给她选择了一条像琴键般激荡的跳动不安的道路。

1948 年，由于时代潮浪的冲击，我们忽然长大了。1949 年 6 月间我在中原局一个干部训练班学习，住在开封西棚板街，她从江南回来后立即到训练班看我。分别不到一年，我觉得已经分别了许多年，见面十分惊喜。她穿件白衬衫、蓝布裤，衬衫束在腰里，短发齐耳，面色红润，仍然是个中学生的样子。但她的神情却有细微的变化，微笑像浸在两泓流着月光的湖水中，明静而含蓄。我感知到并惊异于她的变化，她长大了。我认为我也是个大人了，急忙向她炫耀半年多来学到的革命理论，不料她只吟吟浅笑着静听，不同我争论，偶尔纠正我的一两个错误。这一年，我实际年龄十五岁，她十七岁。

不久，她进入河南行政学院学习。河南行政学院在河南大学旧址，几个月前中原大学也在这里，我曾在中原大学学习过。一次，我去看她，她与一位姓赵的女同学陪我走出校门，向东沿湖边一路谈着登上城墙。城外满目黄沙，城内烟雾浩茫。校内大礼堂重檐上的风铃在初夏晚风中叮当摇曳，秧歌队在球场上变着队形，锣鼓正酣，有人高唱，一声尖啸走了调，轰然响起一片笑声。

教学楼前一群人匆匆集合，彩旗和横标飘舞，队伍移动，响起口号，像是欢送一批同学奔赴工作岗位。一群倦鸟从城东北角飞起，穿过稀疏的杨树林，渐飞渐高，绕着黑黢黢的铁塔巡睃，好像觅到了什么，几只落在塔身一个大豁口上，其他几十只追逐着沿着塔身螺旋形滑翔下降，接近塔底，羽翅一抖，斜刺向只有几片淡云的晴空。淡云是静止的，一动不动，被西坠的太阳烧成金色，像是谁随意地往天穹泼了几抹金水。鸟群从云中穿过，被燃成了一颗颗灼灼发光的金星。远处，在城南，火车的汽笛发出声声闷响，把一片远远近近、隐隐约约的车轮声撩拨开来。

预感到分别在即，忽然心里涌起一种惆怅。

秀芝姐和那位同学谈起最近学校举行的两场欢送晚会，也谈到她在晚会上的演唱，她对现时一些演唱节目及演唱者的水平，颇有意见。我打断她们问："秀芝姐，将来你是不是要搞音乐？"

"不，"她迟疑一下又说，"这得服从组织嘛。"

她沉默地用双手绞着一条手绢，望向远处的烟村，一不留神手绢脱落了，掉到城墙外面。黄沙几乎淹到城端，我从堞口跳下去，帮她捡起来。

第二年我在武汉见到她。听二哥说她已在开封艺术师范当了老师，这次来武汉是进中南艺术学院进修的。她一见到我就抚着我的头说："小汉生，你怎么还是那么小啊！"

"你多大？还当老师呢？"我不服气地顶撞道。

"唉，就是当了呗！"

一见面她就给我讲音乐界、戏剧界的事情，不管我懂不懂，也不管我愿不愿听。我唯一明白的是，她已十分痴情于音乐，并把音乐许为自己的终身事业了。1951 年 10 月我到湖南参加土改，她和二哥在小桃园饭店为我饯行，记得还看了电影《苏瓦洛夫》。

她的话题仍离不开音乐。

我调到广州后，几年同她没有联系，隐约听说她在 1959 年反右倾运动中被划为右倾机会主义分子，与彭德怀同志成了“一伙”。当时她是湖北艺术学院的一名青年教师。之后给所谓右倾机会主义分子平反，不知单位领导是把她忘了，还是她的“罪行”特别严重，对她未予平反，以致她成了以彭德怀同志为首的、全国仅有的几个右倾机会主义分子中的一个，真是天大的冤枉！天大的笑话！在这种政治打击和摧残下，不到三十岁的她，健康状况开始恶化，经常卧病。后来她离开武汉，到新疆结婚和工作。60 年代初，她与表姐夫回到开封，一起在开封师范学院任教。“文化大革命”前的两三年，是她一生生活最美满的时期。生活上有表姐夫照顾，事业上也取得了突破性的成就。就是在这一时期，她创造了“假声位置真声唱法”，开始研究美声、民族、戏曲的“三结合”唱法。周总理问她，能不能让一个演员既唱《茶花女》，又唱《白毛女》和《七仙女》，她做了肯定的回答并矢志向这一目标奋斗。她按“三结合”的方针培养学生，取得了成果。她一生中这个美满的时期非常短暂，不久“文化大革命”的阴云汹涌着向她压了过来。

“文化大革命”一开始，她首当其冲成了迫害对象。她这个每月只有几十元工资的青年教师，竟成了“三名三高典型”“三反分子”“资产阶级权威”，造反派对她真是心不慈、手不软，从早到晚连续游街批斗，把她折磨得几度昏厥。她在医院住了三个月，多天不省人事。这时，她真的“不理解”了，回想在课堂上和社会上的活动，都不外是发展民族音乐，探索“三结合”的道路罢了，何罪之有，怎么竟成了罪人？她无法申辩，只能强忍痛苦，希望厄运快点过去。想不到不幸接踵而至，当她要出院时，双腿竟不能直立了。她辗转病床三个月，膝关节处隐发的骨质增生迅速发展了。不能直立，不能走路，不能走上课堂，不能登上舞台，等于要她告别她的事业，告别心爱的音乐与音乐教学，这个打击比游街批斗、比戴上一顶一顶罪不容恕的大帽子更加严酷！决不向命运屈服的她，不顾“文化大革命”时的混乱与危险，在母亲和丈夫的陪同下毅然到北京寻医求治。命运的黑浪再一次向她袭来，谁能想到她到北京之后腿未治愈，丈夫却在极端的政治压抑气氛中，患食道癌去世。

1968 年 3 月，我在郑州积雪的街头，遇见到表哥武羡林，羡林哥告诉我 :“秀芝跟你大姨从北京回来了，住在我那里。”

“秀芝的病治疗得怎样 ?”我问。

“病没有治好，腿还不能走。”羡林哥迟疑一下又说，“她爱人病故了。”

我难以相信这个事实，内心掠过一阵痛苦与惶乱。羡林哥上街有事，我同他分手后，即转往他的住处探望大姨和秀芝。

羡林哥的宿舍是一座新建的红砖五层楼房，他住在五楼一套两居室的单元里。秀芝暂住在东间。我走进她的房间，她坐在床上惊疑地望着我。她没想到会在这时看到我，没想到分别十五年之后我会突然出现在她的面前。她穿一件锦缎对襟棉袄，斜倚在枕头上。令我惊愕的是，她经受了沉重的打击，依旧是一头乌黑的齐耳短发，依旧是秀丽红润的面容，依旧是微挑明亮的双目，样子几乎没有变化，时间好像凝固在我记忆中，人世上好像根本没有这十几年的风雨。我急走过去握着她的手，望了望她用薄被盖着的双腿，叫了声 :

“秀芝姐 !”

这一声，把残酷的现实唤了回来，重逢的喜悦顿时崩坍了，两人禁不住失声痛哭。

这是我一生中最痛快淋漓的一次哭！

从她的住处出来，天色近晚，我在黄昏的行政区徘徊。我踏着残雪，踏着黄昏织出的阴影，穿过花园路，穿过纬四路和纬五路，穿过嘈杂的人群和沉默的雪地，走着走着，不时地拍打着路边的梧桐树，漫无目的地走着走着。墙上的大字报与我无关，带高音喇叭的宣传车与我无关，最新的“北京来电”与我无关，周围的一切都与我无关。我想着病床上的秀芝姐，耳畔响起歌声。请你给我唱《可爱的阳光》，唱《多年以前》，唱《菩提树》，唱《桑塔露西亚》……

我用拳猛击无辜的梧桐树，老梧桐抖动了，要把挂于枯枝头那弯早升的清清的冷月摇落。微光在积雪的树枝间晃动，点点斑斑，像飘洒一树泪雨。西天的一片乌云退去，落日钻出来，最后一跳，给大地泼了一盆鲜血，泪雨霎时变得血红。

1969 年 8 月，我由干校回郑州养病，又见到秀芝。我把 1968 年 3 月第一次见她斜卧病床的感受，写了一首诗——《被欺凌的春天——给秀芝姐》拿给她看。过了几天表哥来找我，说大姨要我过去。到了表哥家，一向十分慈祥并对我偏爱的大姨嗔怒地责怪我：

“你还小？你还能像小时候那样总同你秀芝姐吵闹。你看你秀芝姐的身子都成啥样子了，你还气她？”

“大姨，我没有同秀芝姐吵嘴，真的没有。”我说。

我问大姨怎么回事，大姨告诉我，两天来秀芝拿着一个本子总在暗暗流泪。我明白这是由于我写的诗的缘故，赶快把那个本子要了回来。写诗的本子如今还在，事隔二十七年之后，现在我想把这首诗发表出来。

1969年余下的时间，我是在郑州度过的。我家住在花园路口东己院，离表哥的住处很近，我经常去探望秀芝。她仍在医治，常被人背着去中医院，去按摩医院，只是疗效不明显。她的房间里仍然是那张病床，那张三屉书桌和那几张椅子，只是多了一架钢琴——这架钢琴长期伴随她。有了这架钢琴，她的精神与意志奇迹般复苏了。歌舞团的陈锦生、孟宪生和其他一些文艺界的朋友常来看她，大家在一起谈音乐、谈戏剧，有一些更年轻的演员，来请她指导。我坐在一旁看她教学生，感到教声乐简直是一种体力劳动。学生唱不出来或唱不到理想的高度，她一面弹琴，一面领唱，又一面打着强烈的手势，好像要把声音从学生的喉咙里拉出来，这对身有沉疴的她来说简直是种劳役。往往一个学生走后，她拄杖回到病床，一面抹着满额的汗珠，一面剧烈地喘息。每当这时我就劝她不要再教了，她不语，苍白的脸上泛起一缕微笑。

"汉生，你们要我不教学生，不教音乐，难道要我整天躺在病床上活着？"

找她交谈与学习的人越来越多，她的住处越来越像一个艺术沙龙。在当时的政治气候下，说不定什么时候一顶"复辟""黑手"之类的帽子扣下来，她又要惨遭横祸。亲人们都提醒她，劝她！她不回答，只是摇着头惨淡地微笑。我明白，一个视艺术高于生命的人，你是无法让她放弃艺术的。她苦斗，她义无反顾地苦斗，她在为音乐、为真善美的苦斗中，精神得到满足与升华。

我不敢说在郑州那些个漫长的暗夜里，她的窗子是唯一的艺术窗口，但起码是这种为数不多的窗口中的一个；我不知道若干年后，人们是否还记得从这个闪着灯光的窗口，飘出的一个个音符……

1976年前后，她回到开封师范学院。她与年迈的母亲相依为命，身体一直不好，全靠学生轮流照顾，生活是艰难的。但在教学与科研方面，她不断取得新的成绩，迎来了事业上的辉煌。

1995 年 9 月我再次见到她时，她已从开封迁居郑州郊区马寨，由河南大学艺术系主任改任该校民族音乐研究所所长。研究所设在马寨一家工厂的办公旧址，刚刚搬来，房间很凌乱。研究所附设的黄河艺术团也在这里。已经是六十多岁的人了，但谈起她的“三结合”，谈起“假声位置真声唱”，谈起民族音乐的发展，她仍然是那么痴迷。

从楼房那边传来黄河艺术团学员们的琴声、歌声，她正为黄河艺术团走出国门精心擘画。但一谈起经费，只有皱眉。望望凌乱的尚待整理的房间，我想属于她的大概只有那张狭床和那架老钢琴。但不能说她不富有，属于她的还有她身边的和已离去的学生。

今年传来了好消息：黄河艺术团要去香港演出了。香港市政局邀请中国音乐剧研究会秘书长、女高音歌唱家邹德华编剧的《秧歌浪漫曲》参加香港第 16 届亚洲艺术节，黄河艺术团担负演出任务。香港市政局承担一部分经费，但经费不足。秀芝姐又在发愁。

她坐在钢琴旁苦思冥想，谁说她的黑发不会变白？她的白发渐渐多了。

几个音符传来。呕心沥血的几个音符……

我又听到杜鹃的啼声。我回到儿时的梦中。

1996 年 4 月 28 日

云中的笑声

地上确实还有积雪。但这是春雪。

我走到天安门广场。天空下一片笑声，天空上点点风筝。

小时候读鲁迅先生的《风筝》，引起我对北京风筝的向往。鲁迅先生在文章开头就说："北京的冬天，地上还有积雪。……"因此在我的想象中，北京的孩子们放风筝是在冬天，而且天上只有那么孤零零的几只，以至于使人更感冬之肃杀和生之悲哀。我常常在想象中感受着这种肃杀与悲哀，但不知是为了北京的孩子还是为了北京的天空。

在故乡，在春风吹拂着还有残雪的田野上，在我也还是一个放风筝的孩子的时候，我多么想看到北京的风筝和北京放风筝的孩子啊！

如今，我早已不是孩子，早已把风筝忘却，却终于看到了北京人放风筝的景象。可能由于大地回春的缘故吧，我看到的景象同我的想象全然不同。

阳春三月，天安门上空的风筝，堪称一大奇观！初次见到这种景象的我，惊诧未已，就沉浸在孩子般的狂喜之中了。

天空，那么深远；晚霞，那么明丽。望着千姿百态、钻云驭风的风筝，我不禁联想起了广州的迎春花会。这些争奇斗异，璀璨斑斓的空中之花，可以说是北京人举办的迎春花会——一个别致的空中花会。那大如床席的扎燕，色彩绚丽的蝴蝶，双螯微张的螃蟹，蜿蜒伸屈的蜈蚣，倏然来去的双鱼，头角峥嵘的游龙，还有蝙蝠、猕猴和各式人物，造型绝妙，形肖神似，俊逸潇洒，奇丽无比。有一种立体的形如方灯的风筝，我真不知其何以能饮风而升。有一种体不盈尺、双翅活动的苍鹰风筝，高低回旋，飞翔自如，确能以假乱真。北京的风筝制作和放玩，都可以说是一种艺术；在天安门广场看风筝，无疑是一种难得的艺术享受。

我不知放风筝这种游戏究竟始于何代。曹雪芹曾经写过一本《南鹞北鸢考工志》，可见这种游戏已经年代久远，并且遍及南北，所以要“考”了。据说风筝的制作，有各种流派。北京的风筝多属曹派。当年绳床瓦灶的曹雪芹，大概想不到他会有如此众多的门人，也想不到会有如此瑰丽的天空。

广东的风筝似乎要逊色得多。这些年我在广州也偶尔看到过放风筝，但那摇摇摆摆的几个瓦片，倒真有点使人体味到鲁迅先生的那种悲哀了。听说，海南岛的风筝很有气派。在海南岛有的地方，每逢农历九月九日，村与村间要举行风筝赛会。风筝用碗口粗的毛竹做骨架，体积大如晒谷场。赛时，锣鼓助阵，鞭炮震天，那阵势想来也够壮观的了。可惜我没有见到过。

许多地方，放风筝都是孩子们的游戏。北京放风筝的，当然有孩子，但大多是中青年，甚或有须发皆白的老者。由于他们技艺高超，每每吸引来许多观众。围观者中，另有一番热闹景象。

有本地人，外地人，也有国际友人，有跟着风筝跑的、笑的、拍照的，也有指指点点、毛遂自荐当参谋的。人们都变成了孩子，像晴空一样透明、单纯。欢声笑语，顺着一根根悬在空中的线儿，早飞到云端去了。

但忽而，我感到一种说不出的寂寞与悲哀。我也曾经是个放风筝的孩子吗？童年，风筝，掺和在苦涩的记忆中。……在兄弟辈里，我是较小的一个。我的两个哥哥都喜欢放风筝，因此，我幸而没有鲁迅先生少年经历的“风筝事件”，也没有因幼弟的遗忘而引起的那种终于未能得到宽恕的哀伤。自幼不工技艺、鲁钝木讷的我，只是哥哥们放风筝的助手。我所做的，常常是在风筝准备起飞时，帮哥哥们“架”风筝，我常常跟着刚刚起飞的风筝疾跑，还故意摔倒在绿茵茵的麦苗地里，仰望着直升的蝴蝶，翻动的蝌蚪；仰望着深邃高远的晴空。

风筝钻入云彩眼里了；风筝猛地栽下来，眼看要触地了，只见哥哥将线儿一抖，呼啦啦一阵声响，风筝又斜刺而上，尾巴扫过我的脸。啊，这是怎样的快乐呀！有时哥哥们为了“奖励”我，当风筝在空中扎定之后，就把线儿交到我的手上，叫我牵一会儿。我是常为哥哥们的风筝骄傲的。大哥最会做风筝，他会在风筝上安一对风轮，还能在风筝上升后使挂在上面的鞭炮点燃起来，发出噼噼啪啪的爆竹声。关于风筝，他还有一肚子故事。不知是他的杜撰还是得到哪位“民俗史学家”的真传，他说风筝是张良发明的。张良为了动摇楚军军心，扎了一个八卦风筝，自己坐在中间，凌空品箫，闹得楚霸王“四面楚歌”。当时正在抗战，对孩子们来说，这种“风筝救国”的办法，大可实行。后来他真的扎了一个直径丈余的八卦风筝，还弄了一支洞箫，可惜我未能看到这个八卦风筝升上天空。大哥很喜欢放风筝，直到很久之后，谈起那只风筝，他还有些惋惜，也不承认失败。后来年岁渐长，不好再作少儿态，不好再去放风筝了，我们才不提那件事。如果他知道北京连大人也放风筝的话，我想他也一定还要放的。他喜欢在春天放风筝，可是他没有能够熬过十年浩劫的漫漫冬夜，他未能等到大地回春的日子……

思绪像连着风筝的线头，被扯远了。

记得 1956 年，丰子恺先生有幅题为“扶摇直上”的漫画，画的是两个孩子放风筝。从画面只能看到孩子的背影和一只飞上高空的蝴蝶风筝。但我深信孩子的小脸上溢着欢笑，甚而我听到了铃铃的笑声。不知为什么，这幅画给我留下了很深的印象，我常常想到它。

现在我又听到了笑声，站在我身旁放风筝的两个中年人，该是当年丰子恺画中的孩子吧！看，一只风筝飘在天安门城楼的飞檐后方，升得多么高、多么高。在它的附近，又有一面绘制成五星红旗的风筝。……笑声，耳畔响起阵阵笑声，笑声飘向云端，又从云中洒落下来。

望着天安门广场上空的风筝，我的眼睛噙满了泪水。因为隔了多少年，我终于又听到了地上的和云中的笑声了。

1981 年 7 月 19 日于北京

家住开封府

若问家住何处？

答曰开封府！

口气可谓大焉。我所说的开封府，非是府治，而是治所，即官衙也。更明白点说，就是戏文里唱的那个“包龙图打坐在开封府”的开封府。怎么住进人家官衙去了？口气也太大了些吧！

生于斯，长于斯，一脚踏下火车门梯，一股胡辣汤、炸油馍的混合气味幽幽袭来，立即令我有了一种回家的感觉，一种熟悉的亲切的习惯性感觉。

这感觉既真实又不真实。一想到家，顷刻间我又怀疑了：家在何处？我在开封有家吗？但这种气味却引领我向那个存在又不存在的家走去。

开封人喜欢一口顶头的烈酒，也喜欢糊糊涂涂的胡辣汤；白干烈酒与温温吞吞胡辣汤的混合滋味，也许承载着开封人的性格。可能由于历史积淀太重，可能由于破败太久，这里到处都给人一种洞穿世事的感觉；一种散淡的甚至慵倦的感觉。张扬与内敛、计算与仗义，如水如乳地混为一体，混为一种性格、一种传统。对许多开封人来说，曾在州桥上吟诵、凭吊的王安石、梅尧臣、范成大都被淹没了，古老州桥只留下一个杨志卖刀的故事。杨志与泼皮牛二的混合体，衍生了许许多多后人，这不是一幅魔幻的历史画卷，这是后现代的市井。开封人可以自傲地说："俺开封早就进入了后现代。俺开封早就解构了，颠覆了。"

历史上开封确被洪水和兵燹解构和颠覆多次。古城留给我的记忆残破而美丽。

作为七朝古都，开封当然一次次地很是辉煌过一阵，而以北宋为最。北宋时，开封是世界最大的城市，是唯一人口过百万的城市。那时候的开封人也许会像如今的纽约人、上海人那样，说起话来喜滋滋地仰着脸，眼睛里闪出几分莫名的自得与傲气。那时候开封之所以成为"八方辐辏，四方云集"的大都会，同隋炀帝开挖汴河密不可分。汴河实质上是条运河，自魏惠王始，几度兴废。隋炀帝为游乐开掘通济渠，想不到这条名为通济渠的汴河尽收交通之利，给开封带来了经济和文化繁荣。那时节称开封为国际大都市一点不为夸张。据载，当年开封有中亚、波斯、大食、阿拉伯、犹太等外国人聚集，仅犹太人就有十万以上。好景不长，从北宋末年黄河改道之后，洪灾频频，战乱连连，开封不断地被淹没被焚毁着，开封人在沉沦与求生的挣扎中，早已洞穿历史洞穿世事："咱啥事没经过！"接着是辉煌过后的沉寂，处变不惊，不因大得而喜，亦不因小失而悲。呜呼，泰然中自有一分麻木。

我之所以说到州桥，只是提醒人们不要忘掉那段历史而已。从州桥沿街向南走不足两百步，有一街口，再从斑驳陆离、粉蚀残破的墙角转进去，是一条一直通向包公湖的叫作小纸坊街的街道，我家就在这条街上。当年包公湖叫作包府坑，而小纸坊街却没有如此破败。顾名思义，很久以前这个地方应该有个造纸作坊，但我没有见过。风水轮流转，远的不说，包大人在此坐堂的事咱也没见过，咱不说；自我记事起，这条位于城西南的小街风生水起似的颇兴旺过，街道两旁多为高门楼的四合院，有两进三进的，门楼前的青石台阶泛着青光，带铜门环的黑色或红色大门紧闭着，隐藏着门内的神秘与高贵。一些民国要人住在街上。一个省主席住在我家对面，在几个高门楼里住了几位军长、师长之类人物。我家住路南，门牌来回变化，如果路南是双号，我家就是50号，如果路南变为单号，就是51号，这要看不同时代的警察局及公安局的一时高兴。50号也好，51号也罢，正门两进，另外有个后院，后院门前是个大水坑。我想这个水坑原本应该是包府坑的一角，后来被截断了，截断处用土垫高，上面安了两个球架变成一个简陋的篮球场。我和同学黄肖樵常在球场上打球和骑车。黄家的房子在我家西边，隔了几个门楼。黄肖樵的父亲是抗日名将、三十军军长、后被蒋介石杀害于南京雨花台的黄樵松将军。几十年前我家和黄家都离开了小纸坊街，还有一些人也离开了小纸坊街。但我总认为这里有“家”。

我回来过几次。第一次大嫂陪着。那年“文革”开始不久，里面还没有大变样，那门楼，那厢房，还有二门楼旁边那棵酸石榴树，依然如故。第二次是唐山大地震之后，表姐笑我练车技的院子已经没了，被一些临建棚占据了。几年前我又一次造访，已经完全认不出旧居模样，原来的一些建筑已经坍塌，代之而起的是奇形怪状的小屋小棚，不要说院子，甚至连过道都没有。我找不到“家”，以至于走进另一个院子，一位大娘打量我许久，忆起什么似的轻问一声：“是隔壁范家的人吧？”我点点头，她又说：“那时你还小，我脑子里还有个影子。”往事如影哟！突然一缕温情袭上心来，我的眼睛不觉热了一下。大娘笑着说：“你走过了，你刚才走过的院子就是你家。”她引我进屋，谈起小街的变迁，半是喜悦半是叹息地告诉我一个消息：这一片房子就要拆了。她听人说，这边原先是包公“倒坐南衙”的南衙，政府要在这里建“开封府”，建旅游区。去年又回去，果真出现了一座“开封府”。小纸坊街路南拆了大半条街面，新出现一片气势恢宏、巍峨壮观的建筑，把我家和黄家原来的院子都包了进去。据说这是依北宋《营造法式》建造的，全部建筑从小纸坊街街面一直伸展到包公湖北岸。门墙上写有“开封府”三个大字，铁板钉钉地成了老包的地盘，奈何？今日开封府内，有正厅（大堂）、议事厅、梅花厅等数十处建筑，厅堂楼阁，湖池山石俱备，当年老包的南衙大约没有这般奢华。对比方位，我家庭院正在大堂处，而黄家则偏西了。

开封之名不以“开封府”而名。春秋时期郑庄公图霸中原，在朱仙镇古城村附近筑城，取“启拓封疆”之意而名启封。汉代为避景帝刘启讳，将启封改为开封。北宋以开封为京都，称东京，置开封府。仁宗时，包拯任“龙图阁直学士权知开封府”，即包拯以龙图阁直学士的身份兼任首都市市长，府署位于城南，与北边的皇宫遥遥相对，故称南衙。常言道“衙门口向南开”，衙门一般为坐北朝南，身为名臣的包拯不敢屁股对皇帝，故而戏文里才有“倒坐南衙”一说。由于汴河淤塞，宋人孟元老《东京梦华录》描述的景色早已不存，王气黯销，但后来的统治者仍不放过这座残破的城市。今开封龙亭，有人以为是宋代留下的皇宫，非也，那是清雍正为镇压王气所建；城南繁台上有座繁塔，仅三层，又粗又矮，看起来有点怪异，这种怪相也是铲王气的结果。繁塔原高九层，极为壮丽，老年间流传下一个民谣：“铁塔高，铁塔高，铁塔只达繁塔腰。”自明末铲王气，它就成了今日这般模样，简直不可思议。“舞榭歌台，风流总被，雨打风吹去”，志气、豪气、几将尽矣，王气更不必提起，似乎开封命定只出市井小民。

小纸坊街紧邻稍北的后河街，小时我常从后河街走过。当年汴河从“利举水道”流入城里，横贯今之后河街、州桥街、袁宅街、相国寺前，折东南经“上善之门”流出城外。张择端的《清明上河图》画的就是上善门外一段。我倚窗坐在相国寺前一座小酒店里，两杯过后，耳边响起两句诗来：“我归宴平乐，美酒斗十千。”这是曹植的诗，当年曹植饮酒的地方不在相国寺门外，而在张择端画中虹桥南侧的“十千脚店”里。“十千脚店”乃酒店名，并非曹植酒量大，一次可喝十千斗。顺着张择端所画汴河方向寻去，走到禹王台，不由想起梁园。汉时，枚乘、司马相如曾在此雪夜放歌；唐时，李白、杜甫、高适曾在此抚景吟诵，抒尽游子情怀。是的，“梁园虽好，却非久恋之乡”，开封没有他们的家，但开封有我的家啊！

一座残破而美丽的老城，深深刻印在我少年的记忆里。它的性格就是老城人的性格，几多迷惘，几多挣扎，这是生命的悲哀抑或生命的欢乐呢？我很佩服开封人乐天达命，自得其乐的精神。即便没有大碗酒大块肉，一碗热热乎乎的胡辣汤也美着哩。几年前，一个蹬三轮车的乡亲告诉我，他下岗了，大部分工人都下岗了，下岗每月有二百八十元的生活补助，大部分工人都用这二百八十元生活着。我赞扬他不坐吃补助的奋斗精神，他却说补助只有三年，如果不是过了三年，他也不来蹬三轮车。听其言我有些吃惊，看着灯光下的小吃一条街，看着路灯微弱光亮下跳舞的一群群舞者，我真真的服了。

现在时兴“幸福指数”之说，开封人的“幸福指数”想来一定很高吧？

我也去喝碗胡辣汤！何须问是我住进老包官署抑或老包把官署扎进了我家庭院？

2007年11月28日于广州丽江花园

难忘桃金娘

寻梦街

寻梦街

一个女孩子说，她住在我曾经生活过的街区，并且可能同在一个牛奶店喝过牛奶。

于是，我想起许许多多旧梦。

我坐在一棵大榕树下听着，想起了那个牛奶店。浓密树冠的隙缝中，飘下一缕缕淡黄的羽毛般的月光。远处隐约的市廛声像一张唱片的密纹，一圈圈波及过来，令我想到年轮。

女孩已三十多岁了。她叙说着她的童年。

这座城市已经二千二百〇一岁了。我在这座城市里生活了四十多年。人生中漫长的四十多年对这座走上永恒的城市来说，可能只是一个瞬间。我见过它的苍老，也见过它的新生。我与那个女孩谈起一个老的话题。

我是 1952 年国庆节过后来到这座城市的。那时城市有一百二十万人，二三十年中，人口一天天增加，街区基本上没有变化，街区像一条条使用破的布袋，袋内塞满了贫困、混乱与不安。但在我刚到的头几年，这座城市确有一种清静淳朴的意趣。

我最初在正南路上班，住在新华电影院上面的伦敦酒店。当时伦敦酒店已停业了，只剩下个招牌。北方人刚到这里容易闹笑话，从语言到习惯都与当地人格格不入。和我同来的有姚德兴和其他几位武汉的同事。我们用陌生的眼睛望着周围的一切，骑楼、茶馆、木屐和流利而不知所云的语言，都令我们惊诧不已，好像一群人跳入一个陌生的大湖里游泳，心里充满疑惧与喜悦。我们突然陷入一个纷繁杂沓的梦境，寻求着而又不知所措。我们这群从小生活在中原大地的人，真切地感受到“异域”两个字的含义了。

那年我十八岁，是这群来客中年龄最小的一个。姚德兴在中华人民共和国成立前已读大学，在我面前是老大哥，常常关照我。他为人豪爽热情，而且见多识广，俨然是我们这群人的“当然领袖”。最令我们悦服的是他过去曾出差来过广州，言谈中简直是个“广州通”，我们自然要以他“马首是瞻”了。不过这位“广州通”常闹笑话。他给我们讲过几次茶经之后，一天带我们到惠如楼去实践。惠如楼是百年老字号，很有名气。那时的惠如楼还保有清代茶肆的风格，楼内是密密麻麻的木桌，楼门有两根彩色泥塑龙柱。姚德兴素喜指点江山，臧否人物，先对两根龙柱评点一番，才带我们走进大厅，挤过人流，找到座位。落座后他向四周望了一刻，服务员捧盘里的点心他不取，却特意要服务员给我们每人来一份白粥油条。服务员像望天外来客一样望望我们，久久才端上白粥。姚德兴挥洒竹筷，指指桌上一个白色瓷缸要大家加糖。“喂，这里面是白糖，广东糖多，任君加放。”我们遵其示，大加“白糖”，结果把一碗粥弄得咸涩无比，不能下咽。大概我们每个人脸上的表情都很痛苦，老姚为了解嘲，毫不犹豫慷慨激昂地对吃粥不加糖而加盐，大加抨击，说这简直是“野蛮”的表现。

看到广东人不是用盆而是用铁桶洗澡，我们跟着老姚又大发议论。用铁桶洗澡算洗澡吗？洗澡要下堂子。否定了铁桶洗澡，报复了广东人笑中原人一生只洗两次澡的一箭之仇，感到痛快。

外地人刚到广州，都会感到有种隔膜，有一种无形的藩篱围在四周。

我适应于这座城市，从渐渐融入那个街区开始，从那个留下许多绮丽之梦的街区，从那个女孩子如今还在述说的街区开始。

后来，机关迁到诗书新街。办公的地方是一座大宅院。走进穹形大门，是一个花园，园里有一个亭子和几棵高大的凤凰树。花卉是没有了，院主早已离去，没有人去管理那些依稀可辨的花畦。花园东边是一座中式青砖两层楼房，几个青石门框上都装有乌黑的木质结实的趟栊。正堂有座巨大的神龛，上面悬挂一排刻镂精致的木雕。几扇髹金镂花屏风后面，是一个小小天井。楼西有个别院，院内有个狭长的游泳池。临街的高墙下有一排老石栗树，树冠漫出墙头，遮盖了很少行人的半边路面。宅院主人很可能是个封建官僚，但我一直没有弄清宅院的历史。

我住在机关里，晚饭后常在附近街道散步。庄园外面紧临惠福西路的转角处，有一座小茶楼，而且是当时广州少有的“不夜天”中的一座，二十四小时营业，供应比较低档的食品。茶位分三分钱和五分钱两个档次，酥皮面包三分钱，一般的点心每款五分钱，糯米鸡和皮蛋瘦肉粥都是一角钱。茶客在这里饮茶，一般每次只花一两角钱，但一坐就是两三个小时。所以有北方人编出笑话，说广东人泡茶楼，从早晨5时泡到上午9时，花三分钱，灌十几壶水，临走还抓一把牙签。小茶楼生意兴隆，往往要加座，茶客围桌挤在一起，天南地北，古今中外，神吹穷聊。起初我还以为这是好朋友聚会，后来才知道他们往往互不相识。因为语言不通，我很少来这里凑热闹。茶楼往东有间牛奶店，是我常去的地方。那时我还不习惯吃大米，身子很瘦弱，就自怜自爱起来，常到牛奶店喝牛奶。这间牛奶店品种丰富，有牛奶窝蛋、凤凰奶、双皮奶等等，质量上乘，在广州城内有点名气。供应方法不限于店内饮用，可买牌随到随取。我一次买许多牌子，成了那里的常客。那个女孩子说见过我，可能就在那个时候。那时她只有两三岁吧。后来在冥冥中我认出了她。

女孩家要再往东去。她家住在一座小庙旁边，小庙叫观音楼，外观与民宅没有多大区别。她向我讲起 7 月乞儿节很多乞丐聚在庙里围着花花绿绿的草人跳舞的事，我记得，但她说和尚分饭给乞儿吃，我倒模糊了，我记得那里住的是尼姑。在这个街区发生的别的一些事情，那个女孩就不知道了。

从诗书新街口往西，在惠福西路与丰宁路（今人民中路）交汇处，有一座妇幼保健院。我们机关的第一个婴儿在这里诞生。我们都去探望母亲与孩子，大家还同我开玩笑，说不知这孩子该叫我叔叔还是哥哥。机关荡漾在新生命诞生的欢快气氛里。妇幼保健院后面有座基督教女青年会教堂，堂前有片很大的空地，据说这地方原叫西瓜园。机关第一次举办国庆节的联欢晚会，就是借教堂的小礼堂举行的。人虽不多，其乐亦融。不久，上级号召技术干部归队，姚德兴是学水利的，小周是学生物的，均属归队之列。惠福西路与海珠中路交接处有一间尚具规模的酒家，几位朋友在那里为老姚、小周饯行，机关里有一位老蒋，曾在日本东京帝国大学学兽医，当时也要归队，我们请上了他。出门时正巧遇见一位领导，顺水推舟地也把这位领导请了。听说第一个五年计划即将颁布，人们满目春光，技术干部们将要施展一技之长，大显身手，以图报效，更是兴奋异常。老蒋一兴奋，多喝了几杯酒，竟诉起这两年的委屈。抗战期间他到过延安，曾被俘，认为不被信任，甚压抑。他一面诉说，领导一面苦笑。后来他未能归队，据说是因历史问题。我不清楚他的历史问题究竟有多大，我看过他画的牛马解剖图和他写的论文，觉得他在兽医学方面造诣不浅。接着，当那座大宅院内的第一个新生儿刚学会笑，灾难接踵而至。政治运动像连环套一样，一环扣一环地降临了。先是反胡风，进而内部肃反，接着是整党整风魔术般变成反击资产阶级右派，令人眼花缭乱，头昏脑涨。大宅院内长年累月地上演着批斗、定案、送劳改、平反、再送劳改的活报剧，满院大字报，满院口号声，透出一种砭人骨髓的阴森。最终我也在劫难逃，离开这个街区去领受炼狱的滋味，但是我不时地会想起这个街区。惠福西路上有一间泡水馆，我常到那边打开水，一个竹牌一分钱，后来升到两分钱。一间卖“王老吉”的凉茶店，门口的两只被擦磨得锃亮的大铜壶，整天鼓着大肚神气地望着行人。一个满脸皱纹的老人，坐在一只装有大喇叭的留声机后，随着破损唱片发出的刺啦声，一盹一盹地合闭双眼。一个街边卖生鱼葛菜汤的摊档，为了说明货真价实，把煮过的生鱼与葛菜摆在外面，使那个路段总飘起一股浓浓的草腥味。这里有家油器店是远近闻名的，它的油器与肠粉让50年代的广州人说道不已。惠福西路中段有间电影院，我喜欢到那里看电影，特别是雨夜。我在那里看过《牛虻》，看过高尔基的《母亲》，看罢我打把伞，久久地在雨夜的街市上漫步，只听雨声和自己内心的涌动。电影院旁边有一片祠堂样的建筑，那时是“中山会馆”，里面有一个健身所，教练姓谭。我曾受教于谭老师门下，谭老师测量过我身高体重，说我身体太瘦弱，一开始不能练举重，要跳绳。我虽颇觉委屈，还是接受谭老师的指导，硬着头皮跳了半个月绳。以后练举重练了将近半年，越练越辛苦，竟中途逃学了。后来世界冠军陈镜开在那里发蒙，论辈分我还是他的大师兄呢！我常说我差点成了世界冠军，根据就在于斯。

我同那个女孩子谈起这个街区时，有些事她知道，有些事她不知道。她说的一些事我也不知道。但那些事毕竟发生在这个街区。我们都在那里寻找过什么，都在那里失落过什么，它对我们是亲切的。

那时候广州远无如今这样大。老姚他们归队集训时，住在造币厂，即今之黄华路党校，地方已算偏远了。市内只有 7 路公共汽车，7 路是环线，经德宣路（今东风中路）、长庚路、丰宁路、太平路、长堤、越秀南、越秀北路，到豪贤路总站，基本上环绕了广州的主要市区。我们到造币厂探望老姚，就是从丰宁路搭 7 路车到豪贤路的。那时造币厂一带还很荒凉。如今广州市区扩展了几倍，很多街区面貌已非，但我同那个女孩谈论的街区，虽然凉茶店没有了，电影院没有了，那座大宅院已拆建两次变成了一座高楼，但基本格局未变，透过新旧参差的房屋。仍可看到往昔的岁月。

那个女孩约我去喝牛奶，那个牛奶店还在。

但人事大变，四十年前与我一起来到这座城市的朋友，大都离去了。我不知老姚们今在何处？

那个同我一起喝过牛奶的女孩早已长大成人。

一批一批，一代一代新人潮水般涌进这座城市，涌进这个街区。多少人在这里留下了梦？多少人又来这里寻找新梦？我回到这个街区，心头涌起阵阵苍凉与欣喜。

1996 年 3 月于广州

第一次食粥

厚曰饘，稀曰粥，吃那种稀糊糊的东西，如今的中原人喜用一个“喝”字，叫作“喝稀饭”。广州人则不说“喝稀饭”，而说“食粥”，这就区别出与中原人的不同来。中原人不仅面对稀饭要说喝，面对汤面也说喝，叫作“喝面条儿”。一个“喝”字，生动固然生动，但难免带出一点不雅的馋相。广州人避开这种不雅，虽说他们的祖先也来自中原，而大多数还遭受过充军流徙之苦，但这些“流人”却坚持说古语，一代一代相传，故而至今仍把稀饭叫作粥，把吃叫作食。《札记·檀弓上》有云：“饘粥之食。”可见这个“粥”字是有不短历史的。至于“食”字则更有来历，《孟子·告子上》的“食色，性也”句，早成经典。一个“食”字，充分表达了广州人在追求日新月异的美食的同时，坚持保有的古风。

我对广州人“食粥”用语的雅而高古，是深为敬佩的。但想当年初来乍到，对“食粥”包含的内容，却惊讶不已。不知是否也是古已有之，广州人的粥，内容十分丰富，与中原人的稀饭，已不可同日而语。

20 世纪 50 年代的惠如楼，是我第一次品尝粥滋味的地方。从北方刚刚到广州，领队老姚带大家到一间门面古色古香的茶楼吃早餐，并特意告诫说，要稀饭的别说什么稀饭，要说粥，以免人家笑我们伧。大家入座，噤声不语，似乎那粥是个非常庄严的东西，怠慢不得。曾经来过一次广州因而自诩为老广州的老姚，一时间似乎也被什么“星期美点”“鲜明油器”之类北方人不甚了了的物什弄得眼花缭乱，看来看去，硬着头皮给每人点了一碗稀饭，两根油条。当然，他在与服务员交谈时，庄严地把稀饭说成白粥。白粥上来，老姚抖擞精神，指着台面上的一个白色瓷缸连声说：“加糖，加糖。”北方缺糖，大家对糖有一种天生的向往，自然大加其糖，把一碗白粥弄得苦涩难咽，原来白瓷缸里非糖乃盐。我们对稀饭加盐十分不解，几乎认为这是不开化的表现，大加抨击，对粥抱有成见，很长一段时间不再问津，直到后来机关旁边开设了一个卖早点的档口，供应猪肠粉和皮蛋瘦肉粥，在同事们的撺掇下，我才初尝粥的滋味。五分钱或一角钱的皮蛋瘦肉粥，引领我逐渐进入广州粥的世界。

广州粥是个大家族，要真正熟识这个花团锦簇的世界，不是一天两天甚至不是一年两年所能做到的。

先说说艇仔粥吧。食艇仔粥最好在艇仔上，那才叫地道。20 世纪 50 年代荔枝湾还有一条水道通珠江，湾里有许多带流苏的花艇和扁长的小舟，往珠江海角红楼和西郊游泳场游泳，大都在宝华路尾搭乘这种小艇小舟。这种艇仔不卖粥，卖粥的艇是在珠江缓缓游弋的、有点近似鲁迅先生在小说中描写的乌篷船那种。它比湾里的艇仔略大，一般是有一个身穿黑香云纱衣裤，背后拖条发辫的中年妇女站在舟尾划双桨，往往还有一两个腰挂浮木的小孩或一个年轻姑娘在她脚前玩耍或做事。艇上分明是一户水上人家。艇的后半是这家人的居处，锅灶、席被俱有，艇的前半供游客坐卧，舱面呈古铜色，擦拭得光可鉴人。游泳的人往往在稍歇的时候，把江面上的小艇唤过来，要碗艇仔粥或一碟肠粉充饥，但我第一次吃艇仔粥却是在一个仲秋之夜，与一位同伴叫了只艇仔赏月，不意却让明月抖下来的缕缕清晖，将我们织进了乡愁。舱内没有灯火，浮在江流上的月影，却映得满舱透明，那清幽自不必说了。先是听见断续的桨声，后来连桨声也渐渐远去了，原来艇娘早已停桨，任小艇在月光笼罩的江面上漂游。我倚在舱板上，头伸出舱外，遥望碧空，一直没有找到故乡小院顶上的那几颗星星。江风带来些凉意，我打了个冷战。同伴靠着棚壁静坐，在想自己的心事。云影荡来漾去，艇尾有些模糊，忽然，从那边传出一声问讯：

“吃碗粥吧？”

风箱声。火光。从艇尾飘来一股淡淡的柴烟味。未几，两碗香气逼人的粥由艇尾递了过来。在暗淡的光线里虽看不清碗内的佐料，我却吃出了海蜇、浮皮、花生及碎油条的种种味道，那味道浑然一体，味美无比。仲秋之夜，一碗地道的艇仔粥，像一碗浓浓的醇酒，令我陶醉于融融的月色和江色中。

一年后，表姐趁着暑假从北京来探望我，是少年争过梨吃的友伴，说起广州美食，不意她竟提出要吃状元及第粥。

表姐说，大学里同宿舍有一个从志愿军转业下来的广东女孩，特意告诉她广州的状元及第粥和叉烧包最好吃，一定不要错过。我尚未吃过这种名号有点霸气的粥，同表姐一起品尝之后，觉得这种内有肉丸及粉肠的粥品，确实不俗，难怪敢以状元自诩，可见广州粥品也藏龙卧虎啊。

1982年春，作家杨沫、谌容、张洁、戴厚英、遇罗锦、蒋维嘉、叶蔚林等来到广州，分住在迎宾馆和矿泉客舍。谌容和戴厚英说了几次，要我找一家典型的广州茶楼，大家一起去饮一次早茶。我把地点定在惠如茶楼，约好第二天早晨住在矿泉客舍的先到迎宾馆集中，然后一起步行前往。那天大家兴致很高，连已经七十多岁的杨沫大姐也坚持要去（记不清张洁是否去了）。看到服务员盘托上那些花样繁多的点心，已令这些见多识广的大作家惊诧不已，当我极力向他们推荐粥品，并以老广州的口吻报出艇仔粥、及第粥、猪肝粥、田鸡粥、皮蛋瘦肉粥、花蚧粥、粉肠粥、鸡粥、鱼片粥、生鱼粥、柴鱼花生粥、菜干粥、猪红粥等等粥名之时，他们简直是惊愕了，怎么一个“粥”字会被广州人弄出这么多名堂？为验证我的推介，各人分别要了一碗与别人不同的粥，味道各异，但赞声一致。大家边吃边交流感觉，说得兴奋时，善于说话的戴厚英、谌容和同台（那时可以拼台）的其他茶客热烈地交谈起来。同台有一个香港的消防队队长，听着这几位北方作家对粥的赞美，得意之余，还对我刚才的介绍做了补充：“广州人食粥，食法少说也有几十种吧。且不说肉粥，白粥就有坠火白粥、白果白粥、牛奶白粥等，不要以为牛奶白粥是加牛奶煮成的，不是，那牛奶是从米粒里煲出来的。”作家对粥有了体味，又听了消防队长一席话，不能不频频颔首，对广州美食家们表示无比钦佩。

如今有了以卖粥为旗号的粥城，粥城里到底有多少种粥，除了生滚、坠火、粥煲、粥窝等之外，还会有多少种吃法，我已不清楚了。

母亲在世时，我回到家乡母亲还特意用小瓦煲给我煲粥，放进肉片或鱼片，说是做广州粥给我吃。她说如今当地人也喜欢吃这种粥了，当地有广州酒家，当地人学会了这种粥的做法。

这已是几年前的事了。

2002 年 6 月 4 日

沙面的小艇

在飞速发展、繁荣兴旺的现代社会，到处是工地和汽车，人们面对喧嚣繁盛的物质生活，忽然感到一种失落，因为他们想起那失去了的极为珍贵的宁静。

此时，我想起沙面的小艇。

1952 年秋，我与姚德兴等几位刚从武汉调来尚未安排工作的同事，慕名到沙面游览。我们在小学历史课本里都读到过关于沙基惨案的记述，所以对沙基留有很深的印象。我们这几个刚刚到广州的外地人对广州的地理不熟悉，加之年轻气盛，性喜指点江山，到了沙面却因找不到沙基而颇愤愤。经过一番激烈争论，大家认定沙面即沙基也，若不然此地何来沙基惨案呢？其实沙基是现今的六二三路，与沙面隔河相对。1925 年 6 月 23 日，省港罢工工人、农民、学生、军队等十余万人，在东校场举行声援五卅运动和省港大罢工的群众大会之后，按工农商学兵的次序出发游行。武装的军人按粤军，警卫军，湘军讲武学校，黄埔入伍生，党军（黄埔学生军）一、二团的顺序走在游行队伍最后。群众高呼“打倒帝国主义”的口号游行到沙基，当经过沙面东桥桥头时，英法帝国主义分子事先埋伏在沙面洋楼里的机枪，开始向学生及军队扫射，停泊在白鹅潭的英法军舰也同时向人群开炮，制造了死亡五十余人、重伤一百七十余人、轻伤无数的沙基惨案。我父亲的一位同事是黄埔一期学生，曾任孙中山先生卫士，沙基惨案发生那天，他正带着一连黄埔学生军从沙面东桥前边通过。他是沙基惨案的亲历者，后来他告诉我许多发生在这一天的事情，使我对沙基惨案有了比较多的了解。但在 1952 年秋天，我的那几位“挥斥方遒”的年轻同事，硬是把沙面指认为沙基了。

当年，我们第一次踏上沙面，很有几分豪气。已经是“帝国主义夹着尾巴逃走了”，沙面到处是人民政府的机关和人民商业机构，省商业厅、省外贸局、华南财委、华南垦殖局、省油脂公司、省盐业公司、省土产畜产进出口公司以及南方日报社等等，都在这里办公，一个个白底黑字的竖长木牌，标志着人民的胜利。我们这几个人对沙面的那些欧陆建筑没有多大的兴趣，因为我们在武汉的胜利街、鄱阳路及西商跑马场周围的怡和村等处，早已见过这样的建筑了，给我们新鲜感的则是岸边那些生着许多“胡须”的老榕树和停泊在江边上船娘不断向路上招呼“过海、游河”的小艇。

喜欢“较真”的姚德兴口手并用、比比画画地与船娘交谈起来。他问船娘何谓过海？何谓游河？船娘告诉他，渡到对面是过海，在江里游玩是游河。姚德兴不忘抓住这一抨击广州人的机会，回过头来笑着对我们说：

“你们看前面是条江不是？明明叫珠江嘛！广州人却一会儿说它是海，一会儿又说它是河；过渡成了海，游它却变成了河，太没道理！”

“真是太没道理！”大家一面附和，一面跟着姚德兴的手势上了小艇。

船娘问我们去哪里，我们也不知道要去哪里，反问船娘：

“你说去哪里？”

船娘一笑，双手划起了桨。

那时候的珠江江面真美。

流经广州的江段，原本是很宽的，汉代时有一千六百多米，北岸临近现今的中山路一带，所以有“小海”之称。后来江面不断变窄，如今只剩下一百八十多米宽。粤人不改海的意识，称过江仍为过海。但沙面面临白鹅潭，前面的江面依然宽阔，那气象倒有点像一个海湾。

小艇出发了。船桨点破水面，撩起一串串闪射着阳光的水花。晨雾慢慢消散，像被水波吸了进去，缥缥缈缈地忽儿不见了。小艇两边的景色清晰起来，远处的海轮和弓形的海珠桥，渐渐露出了它们那钢铁铸成的身躯轮廓。近处几只渔船正在撒网，只见渔人小心地拉着网，鳞翅闪亮的鱼儿在收紧的网里蹦跳着被拉进船舱。有两条小船不撒网，却把一条拴了许多小竹篓的长绳慢慢往江里放。我们不知道这是做什么，后来听船娘说明，才知道那是在捉虾。捕鱼捉虾，那清清的江面上，正忙碌着人的营生。

“你把我们带到哪里？”姚德兴问。

“对面。”船娘答。

“对面是什么地方？”

“芳村。芳村有个花地。”

我们谁也不再询问什么，都默默地望着水波，静静地听着船下的水声。

白鹅潭是流溪河与连接北江、西江的官窑水道汇合之处，水面开阔，小艇划了很久还未到对岸。回头看，沙面像一座岚气浮动的绿山，景色已有些朦胧了。

从此我喜欢上沙面的小艇与宁静。

其实沙面的宁静，只能就自然界而言。在人类社会，这里正崇尚“与人斗，其乐无穷”的斗争哲学，并无一日安宁。

后来，我被分配到省商业厅属下的一个单位工作，所以经常进出省商业厅的办公大楼。沙面的许多大楼都是有来历的，如胜利宾馆原是汇丰银行，省商业厅办公的地方原是新沙逊银行。新沙逊银行与上海的沙逊洋行本是一家，当年很有些资本。上海沙逊大厦即今上海和平饭店北楼。省商业厅在新沙逊银行那座赭红色带宽阔回廊的五层大楼办公时，由于楼体坚固，楼顶竟成了防空阵地，几挺高射机枪日夜指向天空。后来这座大楼几度易主。1957 年，省商业厅与省供销社合并，迁到东山办公，这座楼被移交给了省外贸局。60 年代，这座楼又被移交给中南局的一个单位，以后又变成了内部招待所。改革开放之后，这里是夜明珠酒店。前几年，它的首层曾经是名噪一时的新荔枝湾酒家……几十年来它的外部色调虽然几经变换，但比起内部的人事变化来说，则平淡得多了。

我到省商业厅不久，多次到新沙逊银行大楼去参加批判厅长的大会。因为刚任华南分局第四书记的陶铸同志发动了一场“反国民党作风”运动，厅长成了典型。

在以后的日子里，原来洋人的新沙逊银行成了战场，口号声不绝于耳，反胡风、内部肃反、反右、反地方主义等等，运动的浪潮一波一波地冲刷着人们的灵魂……

但沙面那种旁若无人的宁静，仍吸引着我。我的许多回忆与它分不开。记得有一次我同友人朱可在此乘小艇去到花地，上岸后迷了路，但我们坚持不问路，并互相鼓励说，坚持向前走，即使绕地球一周也可回到这里。我们走着唱着，走到太阳西坠，忽然走到了小艇停泊的小码头。……那种豪气、傻气，那种单纯与真诚，几十年后我们还为之激动，为之畅怀大笑。1957 年夏，就在反右的阴云步步压过来的时候，就在我们已看到内部文件《事情正在发生变化》，心里塞满郁闷的时候，我和几个年轻人又来到这里泛舟。我们不说话，只唱歌，少年不识愁滋味啊……

如今，沙面多了白天鹅宾馆，多了夜明珠酒店上面的变幻多彩的霓虹灯，多了许多现代化设施。应该说，沙面经历了几十年的惊涛骇浪之后，其主要部分保持了原貌，这是很不容易的。有一位朋友在 20 世纪 80 年代初反对填海建白天鹅宾馆，反对劈山建中国大酒店，他这反对“填海劈山”的意见未被人们接受，如今反过来想想，他的意见是否正确呢？

有些固有的美，是现代化所无法替代的。在繁荣和发展中，有些固有的事物是不该丢失的，譬如沙面的宁静和沙面的小艇。

1999 年 8 月 25 日

鹅潭桨声

广州的名胜地，我知道得最早的是黄花岗和沙面。小学历史课本，讲到了黄花岗七十二烈士和沙基惨案。

刚到广州，我就前往沙面“六二三”惨案的发生地凭吊，瞻仰那座要使后人永远缅怀牺牲者的“勿忘此日”石碑。后来，由于联系工作的缘故，我常到沙面。闲暇时，我也喜欢望着白鹅潭，在沙面的堤岸上漫步或沉思。

我喜欢沙面，更喜欢白鹅潭。

可以说白鹅潭是一个江上湖泊。它是流溪河和通北江、西江的官窑水道的汇合处，水域宽阔，景色壮美，还有“鹅潭映月”之妙趣。绿榕环绕的沙面，像一叶扁舟，靠在它的身边。

我到广州的头几年，白鹅潭上有许多小木船，划船的多是妇女。她们站在船头，不断高喊着“过海！过海！”“游河！游河！”招徕顾客。那时轮渡不多，搭小船的顾客还是不少的。流经广州的江段，原来江面很宽，汉代有一千六百米，所以有“小海”之称。沿袭下来，至今江面虽然只剩下一百八十米宽，广州人仍把过江称作过海。20 世纪 50 年代初期，珠江边尚有“水上花街”的残迹，所以我们对“过海”“游河”之类的招徕，概不问津。后来始知这些小艇大都是正当的游艇和交通工具，不似所传，才敢搭乘。当时到花地等处，只有从沙面搭艇仔前往为捷径，且收费低廉。一日同友人包了一只小艇往花地游了半日，饱啖刚卸树的阳桃，来往艇费还不到一元。一年仲秋，同几个朋友夜游白鹅潭，使我记忆犹深。初时月涌大江，星移影树，楼船明灭，天水一色，一只只小艇像悬在玻璃中，那姿影也真似夜宿水面的天鹅。但须臾，“雨来沾席上，风急打船头”，变成了另一种景象。风雨中，友人们谈古论今，笑语喧喧，我却更愿意静听风雨中的桨声。游白鹅潭不同于游西湖，因为潭中没有别具名称的风景点，所以游览没有一定路线可循。船家只是缓缓地荡着桨，有时简直是任舟随波泛流。那桨声异常闲适，异常淡雅，又似乎异常悠远，像是从一个遥远的梦中传来。

把白鹅潭的桨声永远同我的梦系在一起的，是 1957 年那场风暴编结的绳索。1957 年我突然被加上莫须有的罪名，被视为“人渣”。也许是一种带有讽刺意味的巧合，我这个“人渣”在等待处理期间被送往白鹤洞南边的东垦废品仓库劳动，这大约也算是“废物利用”吧。仓库的工人，中华人民共和国成立前大都是乞丐和捡破烂的，我奉他们为师，他们也还我以人的尊严。在那里我不单学会了分别黑口铁、白口铁、铁皮之类的学问，还了解了许多颗掩埋在废品堆里的仁厚的高尚的心，受益匪浅。从这点来说，我感谢那些把我当作废品投入废品仓库的用心良苦的人们。东塑紧靠官窑水道，我每逢回市区，总是搭乘小艇，经白鹅潭登岸。默默独坐船头，往往忘却一切，也忘却了自己，只静静地听着桨声，听着木桨弹着水波奏出的历史的和现实的乐章：

明末农民起义领袖黄萧养在这里骑上白鹅，飞出重围；

民族英雄林则徐望着不准发射的大炮，饮风，长啸；

革命先行者孙中山先生，指挥永丰舰向叛逆陈炯明开炮；

“六二三”的英雄们，面对帝国主义的枪口，发出最后的呐喊；

一只孤独的沙鸥，拍动着被折断的翅膀，向云天冲刺时，发出凄厉而不屈的悲鸣。

啊，桨声，“浮沉千古事，谁与问东流”。那时候，只有你同我共语，只有你不息地召唤着我，使我的心潮汇入奔腾的大江。

如今，那些小艇没有了，那些桨声没有了。“珠江夜游”的轮船在白鹅潭上遨游，但它代替不了我心中的小艇；白天鹅饭店的巨影拍击着江水，但它代替不了我心中的桨声。我希望在现代化的进程中，还保留一些古朴；我希望在现代化巨轮的轮机声中，那轻轻的木桨声，永不消失。这不单是为了我的记忆，也是为了故有的美。

当年在此捉蟛蜞

有友人迁新居，往贺乔迁之喜。新居在梅花村，是一座高层建筑，乘电梯上去，迎风立于阳台向四周观望，“寻寻觅觅”，却不见梅花村何处去了。

老一辈的广州人中间流行一句俗语：西关小姐，东山少爷；西关大屋，东山洋房。这句话大体上道出了广州西关与东山的景观及人文特色。西关、东山均为富人聚居之处，西关多富商豪绅，东山多官僚新贵。东山地区的马棚岗、农林上路、新河浦、梅花村等处，建筑多为西式洋房。改革开放之前，人们很少出国，进入东山，往往暗忖大约外国就是这个样子了。人们惊异于这些建筑的豪华与异国情调。若论富丽，在这些西式洋房群落里，尤以梅花村为甚，梅花村一幢幢造型别致美观附有花圃草坪的小洋楼，才是上海人称羡不已的那种真正的“花园洋房”。

东山的洋房大多是 20 世纪二三十年代建造的。二三十年代在广州活动的要人大都住在东山一带。大革命时期，蒋介石虽然常在黄埔军校办公，但他的“公馆”却在东山。那时，廖仲恺与何香凝住东山口的双清楼，汪精卫住葵园，也都在东山的范围。30年代初期，两广与南京分庭抗礼，在广州成立中国国民党西南执行部及国民政府西南政务委员会，一批军人政客云集广州，其中不少人择东山而居；李宗仁就长期住在马棚岗，主粤的陈济棠则大力经营梅花村，陈济棠与一帮亲信、幕僚在梅花村居住，并在那里谋划策动了许多“事件”。1936年的两广事变，就是陈济棠与白崇禧等人在梅花村谋商发动的。曾几何时，在这花坛环抱、绿树掩映的文艺复兴式的小楼墙壁上挂满军用地图，运筹着一场场血雨腥风的战事。

中华人民共和国成立初直到50年代前期，梅花村是中共中央华南分局与广东省委的机关重地，许多领导同志也住在这里。那时候，梅花村周围尚有浓厚的乡野风味，说它是“村”还真能给人一点“村”的感觉，它与斜对面的杨箕村只是房舍不同，而四周的景观则是一样的。那时，梅花村给我的感觉，是幽静而且美丽的。从东山口来这里的道路两侧，建筑物零零落落，能引起人们注意的只有一片两层的黑瓦黄墙的铁路职工宿舍和一个幼儿园，路对面的广州铁路局大楼，孤立于田间，看起来分外宏大巍峨。梅花村东边紧靠铁路，水面清清的沙河涌贴着路基向南缓缓流去。桥基长满苍苔的拱形石桥，像是一个被岁月压弯了腰的老人，拱身伏在沙河涌上。石桥那边是广阔的郊野，上面的水田和菜畦一直延伸到远处。

那时我常去梅花村，因为同学朱可在省委工作，遇假日我常找他。我同他喜欢坐在桥栏上，观望四野的风光。东边，过杨箕村还有两个烟霭笼罩的村庄，一条公路通黄埔，路两旁新植的木麻黄树，渐远渐淡，融入稻田和菜地的绿野之中。稍往北，是天河机场，朱可因为工作关系，对广州的历史比较了解。他说天河机场与白云机场是陈济棠主粤时期修建的，陈济棠很重视建立空军，还办了一个燕塘航校。大革命时期，机场在大沙头，孙中山先生第一次看冯如的飞行表演，就在大沙头机场。如今，天河机场上建起了天河体育中心，白云机场几经扩建仍难免将被一个更大更现代化的新机场所替代，成为历史的陈迹。南望，一直可以望到珠江边，孤零零地矗立在江边的珠江宾馆主楼，是我们的坐标，望到那座暗灰色的大楼，我们就知道沙河涌在那里入江了，我们投在沙河涌水面上的树叶与野花，像小船一样就是在那里转入珠江向大海漂去。稍近处，望着达道路的几座有许多阳台的楼房，朱可说，这叫火柴盒式建筑，是中华人民共和国成立前的银行职员宿舍。那时我们感到那几座楼建得很不错。向北，可望到背依山冈的沙河镇与石牌村后边蜿蜒起伏、朦胧缥缈的大学校舍。沙河涌是城市的边缘，石桥是城乡的界碑。梅花村在这个界碑旁边，离开闹市之喧嚣，却获都市之便利，城市与乡村的好处兼而有之，可见它过去的主人在这座城市里的权势与尊荣。中华人民共和国成立后，这里虽然成了机关重地，但它的基本格局未变，仍保持着一般市民不易接触的那种神秘的清幽。毛主席乘火车来广州视察，曾在这里下车，可见几十年来此地是个风云际会之处啊！不过当年对我来说，梅花村只是一个访友与郊游的好去处而已。

我与朱可喜欢在田埂上散步。在稻子快熟时，摘一个稻穗在嘴里慢慢咀嚼，稻粒中清香的液浆，令我回味起少年时代生活的北国。一次我们在广州铁路局旁边的稻田里看到几只小螃蟹，一下子来了精神，就蹲在田埂上去抓它们，后来干脆脱掉鞋袜下到水田里。小螃蟹很机灵，一听到水声就赶快逃走。我们忙了半天，终于抓了五六只，兴奋不已。我说："这螃蟹太小。可怎么个吃法，油炸呢？清蒸呢？"朱可说："无论油炸还是清蒸，你都不会，何况这种东西不能吃。"我问："为何不能吃？"他答："因为它不是螃蟹。"

"不是螃蟹是什么？"我反问道。

"是蟛蜞。广东同志说的，这种小螃蟹叫蟛蜞。"

"小螃蟹也是螃蟹，是螃蟹就能吃。螃蟹变蟛蜞，广东人名堂多！"

"好好，我们把它养大再吃好吗？"朱可不愿同我争论，笑着说。

朱可真的回梅花村拿了个宽口玻璃瓶，把小螃蟹装进玻璃瓶里，交我带回去养着。他还到我的单位来看过小螃蟹养大没有。我们谁也不会真的吃那几只叫蟛蜞的小螃蟹，只是把一种情趣养在心里。

后来，朱可要求调动工作，我帮他当"参谋"，两个人坐在石桥上讨论来讨论去，最后选定了刚刚兴建的三门峡水电站。朱可不留恋梅花村的洋房，甘愿去钻建筑工地的工棚，说起此事后代人不理解，但这是我们那一代年轻人必然的选择啊！

如今，原来的梅花村早已成为记忆，站在友人的阳台上俯瞰，很难找到原来梅花村的小楼；环顾四周，也找不到一丝田园景色。这些年我迁居过几个地方，每居一处，初时均感四周开阔空荡，站在阳台上能看到很远很远的地方，但渐渐地，四周的景物变了，近了，高楼像潮水一样从四周淹过来，自己所居的楼房似乎越来越矮，陷入潮浪的旋涡。……原来的梅花村，不可避免地被新建的高楼淹没了，也许再过几年，它就只剩下一个地图上的地名了。

事物的发展按着否定之否定的规律在进行着。从 20 世纪 20

年代一直辉煌到 70 年代的梅花村，渐渐隐去了。但无数比梅花村更富丽、更幽静的现代新村，却在广州四乡建造起来。

原来的梅花村已成为历史，但当年捉蟛蜞的记忆，在我心里依然清晰。

1999 年 8 月 5 日

一座大厦的传奇

这座大厦是有灵性的，它有它的苦难与兴旺，沉痛与欢乐。

1954 年之前，广州还没有一座名谓“南方”的大厦，那时在西堤二马路有一座经历过火劫的水泥架子。我从单位所在地诗书新街，往位于沙面新沙逊银行旧址的商业厅开会，就要经过西堤二马路。

马路靠江一面矗立着的这座焚烧过的焦黑的水泥框架，很高大，据说，它代表了当时广州建筑物的第二高度（第一高度为爱群大厦）。它残破阴森，在它杂乱的几乎没有通道可行的空间里，蛰居着一些乞丐与无业游民，这更加重了人们对它的恐怖感。傍晚之后，妇女们都害怕经过它的旁边。

这座像骸骨一样的大厦残架，原本是中山籍澳洲华侨蔡昌、蔡兴兄弟于 1918 年投资兴建的城外大新公司，当时城墙尚未拆除；而先建的城内大新公司，则位于今中山五路新大新公司处。城外大新公司高十一层，融商场、酒店、游乐于一体，极一时之盛，在 1937 年爱群大厦落成之前，傲然俯瞰广州近二十年。1938 年，日军向广州发动进攻时，它不幸焚于战火。

中华人民共和国成立后，人民政府大力恢复生产，整顿市容，疗治历年留下的战争创伤，与城外大新公司同时遭火劫的对面街区进行平整施工，于 1951 年 10 月 14 日至 1952 年 2 月 14 日成为举办华南土特产展览交流大会会址，并且在交流大会简易建筑的基础上，建成了供游乐与博物展览的岭南文物宫，即后来的广州文化公园。

而靠江的大厦残架，却依然满目疮痍地孤悬于珠江之滨。

省市领导曾议论过修复大厦的事，一则资金难筹，二则亲领其事的人选难定，议而不决，因此，这件“标志性恢复工作”难以进展。正在这时，一个戏剧性的情节发生了。

当年解放军向南进军，每收复一个城市，必成立粮食公司、土产公司、贸易公司、物资公司等等，多者有八大公司之称，加上新华书店，构成新区物资供应系统，广州亦如此。

省贸易公司经理姓王，是个知识分子干部，团政委转业，有文化有魄力，是商业系统的一员猛将。1952 年，省贸易公司改组为省食品公司，他仍出任经理。

这个食品公司的主要任务，一是抓生猪收购与供应，二是抓香蕉、菠萝、潮州柑等水果的收购、供应与对苏联出口。对苏联出口的任务压倒一切。据说，斯大林曾在一次宴会上一面吃着潮州柑，一面夸潮州柑是世界上最好吃的东西。

有关领导多次传达斯大林同志“这一亲切而伟大的指示”，食品公司全体员工振奋之至。但是，把香蕉、菠萝、潮州柑这些动辄霉烂变质的鲜活商品，不远万里地送到苏联老大哥手上，虽属光荣任务，却完成不易。火车由广州开往满洲里，不摇晃个十天半月是到达不了的。就是在 1952 年 6 月开通中苏联运直达列车之后，也要七天时间，当年号称我国铁路史上创举的这条“绿色通道”，绝不似如今行驶的空调车，它为了降温与保暖，夏日冰块冬日煤炉，得由押运大队的押运员们在车厢内精心侍候着，稍一不慎，水果不是冻伤就是腐烂。车到满洲里后，苏联那边的检验员验收严格，稍不称意就退货。当然，故意刁难者有之，本不足为奇。

领袖一声号令，全国人民“向苏联学习”“一边倒”，甜腻腻地唤“老大哥”。这老大哥叫多了，也会叫出一种毛病来。当时坐镇满洲里的苏联老大哥，可能已经染上了这种毛病。这些被中国人尊为专家的检验员、验收员们，脾气大，派头足，一不高兴，就要把历经千辛万苦、万里迢迢运过去的水果打回来，令人心痛。被打回来的水果，有些质量确有微疵，有些则属误检。

来过广东的苏联专家有个长久不解的疑问：为什么在你们这里吃菠萝那么好吃，而运到莫斯科的菠萝则不好吃呢？为什么你们吃熟香蕉，而把青香蕉往莫斯科运？他们不明白菠萝是在树上长熟才好吃，而长途运输只能摘青菠萝；而在树上长熟的香蕉不好吃，必须是青香蕉经过加工烘熟才好吃。果农同专家说不明白，食品公司的技术人员的解释，他们未必尽信，因而误会难消。专家们疑虑重重，后果就是退货连连，省食品公司损失严重。

经理老王急火攻心，竟对专家少了必须有的客气与虚心。有一次，专家抓住一点小毛病，扣住几车水果不能按时发运，眼看水果可能积压变质，他与老大哥发生了争论，并千不该万不该还在稍后发牢骚说：“他不是我爹，也不是我娘，我为啥要那么孝敬他！”

专家将老王的“不合作态度”反映到领事馆，领事馆又将情况层层反映到省委，加上一纸义正词严的检举揭发信也及时到了省委某部门，于是，不愿甘当小弟弟的老王就被撤了职。

省委组织部长在干部大会上批判老王时讲的一段话十分精彩，几十年后还能让人记起。他指着老王厉声道："你说他不是你爹你娘，你可知道你运去一吨香蕉、菠萝，就能换回一吨钢材或一台拖拉机吗？这难道不比亲爹亲娘还亲？大家都认为，一吨钢材或一台拖拉机要比一吨香蕉、菠萝珍贵得多，中国人吃什么香蕉、菠萝，没有钢铁怎能建成社会主义大厦？你老王活该挨批受处分！"

没有人替老王说话，都是"一边倒"。

那几年，《喀秋莎》《山植树》《灯光》《共青团员之歌》《我的祖国》等苏联歌曲，唱遍机关学校，有谁不是唱得动心动情？1952年底，苏联芭蕾舞团与苏联红旗歌舞团来到广州，中苏友谊之声响遏行云，乌兰诺娃和红旗歌舞团在越秀山体育场和中山纪念堂的演出，成了广州人的节日。红旗歌舞团的一场表演，除了五万现场观众之外，尚组织三十万人通过大街上的高音喇叭收听实况广播，其盛况可能是世界演出史上少见的。

老王和大家一样高唱《莫斯科——北京》，却忽然犯了"反苏"的大错误，冤哉乎也，但却无人出来为他说话。

应该肯定，在我国进行工业建设初期，苏联援建的一百五十六个重点项目，意义重大，但也不必要求中国人民对苏联敬重到神经质的程度。

一位苏联派来的女检验员是位寡妇，常同我们食品公司的一位俄语翻译到各地检验出口水果，两人接触比较密切，而我们的男翻译则是单身汉。领导接受老王的教训，按照传统的思路，急忙将男翻译调开，据说是担心影响国际关系，可见当日的所谓

“国际关系”，是何等的神圣而脆弱。

到了 1953 年下半年，听说焚毁的大新公司要修复了，带领修建队进入那座水泥框架里去的，正是老王。老王成了这一修建工程的负责人。一年之后，用去修建费一百多万元，大厦焕然一新，出脱得像一只浴火后腾飞的凤凰。据说，除大厦东侧一条通往游艺场的斜形车道，改建成为连接主楼的楼体之外，其他部分基本恢复了原貌。

自此后，广州便有了一座名谓“南方大厦”的大厦。这座银白色的大厦婀娜多姿，面对滔滔珠江，左揽十里长堤，右挽邮政大楼和海关大楼，将珠江岸边的高楼连接成一队风中的舞者，舞出了广州最美的一道风景。它成了这座城市的一颗明珠，一个骄傲。

民间一般将南方大厦看作一间百货商店，其实在开始启用时，五至八层为机关办公所用，九至十一层则是酒店，天台为屋顶花园。我曾三度在这里办公，因此，每当我乘花尾渡从外地出差归来，在江面上一看到它顶部钟楼上不停旋转的霓虹灯光，就有一种“回来了”的感觉。

南方大厦百货商店开张时，正名是“广州国营西堤百货公司”。当时在广州乃至于整个中南地区，它都是最大的百货商店。

1954 年 10 月 3 日开张那天，广州市民蜂拥而至，人山人海。生性好新奇好热闹的广州人怀着兴奋的心情，本想领略一下修复的大厦和新开的“国营”商店的风采，不意悲剧却倏然发生了：当晚，由于顾客过多，疏导不畅，竟挤死数人，挤伤若干人。我也是前往凑热闹的一个，但我到达时已在清场。呼啸的救护车飞奔来去，给节日添加了一种怪异的不和谐调音。

事后我想：如果不是着意在西堤百货公司前面加上“国营”二字，如果报纸不对这“国营”二字大加渲染，也许那晚西堤百货公司的开张典礼，就不会吸引那么多人去观看。那几年，人们生活在浪漫的甚至有一种虚幻的感觉之中，对“国营”“集体”“计划”之类的字眼都特别倾心与钟情。新鲜事物目不暇接，充分调动起人们对未来的幻想，而且幻想往往赶不上现实。大家正呼喊着为建设新民主主义社会而奋斗，连青年群众的先进组织——青年团，也名为新民主主义青年团；却忽然有一天，伟大领袖毛主席在宣布过渡时期总路线时宣称：“自 1949 年 10 月 1 日建国那一天起，我国已进入社会主义社会……”人们已在社会主义社会幸福地生活了几年，可自己还不知道，这又怎能不惊讶，不兴奋，不幸福得找不到北呢？说到“国营”，就等于是说社会主义因素，就等于是说“风景这边独好”，谁不想去先睹为快，去光顾一下！

人们对刚开张的南方大厦百货商店如此，对其他社会主义性质的商店亦如此。

中山五路与维新路（今广州起义路）的交叉路口，冒出了一间供销社饭店（今越秀饭店处），且不说菜式如何，单听听供销社这响亮的名字就得去光顾一下，何况店里还推出广州从未有过的北京烤鸭，而且烤鸭师傅还是来自北京，原汁原味哩。

报纸一张扬，我和几个年轻朋友打平伙去吃了一只烤鸭。师傅问几吃，我们不知所以，但心里高兴，只有社会主义才有如此好的服务态度，一只鸭还问你几吃呢？这第一间由供销社办的饭店很兴旺，一些高级干部大约出于同我们一样相信集体所有制优于私人所有制的心理，也来光顾。

有一次，我看到许多厅级干部在这里欢送一位姓朱的厅长往北京赴任，维新路边停放的小汽车，排了长长一行，那年月汽车不多，这种场面难得一见。这位朱厅长不是荣升，而是被免职后调任的，所以，热闹中不免隐隐透出一种“风萧萧兮易水寒”的悲凉。

此事发生在陶铸刚来广东主持工作之时，正如毛主席称赞的那样，陶铸是一把火，走到哪里烧到哪里。中共中央华南分局第四书记陶铸同志一到广东，广东就腾地烧了起来。不少人都只知道陶铸到广东先抓土改复查，大军挂帅，给“和平土改”纠偏，之后又抓反地方主义，却不知道在这两抓之间，另有一场不大不小的运动，叫作反国民党作风。我们那位朱厅长，就是在反国民党作风当中下的马。

我参加了几场批判大会，听发言，对朱厅长的所谓“打击报复”等国民党作风，听不出个究竟。这种运动虽然目的不明确，却很有杀伤力，能够迅速建立领导者的威严。朱厅长灰灰地上调北京而去，众同人表心意，选择了这间半社会主义性质的饭店，想必也是颇费苦心的。

除了“国营”“集体”之外，“计划”一词，在那年月也是使用频率最高和最有吸引力的。身处第一个五年计划建设热潮中的人们，哪能对“计划”二字不向往之，膜拜之？

苏联援建的一百五十六个重点工程项目纷纷动工，捷报频传，凯歌震天，地处沿海的广州虽然没有那么多“重点”，却喜报连连：第一辆自行车、第一架钢琴、第一台手摇式电话机、第一台煤气万能拖拉机，甚至第一批“水杨酰苯胺”的治癣新药水，都像呱呱坠地的新生儿，给广州人脸上添了不少光彩。

计划经济的威力不断展示，人们相信按计划大跨步前进，就可以提前建成社会主义社会。那时候的人们还没有教训，不知道计划经济也有其双重性；计划经济不是绝对好，也不是绝对不好。计划经济对经济的宏观调控和资源的统筹配置是有效的，但它驱除市场经济的竞争，以少数人的头脑代替大多数人的头脑，必然压抑人的主动性与创造精神，犯主观主义与命令主义的错误，其对经济的消极影响甚至是破坏性的。

就在国营西堤百货公司开张前后，生活在广州市的市民们，也逐渐感到“计划”一词所包含的温暖与冷峻了。人们的一切都被政府计划着，在政府为保障人们基本生活所需要的善意努力下，人们距憧憬中的社会主义富裕生活似乎越来越远了。

且看下面的计划实施进程——

1953 年 12 月 15 日，市政府根据国家的粮食计划收购与计划供应政策，开始在全市实行粮食统购统销。

1954 年 1 月 8 日起，全市实行食油计划供应，每人每月一市斤，凭证购买。

1954 年 1 月 18 日，全市开始实行大豆统购统销。

1954 年 8 月 21 日，全市开始实行食糖定量供应。

1954 年 9 月 15 日起，实行棉布计划供应，凭购布证购买。

1954 年 10 月 9 日起，全市实行燃煤凭证限量供应。

1955 年 12 月 7 日起，规定稻谷、大米、麦、面粉、大豆等均属国家统一经营的统购统销粮种，除国家委托代销外，一律不准私自经营。

1956 年 11 月 5 日起，实行猪肉、牛肉、塘鱼凭证供应办法，对全市居民实行凭证、定点、定时限量供应猪肉、牛肉。

1957 年 8 月 17 日，市人委再次发出通知，规定凡属国家计划收购和统一收购的商品，一律不开放自由市场，不准在自由市场交易。

吃粮用粮票，穿衣用布票，许多物品定量供应，而且在一个相当长的时期内，这个定量不是上升而是呈下降趋势。每种物品实行统购之前，十分注意保密，往往在执行前夕才进行动员，以防抢购，但也有个别私心重的人漏夜去敲商店门的。我们系统有两个人，就因在棉布统销前夜去购棉布而受了处分。

定量与票证，成了人们生活的主要凭依。

除棉布外，计划供应似乎与国营西堤百货公司关系不大。在以后的岁月里，这种情况就改变了。

1957年，毛主席提出了人民内部矛盾问题，我认为当时的人民内部矛盾，有计划经济的弊端的某些反映，当然，毛主席他老人家绝不这样看问题。1957年的“反右运动”和之前的“内部肃反运动”，以及“反胡风运动”，我都是在南方大厦度过的，大厦里面的政治斗争与政治生活，是那个时代的一个侧影。

1954年7月，耿直的胡风，向中共中央写了《关于几年来文艺实践情况的报告》，即《三十万言书》，受到毛主席格外的重视，亲自撰写编者按语，亲自组织批判，真个是以其人之道还治其人之身，把投枪、匕首和集束手榴弹一股脑儿掷还给了胡风。接着，拉开了一场轰轰烈烈的反击“胡风反革命集团”的斗争。

本来不少人以为，胡风即使有天大的本领，也不可能把“分子”撒遍全国，但是出乎意料，好像到处都有，到处响起一片打倒声。

那时，我是厅派到大厦五楼一个单位的监察干部，本是去建立监察工作试点的，也得就地学习，参加运动。一个企业单位要同胡风沾上边，不容易。

正是愁云惨雾之时，一位姓刘的工会干事开始了联系实际的自我批判。他原在武汉大学读书，曾向《大刚报》投过两次稿。有人立即警觉起来：这《大刚报》不是“胡风分子”曾卓在编吗？一路追问下去：你同曾卓是什么关系？你的稿子是怎样投去的？你为什么要邮寄而不直接送去？啊，有一次是送去的，那送给了谁？为什么送给了门口的收发老头，却不去见曾卓？反复追问，结论是不老实，必须彻底交代你参加“胡风反革命集团”的一切活动！总之是“不老实”，把个苍白瘦弱、斯斯文文的老刘，弄得像张破纸一样，抖抖索索地让人们随意涂画。

全市在这场“肃清胡风反革命集团”运动中，取得了揪出“胡风反革命集团”骨干分子三人，一般分子九人的“战果”，南方大厦五楼的老刘，虽未能计入战果，未被划成分子，却被下放到了山区。

由于挖出了“胡风反革命集团”，加上骗子李万铭的《钦差大臣》式的表演，解剖麻雀，以此类推，暗藏的反革命分子和混进革命队伍中的形形色色的骗子，想必不少。于是，一场内部肃反运动紧接着反胡风的尾声，紧锣密鼓地开了场。

大厦里面的口号声，与长堤一带高楼里的口号声连成一片，和着珠江的澎湃涛声，日夜奔涌。一些原来一起工作的同事，忽然被揪出来围在人群中间低头交代。中间的人腿站肿了，腰站弯了；四周的人声喊哑了，心变硬了，违心去斗争别人因而心灵扭曲了。我对这场运动“很不理解”，就被派到大厦外面，主持一个监察干部培训班去了。

1957 年春天，从商业厅分出了一个服务厅，我作为服务厅监察室干部，又搬进了南方大厦。

1957 年的夏天令人难忘，1957 年的春天同样令人难忘。一直到现在，我仍然不相信“阳谋”之说。

1956 年，是共和国发展的一个高峰，人民的生活达到了一个新的水平，在迎接一个新的春天时，人们的情绪空前欢快与活跃。毛主席在最高国务会议上连连发表讲话，同党内党外人士有说有笑，一派和衷共济、家和万事兴的升平景象。接着，各级党委组织党员和群众学习毛主席《关于正确处理人民内部矛盾问题》和《论十大关系》的讲话，开展整风运动，要求所有党政干部重新武装思想，高度发扬民主，彻底肃清官僚主义，学会运用团结—批评—团结的办法去处理人民内部矛盾。

到了5月——一个如俗话所说的火红的5月，全市的报纸、广播是一片帮助共产党整风的声音，党委领导出面，以求贤若渴、求谏若渴的态度，与三顾茅庐的精神，礼贤下士地诚请各民主党派人士、各界人士举行座谈、谈心，征询他们对开展整风运动的意见和听取他们的批评。逐渐地，偏激的意见有了，尖锐的批评有了，有些批评听起来还挺伤感情的！有人开始警觉了：怎么会这样？不是九个指头和一个指头之比吗？不是天天在唱《东方红》吗？好吧，要他们说，天塌不了！

以我猜测，如果说"反右"是"阳谋"的话，是到这时候才决定施"阳谋"的；起初号召整风确有诚意。

诚也罢，不诚也罢，其玄机在于一个"变"字。

当年在最高国务会议上，马寅初被毛主席赞誉为计划生育专家，两人执手言笑，何等亲切。谁料想时过一年，马寅初的人口论受到全国批判，连农村妇女也知道这个姓马的与那个姓马的（马尔萨斯）都是不让女人生娃的坏东西。打倒马寅初，解放生产力；人多议论多，热情高，干劲大，呼啦啦多生了几个亿！从整风到"反右"，也是这样一个"变"的过程。

6月，从党内文件上看到那篇《大鲨鱼要浮出来了》的著名文章，我简直不敢相信自己的眼睛。说实在的，我并不赞成有些人对党所提的意见，甚至反感，但我也不认为抛诱饵引人上钩是可取的，何况那时提了一些激烈意见的人不一定就是吃人的鲨鱼。

直觉告诉我，一件关乎国家、民族、个人命运的大事就要发生了。“防民之口，甚于防川”，《国语·召公谏厉王止谤》中的这句名言，反复在我脑海中闪现。我变得非常沉默，沉默被视作一种消极、对立的态度。于是，我被孤立，被隔离。

在我听候批判的日子里，我常常独自靠在南方大厦五楼临江的窗口下，捧读泰戈尔的《沉船》。我预感风暴来了，我这一叶小舟就要沉没了。望望珠江江面上远去的航船，听着那一声声汽笛，有时我合上书页，思忖着：我这一叶小舟是那么小，没有锚，没有风帆，当然也不会有呼救的汽笛……

正当全市紧跟全国形势，厉兵秣马，决予右派分子以迎头痛击之时，台湾国民党一架军用飞机从低空窜入广州，投下传单、衣服、玩具，从南方大厦旁边掠过，贴着珠江逃遁了。这出小闹剧成了反击右派分子斗争的小插曲，为某些人一心求证右派分子是国民党反动派的说法，添加了一个可笑的口实。

7月4日，四千余人在中山纪念堂举行“反击右派分子大会”，全市的“反右”运动进入了高潮。发自南方大厦里几个单位的声讨声、批判声此起彼伏，相互呼应，煞是热闹。

不准我参加会议，也不对我进行批判，这是激战前的沉寂啊！南方大厦的四壁，宛如一圈冷漠的逐渐缩小的铁栅，向我逼来……

秋天的一个早晨，我刚走进办公室，一位同事示意我到走廊去看大字报。“忽如一夜春风来，千树万树梨花开。”我眼前白蒙蒙一片，但不是雪花，更不是梨花，而是大字报。大字报从走廊上、楼梯口，一直伸展到饭堂和会议室里，有檄文，有声讨；有揭发，有批判；有漫画，有打油诗，甚至还有一则要我和别人猜的谜语，林林总总，应有尽有，只是文采让人不敢恭维。我明白，拉出这个阵仗是正告我，我已陷入“人民战争的汪洋大海之中”了。

后来听说，这些机关枪、排炮，是我那些可爱可敬的同事们，怀着或兴奋或不安的心情，通宵苦战的成果。

实事求是地说，“反右运动”在形式上是比较“文明”的，甚至可说是在我所经历的各次运动中“最为文明”的，基本上做到只动口舌，不动手脚，这不能不说是“运动文化”的一大进步。会上只进行批判与辩论，允许你右派分子发言，革命群众掌握着无往而不胜的批判武器，不信不能把你右派分子批倒批臭；真理与事实都掌握在革命群众手里，不怕你右派分子狡辩抵赖。

我经历了一场场有声有色的大辩论。我态度“恶劣”，不承认错误，对那些诬蔑不实之词必予驳回，直到有一天，我的“嚣张气焰”才被打了下去。这一天是辩论我攻击某领导侵占职工福利金的问题。我担任过主任监察员，1956年根据群众对某领导一人占用全单位年度福利金总额三分之一的反映，向某领导提了意见，并报告上级，事实俱在，某领导勉强接受了上级的批评。事过一年，这件事却成了我恶毒攻击党的领导、败坏领导威信的严重罪行。我当然不服，不是说事情愈辩愈明吗，我就摊出事实与证据，怀着一种“要为真理而斗争”的傻气，决心争辩到底。

最想不到的是，这一天安排出场的是单位的两个最困难户，是应该享受福利补助的人，也是我平日十分同情的人。这两位一出场表现得特别怒气冲冲，直奔主题，一开口就指出，我是以替他们说话之名，行攻击党的领导之实。有段话说得特别简明而精彩：“× 局长对革命贡献那么大，不要说 × 局长只用了全局福利金的三分之一，就是全部给 × 局长使用，我们也没有半点意见，我们这些困难户不用，也要让他用，我们是心甘情愿的呀！谁要你为我们说话了？你装扮成为民请命的样子，居心却是攻击党的领导，今天我们一定要剥掉你的画皮！”说者几乎是声泪俱下，感情激动，一下将我说哑了。面对这幕滑稽而又有几分悲壮色彩的表演，我愣怔了好大一会儿，木然地坐着，不再说话，我承认我被批倒了，让批判者去庆祝胜利吧！

哀莫大于心死。一连三天，我不开口，会下不说话，会上也不说话。“不说话就是对抗！”我仍不说话，在真理与谬误之间，我已经无话可说。

运动是一面百棱镜，可以在瞬间映照出许多不同的面孔。

在南方大厦这方小天地里，我认识了一些十分精彩的面孔。不少人出于单纯的义愤，或迫于一种无形的压力而投入运动，但也有人是被功利所驱使，甚至极少数品质恶劣者是为了打击别人，钻营往上爬。负责整我的一个“专职干部”，就是这样一个品质恶劣者。“反右”后，他荣升某单位党支部书记之后不久，在处理一桩婚外恋情找当事人谈话时，竟将女方诱奸了。其品质可想而知，但这样的人在运动中却最能呼风唤雨。

还有一个会像川剧那样猝然变脸的女士，给我留下的印象也十分深刻。“反右”开始，她不相信我会被打成右派分子，曾多次主动向我表示同情；待运动深入发展，她面孔突变，一次在电梯口相遇，我习惯地同她打个招呼，她竟鄙夷地看着我，冷笑着说：“你是什么人？右派就是国民党反动派，知道吗？”如此无耻，令我冷到背脊。

当我再次到南方大厦办公，已经是从农场回到广州的 1962 年了。

离开的几年，广州随同全国也经历了一番翻天覆地的“大跃进”洗礼。原来没有的珠江大桥，有了；原来没有的五羊石雕，有了；原来没有的城市人民公社和郊区人民公社，也有了；不少新事物或建设新成就出现了。有这么一说，右派阻碍了生产力的发展，打倒了右派，生产力当然应该出现一个新的跃进。实际情况似亦如此，自从右派分子被扫进农场，扫进监狱，扫进历史的垃圾堆之后，一声号召，人民群众意气风发，斗志昂扬地大干快上，从“十五年超英赶美”到“一年等于二十年”，眼看着偌大的一穷二白的中国就要跑步进入共产主义了。

广州一日出动五十万人炼钢，全市机关团体和企事业单位的干部，大部分停止办公，把办公室和宿舍的铁门、铁闸、铁窗、铁栏拆卸下来，当作“挖掘”的废旧钢铁填进土高炉，即使放不出一个大大的钢铁卫星，也要放一个灿烂的“炼钢卫星日”。

有的领导为丰收的粮食没有地方存放而发愁，党报用头版头条刊登通栏大标题，号召人们放开肚皮吃饭。

钢帅粮帅升了帐，横扫千军如卷席，怕你狗屁帝修反！那真是长自己志气，灭敌人威风的好日子啊！

可惜科学不饶人，土高炉炼出来的是烧结铁，密植深翻的田里大减产，就算老天爷愿意承担责任，但人们的肚皮问题它却解决不了。一度放开的粮食供应，又收了回去，还要求个人减少原先的粮食定量。情况急转直下，供应状况愈来愈紧张。再且看——

1959 年 4 月 7 日起，在饮食店吃饭要收取粮票。4 月 11 日起，实行市民凭票购买猪、牛、羊肉和鱼，供应量按货源定。无奈，从 7 月 25 日起，在三元里、杨箕村等十三个城乡连接处，开放农贸市场。

1959 年 12 月 8 日，停止向各单位供应猪肉，实行自养自给；中旬，市委号召“全党动员，全民动员，立即掀起以养猪为中心的副食品生产运动高潮”。一时间，处处猪圈与办公室毗邻为伍。

1960 年 10 月 14 日，市委发出《关于进一步做好压低城市口粮标准的指示》。

1960 年 11 月 19 日，市委推广小球藻等粮食代用品领导小组在广州畜牧场召开小球藻、人造肉精、叶蛋白现场会议。12 月 14 日，市委为贯彻中共中央的有关指示，号召全市广大群众，开展一个大规模的采集、制造代食品运动，以适应口粮低标准下人民生活的需要。

1961 年 2 月 27 日起，毛巾、被子、汗衫、背心等十种针织品实行凭票供应。接着，许多日用品如火柴、香烟、白酒等，均实行凭票定量供应。

1961 年 7 月 1 日起，全市商品凭“三证”（粮油证、副食品供应证，日用品购货证）供应。

1961 年 7 月 16 日起，全市实行食盐凭证供应。

1961 年 9 月，居民食油定量由二两增加为二两半。

到此时，在南方大厦能够不凭证可以买到的东西，已经寥寥无几。1961 年底，市面上出现不收粮票但每斤价格高达四元的高级饼，南方大厦门前从早到晚排起了“长龙”，虽然动员党员和干部不要去排队。同事周大娟还是冒着受批评的风险排队买了一斤，把刚从农场回来的我请到家里款待一番。不过是几块饼而已，但这几块饼却包含着那个饥馑年代的无尽情意。漂母赐食，莫敢稍忘！

1962 年，我被借调到厅三清办公室工作。所谓“三清”，就是清产、清仓、清资，许多地方在“大跃进”中盲目生产了大批质次价高或毫无使用价值的产品，商业部门也盲目地将这些收购进来，造成大量积压，账目混乱。为了使商业部门弄清家底，卸下包袱，上级决定，在清查的基础上，对积压商品及呆账坏账进行审批核销。三清办公室是一个负责此项工作的临时机构，具体负责人是林超同志，我在他直接领导下工作了三年，得到了很多教益。

1962 年秋，由财委、商业厅、财政厅等有关部门领导组成的审批委员会，设在南方大厦酒店九楼，连续进行了几个月的审批。我作为具体工作人员，也在那里住了几个月。

审批的材料真是无奇不有：有将整座山当作稀土收购的，也有为了放收购卫星而指江买鱼的；有当地党政机关强令收购的，也有商业部门强行收购的；农民明明说那东西没有用处，还非要收购不可。

林超是个有思想的人，常摇头叹息；我在海南农场劳动过，直接经历过这种事，有点见怪不怪了。我对老林讲过其中的两个故事。

一个是公社要放财贸卫星，一天，忽然命我们钻进密林里砍树，见树就砍，不管是不是成材，也不管能否运出，砍了一天，报个数字，财贸部门照数付款，一日收购七万元的财贸卫星就放了出来。

再一个是，供销社收购野芋头。海南的沟沟坎坎长满野芋，农民整天忙着往供销社门前送，供销社的司磅员则整天忙着过磅，野芋堆得像两座小山，而且继续升高。我们出于好奇，到供销社买东西时，便询问收购这些野芋做什么用，竟然无人能够答出。

老林听了我说的故事，叹息说，如果这仅仅是故事就好了。

现实很严酷，整个审批过程，核销了削价及报废等项的损失高达两亿多元！这在当时是个天文数字。

不应忘记，修复这座大厦只用了一百多万元；1957 年，第一届中国出口商品交易会（广交会）成交额为肆仟伍佰万元人民币；第二届成交额为一亿七千万人民币。

参加审批的各领导同志也不禁发出一声声惊叹，说如果是资本家的话，早就从这南方大厦九楼跳了下去！当然，我们不用担心会有人跳楼，所幸这两亿多元不是从个人账户里销掉的！

此后，我再没有机会住进那座大厦。广州的大厦千万座，唯有南方大厦同我有一种不解的缘分。

80 年代初，我陪李准、谌容、沙叶新等几位作家到南方大厦采访。因为南方大厦百货公司前一年的销售额，一跃成为全国十大百货公司之首，成了全国零售商业改革的一面旗帜。当时的总经理被誉为改革家、经济能人，荣升为广州市副市长。我同他恳谈过，他是一位有头脑有魄力的人，对广州的商业改革有一整套设想，可惜他很快就退了下来，他的那些设想与蓝图也就未能付诸实现。

到如今，我同那座大厦已有四十多年的交往了。

前几天，我还走进大厅，望着它琳琅满目、极其丰盛的陈列商品，不禁回想起几十年来，从它周围呼啸着飘过的那一片片带有传奇色彩的烟云。这，不仅是这座大厦的传奇，也是许许多多人的传奇。

2002 年 11 月 19 日

失去了第二个夏天

我同那个女孩常谈及这座城市的过去。因为年龄关系，我们谈及的往事常常相隔一个或两个年代，像在一条幽深的透着微光的隧道两头，相互听着遥远的话语，惊疑地感觉着自己说话的回音。

我同她坐在江边，望着浑浊的泛着泡沫的江水。气垫船从江心飞驶而过，两条白浪滚动着扑向堤岸，卷起一股咸咸的腥味。江风热辣辣地一次又一次舔舐着水边的浪花，碎浪匍匐在发黑的泥沙上垂下头，无可奈何地舒着气，发出轻轻的叹息，远处有两座铁桥，火车、汽车和行人从上面匆匆通过，景象不断变化，从远处看像一组组无声电影的画面。江对岸有一片延伸进江面的建筑，从那里隐约传来嘈杂的欢声笑语。

“那边是什么？”女孩问。

“海角红楼。”我说。

“海角红楼不是早几年就关闭了吗？”

我没有答话。

“你在想什么？”女孩探过头，瞧瞧我的脸。

“50 年代，这里可真热闹！”我自语道。

当年，我来到这座城市不久，就听说这边有个风景优美的荔枝湾。荔枝湾对岸的海角红楼游泳场，是城里人夏天的好去处。南汉时，荔枝湾两岸建有王室的行宫，虽然后来由于朝代更替，那些行宫早已毁圮，被荒草与田畴湮没，但那一湾通向大江的清水和堤岸的荔枝树，仍不失为一景，被游人所激赏。50 年代荔枝湾两岸多菜地和藕塘。乘 2 路公共汽车到多宝路总站，一下车迎面而来的是一派村野景象。那时候还没有双桥，江面只有几个高低不等的桥墩，往海角红楼去的人多在荔枝湾头乘船。船有两种，一种是船篷四周挂满流苏的小画舫，一种是窄窄的可乘四至六人的小舟。小画舫多为着黑香云纱衣裤、背垂一条发辫的船娘掌橹，小艇则多为壮汉划桨。画舫的舱板擦得光可鉴人，乘客或坐或卧，尽得悠闲，因此船费较高。在湾内与江面上还有一种专卖食品的小艇，荡来荡去，叫卖兜售，如游人想要一碗艇仔粥，立刻就会有热喷喷的一碗捧过船来。

荔枝湾入江处有西郊游泳场，江对岸才是海角红楼游泳场。游泳场的游泳池为伸入江面的木栅栏隔开江水而成，依岸有些用木板搭建的简易建筑，就是游泳场的更衣室、小卖部和办公室了。不知道为什么这些简易建筑会有海角红楼这样一个美妙的富于梦幻色彩的名字，也许是对岸的木板房顶漆成红色的缘故。对年轻人来说，这里的红顶木板房和清凉的江水，确实是神奇的。每逢夏天，我与年龄相仿的一群同伴，常乘小舟到此处戏水，甚至冬天也来过。1954 年有关部门借用西郊游泳场开办监察干部训练班，我来参加学习。那一年非常冷，我在这座城市生活了几十年，只在那一年看到过结冰，虽然只是一点冰珠。那个冬天我在那里游过泳，也在那里一面听着寒风摔在木板上的响声，一面拥被读完了《资本论》。

“啊，那时我还没有出生呢。”女孩说。

“我到海角红楼最多的一个夏天，是 1956 年夏天。”

“为什么？这里有什么故事吗？”女孩狡黠地笑了笑。

“因为，”我微闭起双眼，“因为 1956 年夏天对这个城市的人来说，不，对全部新中国人来说是一个热烈的美好的充满向往的梦一般的夏天。”

对我来说，重要的是 1956 年夏天一个北方姑娘曾在这个城市逗留过，更准确地说是一个北方姑娘曾在那个夏天到这座城市寻找我。

苏联小说《三个穿灰大衣的人》在 50 年代初期受到年轻人普遍的喜爱。我把它搁在枕边，多次阅读。书中的主人公——一个从中学校走上战场的红军战士，复员后四处寻找因战争而失散的一个曾经同街住过的姑娘，寻找他朦胧的初恋。这个姑娘的名字叫塔玛拉。战前他与这个姑娘没有说过几句话，只是在提着书包放学回家的街边经常相遇，经常遇到那一瞥目光。令他刻骨铭心的是，在目送姑娘那走进黄昏的消瘦身影时，心头泛起的那种莫名惆怅。当他告别故乡走上战场，那姑娘默默跟在人们后边为他送行，从此那哀伤如秋、深情似水、纯情如火的目光，再也不能从他心头抹去。在炮声静息的片刻，在泥泞的战壕里，在死寂的潜伏着危险的森林里，他常常看到那目光。当战友们唱起《灯光》时，他透过浓重的夜雾看到了她的灯光，看到她的那扇闪亮的金色窗口。似在祈祷，他常常默诵爱伦堡的一句话：“革命、重逢、爱情。”战争结束了，但是重逢和爱情呢？这就是《三个穿灰大衣的人》说的故事。

我心中也有个塔玛拉。我同她少年时代在一起，战争与革命使我们分离，天各一方，几年不通音信。直到 1953 年，弟弟从她的家人那里得到她的消息，转告我，我同她才又开始通信。当时她在一个大军区工作，后复员考上北京一所外语学院。从 1953 年到 1956 年我同她通了许多信，几乎每周我都接到一个淡紫色的厚纸信封和几张淡紫色的印有凸花的信纸，还有照片：穿戎装的、穿布拉琪的、梳几根小辫戴顶帽子跳新疆舞的。我给她写得更多。我在信上谈这座城市，谈过去的学校，谈普希金和莱蒙托夫的诗，谈枕边的那本《三个穿灰大衣的人》，谈工作谈亲友谈理想谈思念就是不谈爱情。那朦胧的近乎神圣的感情只用朦胧的语句去表达，它像一个缥缈在星空下的梦，一个神话，一个幻影，切不可道破，如道破，它似乎会立刻消散，化作一道永不能凝结的带着哀怨泪光的轻烟。1956 年大学将放暑假时，我突然接到她的电报，说她即将来这座城市探望我。两天来我把电报上的日期、车次看了许多次，越看越模糊，总不能相信。直至她到来的那个晚上，我还懵懵懂懂地在办公室与同事们说笑。后来一位年纪稍大的同事问我怎么还不去接车，我才摸摸衣袋里的电报，将信将疑地向火车站赶去。

当我赶到广九车站时，她乘的列车就要进站了。我怕她在人群中认不出我来，特意花两角钱请广播室广播找人。我站在出站口，等到出站的人流即将过完时，她出现了，我看到了熟悉的粲然一笑。她向我走来。她穿一件水红色的束领绸上衣，蓝布裙和一双黑色半高跟皮鞋，短发在夜风中飘拂，那发式那面容几乎同中学时代一样，刹那间我回到了过去，我同她好像从来没有分离过。

三轮车行驶在老榕树的浓荫下，路灯从枝叶间洒下斑斑驳驳的光点，像一串串散落的微波在我们脸上身上跳跃和窃笑。她不时侧过脸笑望我，见她神秘的样子，我问：

“你看什么？”

“我看你脸上有没有一条疤痕，像牛虻那样。”她笑着说。

“我是一只快乐的牛虻……”接着她的话，我用逗笑的腔调，念了小说《牛虻》中的一句诗。

许多年来，我一直感到她那句关于牛虻的话，是一个不祥的谶语。

“怎么会是不祥的谶语呢？”同我坐在江边的女孩用手轻叩着堤岸的花岗石。

“打那之后不久，我就走进了人间炼狱。”

我住在越秀山下的大华园，可以说这是新中国成立后建造的第一批职工宿舍。那位北方姑娘的到来，单位特意为她在大华园腾出一间房子来，同事们都很高兴，对她很友好。因为是夏天，我们常到附近的越秀山和江边的海角红楼。我们开玩笑说，这是我们的“山海经”。

越秀山接连荒郊。从山顶往西看，可以看到远处西村水泥厂被烟雾笼罩的厂房；往北，可以看到耸立在一片村舍中的鸦片战争纪念碑。寂寞的白云机场上偶有飞机起落，除了新辟的不能说已完全竣工的体育场与游泳池，那边有时会传出喧闹的人声，和北秀湖上几片缓缓游动的游艇，余下的动感只有鸟鸣与树梢的摆动。山坡被新栽的桉树、马尾松和台湾相思覆盖，树木在云雾一般的浓绿中往上长，生怕弄出一点声息，但游人还是听到了拔节的音响。特别是雨后，走在山间的小路上，恍若置身于绿波，可感受到鱼群吸水那种“喳喳”声响的微妙震颤。我们常在山路上散步，与天籁交流着一种无言的欣欣向荣的萌动。有时我们坐在桉树林边的石凳上，沉默不语，望着夕阳反射在五层楼苍老红墙上的光辉，慢慢向上滑动，渐高渐高，终于滑过楼顶的兽脊，脱落在夜色的汪洋里；山南，已是万家灯火。这时她问，你看到我们住的那栋楼了吗？我没有回答，她轻轻地唱起那首熟悉的歌：

透过淡淡的薄雾，
年轻人看得见，
在那姑娘的窗口，
闪耀着灯光。

往海角红楼游泳，多是与一班年轻同事一起。年轻人好热闹，有一次包了一只小船，大家在游泳场玩了一个下午，晚上又拥着小舟在大江里泛游。谁游累了谁爬上船休息，休息一会儿再跳到江里。她坐在船上帮船夫划桨。月光如洗，大江涌流，两岸的灯火流泻于江上，纠结缭绕，变化出烟花般的图案。一时间，船周围像一个欢乐的聚会。谁说了一句："在我们家乡，嫁女是要坐船的。"几个伙伴一拥而上，一手划水，一手推船，笑闹着把船向江心推去，正当大家忘情嬉闹，不意月已隐去，突然间下起雨来。硕大的雨点击打江面，四周一片玻璃碎裂声，但那烟花依在，并且迸发出更瑰丽的色彩。我在江中唤她，要她用我的衣服遮住身子，有个调皮的同事说：

"游泳还怕淋雨？新娘子，快下来！"

"谁是新娘子？"她伏下身，撩水去泼那个同事。

"不下水怎当新娘子！"那个同事顺势牵着她的手，把她拉到江里。

江面上又是一片笑声。人们击起的水花越来越高。不知谁在水中兴奋地高呼：

“到中流击水，浪遏飞舟！”

欣悦与豪情尽泻江中。

本来父母要我们在第二年暑假回家结婚，本来我们对第二年夏天充满美好的憧憬，但是——第二年是1957年。

第二个夏天同我们错过了。

一起到中流击水的伙伴们各奔东西。有的像我一样被送到遥远的地方，有的在违心的或不违心的充当一次斗士之后，怀着愧疚或庆幸的心情，谨慎地考虑着脚下的道路。

坐在江畔听我叙说的女孩默不作声。她虽然没有经历过那个夏天的炎热，但她懂得那个我失去了的夏天，对一个人，对这座城市、对整个民族的命运意味着什么。

久久，女孩问：

“她没有再到过这座城市吗？”

“她没有再来过。她没有再看到越秀山和海角红楼。”

“那就是说，你们没有‘山海经’了。”

“我们没有‘山海经’了。连我也没有再到过海角红楼。听说它的水一天天浑浊了。”

“是的，60年代末一个男孩带我来游泳时，水已经很浑浊了，以后游泳场就关闭了。”

“你也再没有同那个男孩来游泳了。”我猜测道。

“是的。”她说，“那个男孩是房东家的儿子，同我家住一座楼，父亲在香港，母亲被赶回乡。他下放农村，每次回城休假，总爱孤零零一个人坐在木楼梯上唱歌，听到歌声我就下楼同他坐在一起，不说话，任他去唱，有时把省下的几斤粮票塞给他。”

“后来呢？”

“后来他去了香港。再后来他来找过我，给我带了很多东西，还说要给我买房，我全不要。”

“再后来呢？”

“再后来他给我写了一封信，提到海角红楼……以后我没有再见到他。”

我同那女孩都不再说话，默默地望着对岸的灯火。

海角红楼正在修复，也许江水会一天天清亮起来。

1997 年 11 月 22 日于广州

难忘桃金娘

近年来，可能由于报端上见诸海南岛的报道多了的缘故，我常常想起海南岛，常常在睡梦中看到生长在贫瘠山野上的桃金娘……

原来我不知道桃金娘是什么花，只因普希金在皇村中学念书时，写诗赞美过它，我就以为它是生长在皇宫禁苑中的名卉。

不久前，偶翻《辞海》，看到“桃金娘”条目的注释竟是这样的：

> 桃金娘，亦称“捻子”“山棯”“岗稔”，桃金娘科。常绿灌木。叶对生，椭圆形，有基出三大脉，下面被毛。夏季开花，花淡红色。浆果大如樱桃，熟时暗紫色。产于我国福建、广东、广西、台湾等地，亦见于印度。果可食。中医学上以根入药，称“岗稔根”，性平，味甘涩，功能活血通络、收敛止泻，主治风湿痹痛、腰痛、泻痢等症。现用于急、慢性肝炎。

这使我想起海南岛的山棯，那生长在荒芜的土地上，迎着雷暴、狂风、炎阳的山棯。

不夸张地说，山棯救过我的命。

1959 年，在中国九百六十万平方公里的土地上，水肿病像小高炉一样流行，饥馑瞪着傲慢的无耻的眼睛，嘲笑着“苦战三年，幸福万代”的大幅标语，毫不顾及“大跃进”的面子。在海南岛戴罪的我，理所当然要受到水肿病的青睐。痢疾同时也在折磨我。

据说，玉糠是治水肿病的灵药。玉糠者，细糠也，糠而冠之以玉，可知其珍贵。一位好心的老农工要我去场部医务所开张证明，到粮店买一斤玉糠治病。结果不仅证明没开到，还差点倒毙路旁，后来是山棯子救了我。

50 年代初，华南垦殖局开发海南种橡胶的时候，先种了许多防风林。防风林种得很整齐，长成后形成一个个方格。所以许多地方都以方格的编号命名。我所在生产队住的“方格”距场部有二十多里地，回来时，路好像没有尽头似的。路面上深深的辙痕，像两条凹进地面的钢轨，冷冷地延伸着。我的影子越伸越长，缓缓地在“钢轨”上滑动。我多少次告诫自己不要停下，可最后还是停了下来。

我透过灌木的枝叶，凝视着一片蓝天。天上没有一丝云，却慢慢抖动起来。它抖动着，像蓝色的人海，狂浪把太阳抛到天外。防风林带后面呼啸着一条血的河流。一会儿那血河隐没了，天停止了抖动，黑着脸，向我压来。我自觉地闭上了双眼。没有什么可悔恨的。唯一的遗憾是我才二十五岁就如此这般死了。如此年华，如此死法，似乎给民族与历史添了耻辱，但这能怨我吗？人是不自由的，人在选择死的时间与方式上，最没有自由。

不知过了多久，我隐约听到两个女子说话的声音：

“他怎么躺在这里呢？”一个又高又尖的声音。

“一定是饿昏了。”另一个声音细细的。

“唉，他们这种人也真蠢得可以了，你看，头上挂满山棯，却饿昏了。”

“喂他些山棯吧。”

这两个女子是和我同队的农工。我吃了一些山棯，坐上她们赶的牛车回到队里。

从此我认识了山棯。它貌不惊人，它没有栀子那种香溢十里的清艳，也没有杜鹃染红群山的绚烂，但它那朴拙的银绿色的叶子和淡红色的花朵，却蕴藏着山野的淳厚；在它深紫色的像串串小风铃的浆果里，蕴藏着博大的爱。

以后我从生产班调到养牛班，经常跟车。跟车是个比较轻松，比较自在的活儿，可以经常外出，遇到山棯可以摘些山棯子吃，还可以到村上买些番薯吃，这对我医治水肿病大有好处。据说这次调动，是那两位赶车的女工在队长面前说的情，队长看我身体太虚弱，就同意了。

有趣的是，这个队的养牛班，全部是女性。因此我对这种照顾，起初感到很尴尬。养牛班的女工们对我很友善，总给我轻活干。我跟着她们学会了养牛和赶车。在海南岛赶牛车是很惬意的。

海南岛的牛车啊！

海南岛的牛车有两个几近一人高的木轮。木轮没有辐条，像两只硕大的木盘。老牛拉着木车，两个高轮镶在几乎所有黄土路都有的深辙里，缓缓滚动。牛不需要辨识方向和路径，微闭起眼睛，重温祖先的梦；赶车人也可以微闭起眼睛，还可以躺在车斗里，看蓝天，数星星，睡觉温梦。牛颈上的木铃，叮咚作响，沉闷而凝滞，车轴发出一种“叽——，叽——”的啸声，谈不上悠扬，却在寂静的原野上传得很远很远。在闷热的中午，人们会以为它是风；在苦雨的深夜，人们会以为它是弃婴的哭号。昏昏然的路，昏昏然的车，昏昏然的人和牛，昏昏然的过去和现实，这种车好像载着海南岛的全部历史，在缓慢得近于停滞地滚动着，嘶喊着……

往香茅加工厂送香茅回来的路上，几辆牛车沿着紧贴防风林的土路，擦过一个“方格”又一个“方格”，任老牛拉着行进。景色很单调，牛车像茫茫大海中的几叶小舟。烈日从桉树和香茅的叶子上蒸发出一种熏香，熏得赶车人睁不开越来越沉重的眼睑。为了驱除孤寂和瞌睡，女赶车人往往扯起嗓子大唱。她们中间有姑娘，有媳妇，声音有高有低，有粗有润，唱起来真是一台戏。她们唱的都是琼剧，我听不出门道，听起来一个调子，更想睡觉，有时干脆躺下，用蒲草帽盖住脸，去唱我的小夜曲。有次她们故意逗我，起哄道：

“喂，请先生来一个！”我因失去了做同志的资格，她们又不愿意用言语伤害我，就无由地加我以“先生”的称号。

“来一个，来一个！”

掌声加着口哨。一个男人在一群女人的围攻下，唯一解脱的办法就是服服帖帖。

我唱了：

茫茫大草原，
漫漫道路长，
马车夫冻死，
在这草原上。

他临死挣扎，

想起他的妻，

他把临终的话，

交代给伙伴……

木轮发出“叽——，叽——”的长啸，妇女们都沉默了。在我前边，一个辫根上插朵山棯花的姑娘，垂下头，肩头颤抖着。

远处响起了雷声，接着，一声炸响，雷暴跳了过来。海南岛的天气，晴空万里，平地一声雷，大雨倾盆落。暴雨骤至：几个响雷在香茅田里滚来滚去。

“这里是雷区，赶快离开！”班长挥着牛鞭，在前面高喊。

几辆牛车奔跑起来。不料我车上的套绳断了，牛冲出了车辕。我猛拉牛绳，系牛鼻的木栓又崩了，牛受了惊，一直向路旁的山岗冲去。我提着牛绳，在后面紧紧追赶。

“不要追上去，不要追上去，快回来！”班长喊。

我仍然追了上去。牛在山棯丛中跑来跑去，我紧追不舍。我几次追到牛身后，拍着牛屁股，想使它安静下来，再走到前面系牛绳，但我一向前走，它就冲进雨幕。

雨鞭狠毒地抽着我的脸。眼前白茫茫一片。雷像打夯一样，一个接一个向岗上夯来。

“卧下，卧下……”

班长气咻咻地喊着，扑过来，猛然把我按倒在地。

“嘣，咔啦啦啦啦……”一个雷像千磅炸弹在我们头顶爆炸，声音久久不息，令人毛骨悚然。

离我们五十米远，一片树丛燃烧起来。

雷雨过后，班长找到牛，一伸手用手指钩住了牛鼻孔，帮我穿上了牛绳。我牵着牛走过刚才被雷殛起火的地方，看到一丛山棯，半边烧焦了，另半边还有几朵山棯花，挂着泪珠，在阳光下默祷……

“上个月这里殛死两个工友，还是女的。”班长说。

冬天来了。枝头的山棯花早谢了，枝头的山棯子早光了，一个严酷的冬天站在人们的面前。

我要被送到更有利于我改造的地方去。

临走时，班长拿出两个布袋给我。一个袋里装的是山棯干，一个袋里装的是番薯干。她苦笑着说：

“大伙的一点心意。能拿的就这么多了。”

班上一位姑娘赶车送我。高轮车沿着深深的、像大地一样古老的辙印向前走去，走进了血红的太阳。

从此我再没有见过养牛班的妇女们。离开海南岛后，我再没有去过海南岛，再没有看到过山棯花。

“能拿的就这么多了。”

还少吗？海南岛，你拿野塘蒿支持了冯白驹将军和那杆三十年不倒的红旗，你拿山棯使陷于困苦的人们度过了天灾人祸造成的饥荒，你拿出橡胶、矿石，你拿出儿女身上的鲜血，你拿出在你贫瘠的土地上所能生出的一切……海南岛！

最近，我常常想起你，不是因为那里留下了我的一段岁月，也不是因为我要凭吊在那里曾经受过的苦难。我常常想起海南岛的妇女们，想起那满山遍野的山棯花。

山棯花，原来你就是桃金娘！可你比我想象的高贵的桃金娘更为高洁和美丽啊！

1986 年 8 月 1 日

喑哑了的梦幻曲

每次我到法兰克福，都喜欢在舒曼大街散步。说是大街，其实街上很少行人与车辆。街两旁多是两三层高的带有华丽雕饰的巴洛克风格的建筑，门前大都有一个小花园，用镂花的铁栅围住，整条街的气氛清幽而神奇，好像一个 20 世纪遗下的幻境。每当我沿着街边漫步，一个旋律——舒曼《梦幻曲》的旋律——就不可遏止地从我的心底、耳畔和汹涌的血脉里升腾起来。在梦幻般的音乐中，舒展着翅膀，飞向那些闪耀着神话色彩的壁柱与窗棂，飞向纤尘不染的蓝天，飞向白云的梦。

我只知道舒曼的一生大半是在莱比锡度过的，不知道他在法兰克福有什么重要活动。为什么这里有一条舒曼大街呢？也许是这里的人也十分喜爱他那支著名的《梦幻曲》的缘故吧。1840 年，三十岁的舒曼几经磨难，终于同老师的女儿、他热恋多年的女钢琴家克拉拉成婚。可想而知，此时舒曼沉浸在怎样的幸福与浪漫的憧憬之中！舒曼迎来了创作的高峰期，于是在 1841 年写出了这首礼赞爱情、自由、梦想的钢琴与管弦乐曲《梦幻曲》，把心灵的诗意与旋律变成不朽的音符，永留人间。

我在舒曼大街徜徉，就是为了寻找这首浸透我心灵的《梦幻曲》。

想起许多往事。

80 年代，出版社请作家戴厚英来广州改稿。她带着女儿住在二沙岛的一座西式青砖小楼里。一个上午我去探望她，她与女儿刚起床。我问她怎么起得这么晚呢，她与女儿都笑了。她说昨晚因听音乐睡得迟了。

"昨晚我和女儿都哭了。"她说。

"你们听的是什么曲子？"我望望她们母女微肿的双眼，问。

"柴可夫斯基的《悲怆交响曲》，孙道临解说的。"她望望窗外，"你哭过没有？"

"什么时候？"我笑了笑。

"听音乐的时候。"

"哭过。"我沉默了一会儿，又说，"一次听到舒曼的《梦幻曲》。"

"怎么会呢？听了《梦幻曲》怎么会呢？"她与女儿几乎同时惊疑地问道。

我不知怎么对她们说明，就把脸转向窗外花园里的雕塑。

窗外细雨霏霏。那些代表青春的雕像被细雨打湿了。它们同广州人一样，从来不知道春天的脚步是如何走过来的，只有这阴冷的黏性的似有似无而又十分缠绵的细雨，给人报出一些春的消息。大地是永恒的绿色，花朵昨晚谢了今晨又开，只不过它们周身多了些水汽，好像春天是刚从珠江的波浪里跳出来一样。

天空是灰蒙蒙的，江面是灰蒙蒙的，二沙岛漂浮在天与水之间，缥缈而孤独。

“我们还是听《悲怆》吧。”为了打破室内的沉默，戴厚英到桌前按了一下磁带录音机的揿钮，即刻那里传出孙道临苍凉沉郁的声音：

“1892 年冬天，在圣彼得堡涅瓦大街上，一辆三套马车迎着风雪驶去……”

乐声响起。奏鸣曲式的第一乐章以缓慢、低沉的引子奏出饱经沧桑、历尽磨难的作者的内心独白，营造出一个阴暗、悲惨的氛围。接着，引申出了愤激、不安的全部旋律……旋律里有作者的忧伤、呼号和对死亡的抗争。梅克夫人的绝交，妹妹的不幸病逝，同相别多年的家庭女教师裘尔巴赫的重逢，在他内心引起了巨大的创痛。他想到了死亡。关于柴可夫斯基的死因有种种说法，均无法稽考，但在创作《悲怆交响曲》时他已预感到死期将近则是肯定的。因而第四乐章就成了一首对生的眷恋和对死的无奈的哀歌。《悲怆交响曲》把柴可夫斯基的音乐事业推向顶峰，同时也给他的音乐事业做了终结。

正如当时戴厚英的感叹：“没有什么比这更高贵、更伟大的了。”

多年后我在莫斯科新处女地教堂墓园，看到了柴可夫斯基墓。墓园里埋葬着旧俄与苏联时期的许多名人，有果戈理墓、契诃夫墓、斯大林夫人墓、马雅可夫斯基墓、赫鲁晓夫墓……但最简单、最清寒的是柴可夫斯基墓。他的墓只有一块窄窄的约一米高的墓碑，为了保持原貌，上面覆盖着一个用铁皮做支架的玻璃罩，整座墓没有一点装饰，更没有颂扬碑铭。但人们将永远向那个只书写了一个名字的墓碑低下头。伟大作家契诃夫曾经说过：“我准备在彼得·伊里奇的台阶前肃立，当一名荣誉哨兵。”这句话表达了全人类对曾经用音乐同不公正命运搏斗过，并把善与美留存在人间的柴可夫斯基的崇敬与爱戴。

我记不得后来我是怎样向戴厚英讲述我与舒曼《梦幻曲》的故事的，但自此以后，我却常常把柴可夫斯基与舒曼联系在一起，虽然这是两位音乐气质与音乐风格截然不同的音乐家。

1956 年夏天，我的生活融入了舒曼《梦幻曲》。一个女孩从北方来到广州，在我们共同度过的那个愉快的暑假即将结束，在我们即将告别，却深信一条用爱情与憧憬织成的彩带会把我们紧紧联系在一起的时候，我们带着那个年代人们常有的心境去听了一次音乐会。音乐会在中山纪念堂举行，最后一个节目是无伴奏合唱：舒曼《梦幻曲》。编导别出心裁，把这首器乐小品，用人声演唱，没有伴奏，没有歌词，只有最纯净的发自心灵的声音在大堂里盘旋、飞翔。这优美的旋律飞进我们的心里，又像从我们心里发出，展开翅膀飞向高远高远的地方。我们紧握住手，不能不激动不已。

当我们走出中山纪念堂的大门，灿烂夕阳的反照，蓦地耀花了我们的眼睛，原本熟悉的景色，却变了样，都美得不可思议。刚下过一阵雨，空中残留的金色雨丝，好像要把老石栗树叶子上的水珠串起来，去赠予正在企盼佳期的新嫁娘。大地沐浴在玉液金汤之中，一片宁静与辉煌。一阵微风吹过，从白兰树梢头飘来忽浓忽淡的清香，暗暗撩拨着人们的心弦。可能由于雨水的重量，从浓绿中不停地跳出几朵白兰，在半空中打着旋，争着去濡香根部的泥土。一群绿色的相思鸟在琉璃瓦顶叫闹一阵翻腾而下，柔翅贴着闪闪烁烁的草地，打起水花，欢笑着刺向高空。一条彩虹从越秀山后升起，把刚被雨水洗过的蓝天装饰得更加绚丽无比。

“太美了。”她说。

“太美了。”我也说。

我们不知道自己指的是什么。是音乐，是生活，还是眼前的景物？我们走着，谈话慢慢热烈起来。她谈起下学期的功课和大学毕业后的志愿。我谈起我的“向科学进军计划”。我说我计划写两部小说，她笑我说写小说怎么是向科学进军呢？我说科学和文学是两姐妹，不分彼此。

“就会强词夺理！”她假装生气地说。

“谁强词夺理了呢，”我争辩道，“也许我写完了小说才去当科学家呢。”

她笑起来，笑得弯下了腰。我喜欢同她做这样的争论。我同她少年时期就在一起，她比我大两岁，她总是宽厚待我。

后来我们又谈起刚才欣赏的无伴奏合唱，我曾答应抄一首乐谱给她。这时候我们谁也没有想到，在舒曼《梦幻曲》的音符上，会有我们的泪滴。但第二年我就被妄加以罪，送到远离幻想、远离音乐会的海南岛农场了。

1960 年夏天，我已由海南岛回到广州，但仍在农场劳动。一天下午浇完最后一畦菜地，我挑着一担木桶独自向食堂走去。这条坡路很长，用特制的大木桶挑了一下午水，早已是筋疲力竭，患着水肿病的我，脚步十分沉重。我慢慢走着，也为了延缓这难得的片刻清静。不意一个熟人迎面走来，为了避免尴尬，我只当没有看到。这是一位老大姐，作为人事处长，今天她带了几个助手住进农场，听说是来办理“摘帽”问题的。下午人们在田里悄悄谈论这件事，不少人怀着隐隐的希望。我已经从她身边走过去了，忽然听到她从背后唤我，我只得停了下来。

“小范，听说你思想还不通。”她向我走近了几步，温和地说。

我不语。

“小范，这可是个机会呀，”她低低地说，声调很恳切，“你把问题拖到啥时候？”

我仍不语，但内心对她却有几分感激。

“唉，”她叹口气，“那你再想想吧。”

走了几步她又把我叫住，说有封信给我。

“上午来农场之前，见传达室有你一封信，就顺便带来了。”她说，“听传达室的人讲，这几年有你不少信，他们都要邮局给退回去了。”

我向她表示了谢意，接过信顺手塞进裤袋。

我沿着有些昏暗的长长的土路继续走去。“我为什么认错？我怎么认错？”我心里堵得慌，我像被一块巨石压住一样喘息起来。

不知从何处传来了一支十分亲切但却睽违已久的乐曲。听听，再听听，这不是舒曼的《梦幻曲》吗？在这严酷的环境下，那柔美纯净的旋律猛地攫住了我，把我带入另一个世界。我放下水桶，坐在扁担上，望着田野，眼里已溢满泪水。

西天一片阴云退去，落日用它最后的光彩，抚慰着山冈和原野，大地变成一片柔和的金色，像那个夏天的雨后。难得的寂静织成一张轻毯，由东向西覆盖了忧扰一整天的水稻和牧草。远处小河那边，村庄被炊烟笼罩了。田间暂时阒无人声，路边桉树的影子越拉越长，像一只只即将拍击起来的夜的翅膀，几颗星星已在东方升起，盘旋在空中的音乐像摇篮曲，要给大地一个新的梦。

我想起那个信封上的地址，急忙从裤袋里把信掏出来拆开。里面只有一张乐谱——三年前我抄给她的舒曼的《梦幻曲》的乐谱。

她找过我吗？也许我永远没法知道在那些被退回的信中，她说了些什么。

优美的舒曼《梦幻曲》撕心裂肺地在黄昏的暮霭里回荡。我用双手捂住了颤抖的脸膛。三年来我一直深信卡斯特罗的一句话："历史终将宣判我无罪！"我从没有在屈辱与苦难中流过泪，我保护着我被剥夺得仅剩的自信与尊严，但如今在舒曼《梦幻曲》中我痛哭失声。

隔河村子里敲响了挑灯夜战的钟声，农场高音喇叭又叫起"一天等于二十年"之类的豪言壮语。我想起晚上还得去那块可笑的堆成金字塔状的亩产三十万斤番薯试验田"奋战"通宵，只好站起身向食堂走去。

我坚信，我的幻想和梦幻曲虽被愚昧、野蛮、残暴所窒息而喑哑了，但我作为人，不能放弃幻想与内心的情感及自由精神。

每次我在舒曼大街漫步，就会想起这些往事，想起我与戴厚英关于柴可夫斯基与舒曼的对话，想起我与舒曼《梦幻曲》之间的故事。

1999年6月1日

想起那个遥远的除夕

早就有“羊城八景”之说。但在我的几位老朋友中间，却有个羊城第九景。这多出的一景叫作“大石夜眺”。

那年除夕，我们几个人是在大石渡口度过的。

1960年底，我曾被辗转送到番禺南山峡农场。这个农场很小，在市桥附近，属番禺县商业局。与我一起去到这个农场劳动的还有几个同样名列另册之人，去的目的，为了给厅本部食堂提供一点蔬菜。如今市桥很少有人知道南山峡这个地名，更不要说那个早已不存在的农场了。

农场隔江是沙头墟。节假日外出，站在江边招招手，对岸就有小艇摇过来。1961年春节前几天，我与李公德等四五个人计议着要赶回广州看花街，虽然处境可悲，但春节的到来，仍然令我们产生一种莫名的兴奋。年三十下午提前收工，一走出菜地，大家急忙在江边洗净脚，回工棚换上干净衣服，就到江边唤来了小艇。由于高兴，我与公德帮船娘划着桨，小艇似乎被大家的情绪推动着，只半小时，就到了市桥。

买到的是夜班车票，我们只好在街上消磨时间。番禺自古是个富裕之乡，经过三年“大跃进”的折腾，百业凋敝，到这时经济才似略有恢复。自由市场开放了，街两旁摆了些卖青菜、番薯、细糠及甘蔗渣饼之类的箩筐，许多人围过去，比起早先清冷的街面来，总算热闹了许多。也许是为了配合除夕佳节，有一间饭店门口居然贴出告牌，供应免收粮票的高价米粉。如今的人不明白不收粮票的意义，这不收粮票就等于超定量供应，等于有可能给你一顿饱饭吃。我们几个人走进去，五毛钱一碟炒河粉，不仅免收半斤粮票，并且是不限量供应。一时我们几个都惊呆了，不相信自己的眼睛和耳朵，哪有这等好事，简直是天方夜谭！天方夜谭即刻变出了阿里巴巴的山洞，香喷喷的炒河粉迅速端了上来。半斤一碟，我们每人一开口就要三碟，一时满台都是炒河粉，真像堆积的朵朵白云，但一会儿，云散天开，台面只剩下摞在一起的空碟子了。这是一顿多么难忘的饕餮啊！多少年后，我与公德君闲谈，还多次回忆起那几碟炒河粉的滋味。

真乃乐极生悲，我们搭乘的夜班车大约于夜晚9时许到了大石渡口，却遇到渡船在江心抛了锚。《诗·汉广》有云：“汉之广矣，不可泳思。”这宽阔的江面，游是游不过去的，只好等待。渡船的黑影在江心漂着，马达响几声，刚能勾起岸上乘客的希望，又长长地喘口气停下来。江面上传来说话声，起初比较模糊，后来变成了大声呼喊了。乘客们焦急地向渡口工人打探情况，十分不耐烦的工人们却要大家耐心。面前的江段，是西江的官窑水道，江面很宽。那时候这段江面上没有洛溪大桥，没有丫髻大桥，没有鹤洞大桥，更没有华南大桥，只有几个渡口和几条渡船。渡船坏了，也就等于道路断了。

时间像夜色一样朦朦胧胧地从水面上滑过，气温越来越低。江风凌厉，有的乘客又钻进那辆破嘎斯改装的客车里取暖，我与公德们也许由于那三碟免票炒粉热量尚在的缘故，仍饶有兴趣地站在车外观赏风景。身后的乡村被浓浓的夜色笼罩着，远远近近的村舍里，偶尔闪出几朵灯火，像散落的彗星，明灭不定。几座黑幢幢的石钟形的山岗，在微明的星光下蹲踞着，一副唯我独尊的样子，我想这就是大石因而得名的“大石”了。江对岸那片叫作大干围的地方，此时十分灰暗，伏在上面的灰雾，一直飘到很远的地方，直达天际，但天际突然升起一道光的峰峦，隔断了夜空。

“那道白光下面是广州吧？”我问。

“当然啦，不是广州还能是哪里。”公德接过我的话。

“也许花街正是最热闹的时候。”我说。

“当然啦，你没有看到吗？”

我略有所悟，“啊，看到啦，看到啦，你看那两枝殷红的剑兰开得多么灿烂！”

“还有那水仙，那吊钟，那桃花……”

远处天际似乎不断在变幻着颜色，变出了一条空中花街。

我们几个人近于痴迷地一直向远方眺望。……

“看到了吧？看到花街了吧？”公德大声喊。

“嘀，我们发现‘羊城第九景’了呀，就叫它‘大石夜眺’吧。”我说。

腊月的寒风从江面一阵阵翻上来，快冻僵的几个人瑟缩着一致表示赞成，自此大石和“大石夜眺”牢牢镶入了我们的记忆之中。

待渡船修好，车被摆过大干围，开进城里已经是夜半子时了，也就是说到了大年初一了。那一年的花街设在维新路（今起义路)，凌晨 1 时许赶到那里，花街已散，一些花农在拆花棚。热闹过后的街面上，散落着许多断枝残花，这些被摒弃的失意者，刹那间零落成泥碾作尘，令人不能不为之一叹。我捡拾了一枝白菊花，坐在街边石阶上，不无茫然地望着逐渐寂静下来的四周。总算逛了花市，总算过了除夕，但今宵何处归宿的问题却浮了上来。本来约好到一个朋友家借宿，时间这么晚，不好再去敲门。住店吧，但住店是要证明的。离开农场时，没想到找场部开张证明。即使有农场的证明，面对旅店工作人员那张写满警惕性的冷脸，也使人望而生畏，周身不自在。我有这方面的教训。可能是一种倦鸟绕枝的心理作怪，一次我到一家曾做过机关宿舍，并且先前我曾在那儿住过的旅店投宿，一个四五十岁的服务人员看看我递过去的农场证明，看看我晒得黝黑的皮肤，好不情愿地给我在过道里加了张小床。我相信这位服务员已经怀疑我是从劳改场跑出的冉阿让了；他担心我偷他的银餐具，担心我会把他当作米理哀主教，不时用冷眼盯着我，无端从我的床边走来走去。不想住店，但如果在街边坐等天明，说不定过不了多大会儿就会被治安保卫人员带走，那后果更不堪设想。如是犹豫再三，还是硬着头皮去打扰朋友了。

如今那个渡口还在。每逢乘车从洛溪大桥经过，我总会情不自禁地往那边看看。渡船有些寂寞，来回摆渡一些单车和不知为什么必得从那里通过的少量汽车。命运是一部没有脚本的悲喜剧，四十多年过去之后，如今我住在洛溪，成了那个渡口的邻居。但我想，除夕夜那个“大石夜眺”的“羊城第九景”，肯定是没有的了。江两岸已被无数新建筑充盈，北岸是一座座高楼，摩天连云，同市中心连成一片；南岸，一个个新屋村，一片片花园洋房，比肩接踵，一直伸向市桥。在那个等待修好渡船过渡的除夕，如果谁说要在宽阔的江面上修桥，那他说的是梦话，现在却是一座两座三座四座不断地修起来了。四十多年前，有一个制造神话的年代，靠烧结铁、土卫星超英赶美的神话破灭后，还无端给人类历史留下了许多笑谈；四十多年后的现实，是当年那些热心于编造神话的人难以想象的。当年中苏两国领袖发生过一场有趣的争论，一个用公共食堂里的“大锅青菜汤”来形容对方跑步进入的共产主义，一个诗兴大发，用“土豆烧熟了，还有牛肉”的诗句，去挖苦对方那种“土豆加牛肉”式的共产主义；共产主义成了双方的矛，同时也成了双方的盾，战斗犹酣，却忘记了以人为本，人们就只得站在除夕夜的渡口眺望远天了，或者人们就只得在俄历新年喝那没有牛肉的红菜汤了。

好友公德君就要过八十寿诞了，由于除夕将临，我想，在那欢乐、丰盛的寿宴上，他与我必定会谈起我们中间的那个掌故——“大石夜眺”。

2005年1月16日于广州丽江花园

只有他一个……

专卖管理局刚组建的时候，我当人事干事。一天副局长找到我，要我到厅人事处去接刚到的土改干部，我立即骑上单车，直奔沙面而去。全省的土地改革工作基本结束，土改干部正一批批地往省里调。

厅本部在沙面沙逊大厦办公，这沙逊大厦原是沙逊银行的产业，一座四围有拱券回廊的绛红色欧陆古典式大楼。我上到二楼，平日开大会用的大厅已坐满了正等待各单位来接的土改干部。土改干部的来源是多方面的，有南下大军，有曾在当地打过游击的游击队员，有学生，有如土改根子那样的土改积极分子，文化程度不一，工作水平差别很大。接干部的人事们往往出于本单位的考虑，把档案挑来挑去。回廊里的一张乒乓球台上摆满一堆堆分配好的档案袋，有一个单位却坚持要把一份档案退回去。主持分配的一位副处长黑着脸把档案往我面前一扔说："小范，你看看，你们是新单位，需要人。"档案袋躺在我面前，我首先看到的是

“陈仕荣”三个字，然后抽出档案一看，立刻明白那个单位退档的原因。陈仕荣同志是个残疾军人，右眼失明，右臂炸断，更要害的是在土改整队时受了撤销区委委员职务的处分。我仔细看了档案之后，把档案接了下来。我到大厅点名叫到这个名字，站起一个面颊瘦削，右眼窝深陷，宽大的袖管里隐隐只见半截手臂的人；他的右眼可能仍在发炎，不断眨动着。我向他点了点头，他给我留下了很深的印象。

第二天副局长把我找去骂了一顿。说我挑了什么干部，把没眼少胳膊的都要回来，还当什么人事干事？那年我才十九岁，已有了五年革龄，正是心高气盛的年纪，哪受得委屈！我顶撞道：“他是为革命伤残的，是在打游击时面迎一颗手榴弹受了重伤的，你说这话有没有一点阶级感情？”副局长被激怒了，“哈哈，还问我有没有阶级感情呢？问你的阶级感情从哪里来吧！”就这样我和副局长争吵起来。

副局长参加过长征，出身贫苦，当然不应说他没有阶级感情，但他的语调分明是讥刺我的家庭出身，我被深深刺痛了，于是提出来不干人事工作，要求调动。不久成立监察室，我调过去当监察干事。监察室共有五人，由陈仕荣和一位姓何的转业干部负责，两人均为副主任。从那时起我就称他陈主任。老陈虽然身有残疾，但他不是一个只坐办公室的主任。那时的口号是“向苏联学习”，全国监察系统推广中长路和哈尔滨秋林公司经验，要求监察干部到第一线直接对企业日常业务活动进行监督检察，工作任务繁重，并时有矛盾发生。陈主任同我们一样，常常跑仓库、码头及业务科室，谈话、争论及查单据，极端严肃认真，不会骑单车的他，就只得步行或挤公共汽车，经常是一身汗水。他是个硬汉子，打仗不怕流血，工作不怕困难，他的伤口一直不好，我有些奇怪，后来才知道他住的医院条件极差。游击环境，设在山野茅棚的医院，消炎用盐水，连做手术的起码工具都缺。他的手臂是用一张普通的木工锯锯的。医生锯不下去，是他自己夺过锯子锯的。他是重伤员，在疗伤和转移的极端困难条件下，还主动照顾战友，帮助院方做思想工作，后留院任指导员；他的行为与精神感动了很多人，也获得了爱情。一个同他一样出身贫苦的护士爱上了他，与他结为夫妻，甘愿伴他终身。老陈这样的硬汉是不会躺在床上要别人照看的，一解放就投入剿匪反霸、土地改革的新战斗。第一期土改临近结束时，他爱人老黄临产，时值炎夏，蚊虫肆虐，农会主动借出一顶没收来的蚊帐给老黄暂用，不料想土改整队时老陈因此被以贪污农民胜利果实论处，受到党内撤职处分。这对他当然是个很大的打击，但他并没有因此而消极。战争是考验，委屈是更大的考验。

我的办公台在他对面，常看到他伏案写字的情景。右臂断了，他练习用左手写，那难度可以想见，汗湿的瘦颧骨上常因用力而泛起一层血色。他坚持着、磨炼着，渐渐地居然写出了清晰的文字和流畅的文句来，他的毅力不能不令我起敬。他和有些老干部不同，不因文化程度较低而不动笔，他努力自己动手。我发现他汗流浃背伏案而写的不仅仅是监察记录、报告之类，还有他个人的申诉材料。他说他只相信事实与真理，希望世界上任何一个人都不被冤枉。每说至此，他那只塌陷下去的眼窝眨动得非常厉害，因劣质瓷眼球摩擦而发炎红肿的眼皮里，流出带脓的泪水来。他的手臂也在发炎，我不明白为什么几年过去了，他的眼与手臂一直得不到很好医治？为什么在那残损的身体里仍燃烧着旺盛的为真理而斗争之火？

后来，他和老何成了我的入党介绍人。

为了担起监督与监察的责任，监察室和局领导的矛盾越来越尖锐了。两三年间，职工对局长违反财政纪律、侵占职工福利金及其腐败的生活作风多有不满并多次向监察室反映，我们也多次向局长提出意见，但他一直置若罔闻，不屑一顾。无奈，陈主任主持监察室开了个会，要求大家坚持与不良倾向做斗争。会上大家一致同意将局领导的问题向上级反映，遂由我执笔向省纪律检查委员会写了一份报告。省纪律检查委员会派工作组进驻两个月之后做出结论，肯定我们上报的材料百分之九十以上符合事实，只有个别细节有出入，并给予了当事人以党纪处分。第二年开始整风与反右，我预感到那位局长要翻案、要报复，果不出所料，我成了批判对象。我的主要罪状是“反对党的领导”——局长身为领导，又是党支部书记，我告他的状就是攻击党，听起来顺理成章，但我不服。于是，他发动我周围的人同我划清界限，深揭狠批，以至于有人为了自保或捞取政治资本不惜捕风捉影、无中生有地编造材料。在几个月的批判过程中，只有一个人一言不发，不当光荣批判者，他就是陈主任。在那种政治氛围和政治压力下，我相信能这样做的人很少很少，也很难很难，比身处会场中心，不肯低头、不断进行辩驳的被批判者的我还要艰难。会场主持人多次厉声敲打他，甚至点了他的名，他仍一言不发。他目光平视，仅余的左眼凝视着，穿过狂热的会场，穿过冰冷的墙壁，望向原野，望向战壕中的战友；他是一尊雕像，一尊让许多人在它面前汗颜、低头的雕像。

我被送到海南岛农场劳动近两年之后，回到广州继续劳动。先在农学院大丰农场，几个月后又被转移到厅办大朗农场。这时身残的陈主任正下放在大朗农场任党委书记兼场长。他见到我，不像有的领导那样关心地劝我认错，只是平淡地说：“要注意身体。”他爱人见到我也是轻轻地说一句“注意身体”，或要我到医疗室去注射肝精和 B_{12}。我心领了话中“留得青山在”的厚意。我从海南岛回来时，严重水肿，他们只能用这样的方式帮助我、鼓励我。陈主任没有把从海南岛回来的这批戴罪之人当成劳改犯，而是当作“人”甚或“同志”。一次收割试种的肉草，每人都挑着两百斤左右的担子从水田里走上岸过磅，正好他路过，有人拦住他向他报丰收，报大伙担子的重量，他听后高兴地鼓励了几句又说：“以后不要再挑这么重的担，不要弄伤了。”那年春节前，副场长要我们下塘给厅里打鱼，塘大拉网小，几十个人在塘里泡了三四个小时才打上二三百斤鱼来。正值寒流袭来，上岸后个个冻得浑身发紫，觳觫不已，陈主任正在食堂了解过节的供应，看到如此的一群人就问是怎么回事。副场长告诉他说：“是下塘给厅本部打鱼。”陈主任不满地说：“他们过几天吃鱼就不行吗？正是寒流到来的时候叫人下水，不好吧！”副场长辩解：“不是想给厅报个丰收嘛！”陈主任愤怒了：“这种喜报不报也罢！”接着他吩咐司务长，晚餐给每个下塘的人增加一砵饭（半斤米）、四两酒。农场结束后，陈主任留在大朗办商业干部学校，任校长。“文革”中红卫兵们对这位独目断臂、宁折不弯的“当权派”一点办法也没有。再后来陈主任又调了几个单位，但一直没有他荣升的消息，我想这属必然，像他这样耿直的人，是不会与谋权者合流的。

那尊一言不发的雕像，一直留存在我的心中。

2006 年 6 月 3 日于广州丽江花园

淡出了的造币左

20世纪60年代以前，广州有条造币左路，如今能指出它的确切位置的人已经很少了；因厂而名路的造币厂，如今知道的人就更少了。

清朝后期，广州有个铸造铜圆的造币厂，位于今黄华路口广东省委党校所在的地方，也可以说省委党校就是造币厂的旧址。民国后铜圆渐渐不铸了，但这个地方从来没有清静过。1926年3月，蒋介石发动镇压中国共产党人的中山舰事件，自任广州警备司令，就把他的司令部设在这里。周恩来也是来这里找蒋介石谈判释放代理海军局局长李之龙的。中华人民共和国成立初期，这里是以叶剑英为校长的革命大学——南方大学的一部分。红旗招展，歌声如潮，造币厂虽已名存实亡，却还留下一段造币左路。

20世纪60年代之前，广州市内没有东风路之说。如今的东风路是将当年的德坭路、德宣西路、德宣中路、德宣东路、造币左路和黄埔大道西段连接和拓宽而成的。当年，越秀桥是个很响亮的地名，这座 30 年代建在东濠涌上的貌不惊人的水泥桥，连接着德宣东路和造币左路。造币左路十分冷清，路两旁新种的千层树的白色树干泛着冷冷的白光，特别是在夜里，偶尔车灯掠过，更显得森然，像两排忽现忽隐的农家栅栏，划出条城乡交叉连接的界限。

1953 年，我这个来广州不久的外乡人因访友第一次去到造币厂。那年国家刚度过三年经济恢复时期，准备进行大规模经济建设，建设人才奇缺，政府号召技术干部归队。我所在的单位里有老姚、老蒋、小周等几位同事属技术干部之列，几年前一心想拿枪杆子的手，此时又激动地摩挲着要重操旧业。在他们被集中在造币厂里进行学习、审查与等待分配时，我去探望过。我是搭乘 7 路公共汽车去的。那时，广州市内只有几路公共汽车，7 路车是环线，从长庚路北口起，经丰宁路、一德路、泰康路、万福路、越秀南路、越秀中路、越秀北路，到越秀桥近旁的豪贤路口止。这个马蹄形的路线，基本上环绕了当时最繁华的街区，可称为当年的“内环”。我从单位附近的丰宁路上车，到豪贤路下车，几经询问，找到了造币厂。院子很大，有许多老树和一排排不中不西的二层青瓦楼房，楼墙大都布满水痕与青苔，斑驳陆离。高大的石栗树在半空拍打着青光油亮的叶子，我差一点误认它们为北方秋野中的老白杨。老姚他们住在二楼，此刻即将走上建设岗位的他们，言谈中难免流露出任重道远的豪情；憧憬着如苏联电影般的第一个五年计划的建设场面，谁能不热血沸腾？后来，学水利的老姚，分配去治淮；学生物的小周，分配去做商品检验；老蒋却被退了回来，这无疑对最希望离开原单位的老蒋是个沉重的打击。四十多岁的老蒋，在当时的干部队伍中，算是个“老头”了，那年我十九岁，可想而知他在我们眼中有多么老。我看过他的档案，他的经历很曲折。他毕业于日本东京帝国大学兽医系，回国后，在省内办起了第一所兽医医院。抗战初期，他奔赴延安，因精通日语，被调到晋察冀边区做日俘工作。不幸的是，他在一次转移中被俘，后到了国民党的部队，中华人民共和国成立后由延安时的老同事推荐，重新参加革命工作。他一直处于被审查的地位，心情压抑，本想通过技术干部归队发挥一技之长，不意这个愿望却很快破灭了。回单位后，领导没有安排他的工作，他整日铺开整张的图画纸，伏案画牛、马、猪、羊解剖图。他画得很好，肌肉、脉络、骨骼纹理清晰，比例准确，如印制的一样。我为他惋惜，曾向领导建议把他调到食品公司兽医科去，却被领导狠狠瞪了几眼。“此时无声胜有声”，我这个小小的人事干事不敢再造次。我劝老蒋去教书，他苦苦一笑说：“谁会让我去教呢？”此话也是，谁会让他站在人民教师的神圣讲台上呢？后来，当我离开那个单位之后，听说老蒋遣送回乡了。以后的几十年再没有听到过他的消息。世事难料，如果他一直在办他的兽医医院，他这一生又将若何？

想不到我与造币厂的情缘未了，后来竟在它附近居住了近二十年之久。

1961 年我以戴罪之身，辗转从海南、番禺、从化等地的农场回到单位，经过朋友们的一番努力，单位终于安排我在一幢小楼的天台上住下。天台楼梯口有一间五平方米的小屋，足可供我容身。能有这样的居住条件，真令我喜出望外了。这幢小楼在大东门至越秀桥的那段越秀北路上。越秀北路横跨德宣东路与造币左路连接处，成弓形延伸到小北花圈。越秀桥往北那一段，多为一幢幢式样别致的别墅，二层或三层，露台宽阔，钢窗落地，一派欧陆风格；楼与楼不相连，中间尚有农家菜畦，不乏乡风野趣，是一些领导住的地方。越秀桥往南这一段，比较市井化，但也有一些被广州人称作“石屎楼”的小楼穿插其间。这些小楼多为石米批荡或红砖砌墙的西式建筑，似北段余韵未了，延续至此。我住的小楼就是其中一幢。小楼里除我之外，还有老李、老邝和一个老同志。那个年代有那个年代的住房特点，也就有那个年代特有的邻里关系，于是一场寸土必争的持久战，就以老同志为主导在小楼内展开了。老同志姓古，平日人称古老，因其资格老，有时候人们当面又尊称他为老同志老古，这称呼不顺口，但老同志顺耳；因其常以居高临下的心态对待小楼的居民，大家背后常称他阿爷或古爷；虽系调侃，却颇能说明他在小楼里众居民心中的地位。古爷身材瘦小，面皮青白，浓眉淡目，薄唇紧闭，是个阴沉人。原本住在小楼里的是一位厅长，后来厅长调走，负责办公室的古爷，近水楼台先得月，当仁不让地搬了进来。咱的资格比厅长还老，他住得我为什么住不得？当时没有人同古爷理论。不意未过多久，开展“小三反”运动，就有人对古爷提意见了。他是在1952年那次“大三反”中吃过亏的，接受教训，光棍不吃眼前亏，迅速主动做出反应，高姿态地主动让房。于是安排进来了老李、老邝，之后还有我。我住天台，老李、老邝各在二楼住一个房间，古爷住二楼一部分和整个一楼。我与老李、老邝两家关系亲密，对古爷只能是敬而远之。老资格的古爷不断犯些生活问题的“小节”错误，不断受批评，一时也顾不上我们这几家，小楼内倒也平安无事。直至“文化大革命”一起，“腾”的一把火就在小楼内呼啦啦烧将起来。老同志老古觉悟高，坚决紧跟毛主席闹革命，串联十几个老人成立了一个司令部，打出了革命造反的旗号。说干就干，他们拿出当年打土豪分田地的革命精神，接连采取了三项革命行动：一、造市委的反，强烈要求市委支持革命老将的革命行动，给经费给办公地点；二、支持“小将”封《红卫报》（即《羊城晚报》）；三、在小楼门口正式挂上“革命造反司令部”的牌子。我们的古爷成了“1 号”服务员，一时为小楼争光不少。

据说，“1 号”率领众老将攻势凌厉，主持市委工作的领导同志招架不住，条件一一照收，并付诸实行。“1 号”从清理阵地开始，连“勒令”都懒得写，命令我、老邝、老李立即搬家。区别就是政策，注意掌握政策的“1 号”，对待我们三家也是有区别的：我由天台搬楼下，老邝由二楼搬汽车房，对他最痛恨的老李一家，则坚决予以驱逐出境。老李是个有战功的硬汉子，不搬，市委要单位和居委会给老李做工作，居委会派大东菜市场守菜摊的扁头妈过来同老李说，两个月前“小将”串联时，古爷就鼓动外地“小将”抄他的家，说是他爱人有港澳关系，被居委会做接待工作的人劝止了。如今老古成了“1 号”，好汉不吃眼前亏，你还是搬吧。扁头妈虽说没有什么文化，十几年居委会工作练就的一张嘴，竟把老李说服了。古爷给予我免除驱逐出境的优待，是有原因的。我帮他写过一首《长征》诗。

与破“四旧”同时，全国还掀起了一个“红海洋”运动。各界人士包括居民为了自保也为了紧跟运动步伐，纷纷用红油漆大刷标语、大刷门面。我是这场“红海洋”运动的参加者，并由于我所在的单位本身经营红油漆，得了便利。那时候不是“洛阳纸贵”，而是全国漆贵，要把全国都涂成红色，油漆厂没有那么大的生产能力，红油漆成了奇货。记得有两个人坐在我们单位三天不走，说是县委书记交代的，不带回一小桶红油漆不能回去；说是“小将”们已围住县委大门，没有这一小桶红油漆将县委大门油红，县委大院属延安还是属西安就成了大问题，县委书记就要被揪！可见形势之严峻，红油漆之重要，红油漆简直成了制造革命标签的魔术师！一天，古爷看到我提着红油漆桶回到家里，几分神秘地招呼我出去，说是商量个事。原来是央我在正对大门的一幅楼墙上，书写毛主席的《长征》诗。革命行动，何须商量，两人立即行动起来。原来，白天他已将那幅墙用石灰粉刷过，于是拉来电灯，搬来桌椅，我爬将上去用红油漆规规整整地书写了全诗。我的仿宋体写得不错，写好后，古爷远看近看，大加赞赏。之后有朋友来访，他总将朋友带到墙下复诵一番。古爷那时可能尚未想到出山，也许已在观测风向，运筹帷幄，岂料想风云际会，仅过两月，竟呼啦啦拉出一支队伍来。

聚集在古爷旗下的，也只十多个老人，不能算一支大的队伍，但名号吓人。十多个老者一夜间脱下呢服换上了灰军装。至于这些灰粗布军装是怎样来的，一直是个谜。灰军装配上红帽徽、红领章，自然闪现出几分当年的神采。我发现那五角星红帽徽和长条红领章都是用红纸剪的，有几分不雅，便问古爷为什么不像当年红军那样用红布剪制而成，古爷非常严肃地回答：这是政策，政策就是区别，就是界限。他说他们的造反司令部毕竟不是当年的红军，所以在着装上要注意有所不同，以避冒充红军之嫌。所言极是，令我不能不佩服。自从当了“1号”之后，古爷言必最高指示：政策和策略是党的生命。古爷是很讲政策的，他说他成立造反司令部，主要目的就是向“小将”们宣传党的政策，在造反派内部影响造反派。红卫兵封《红卫报》(原《羊城晚报》)的时候，他跑去讲话，刚好我下班路过那里，便停下来站在围观的人群中看热闹。他登上路边一个贴标语用的残破长凳，在一阵混乱的掌声和欢呼声中挥舞着手臂，表示坚决支持“小将”们的革命行动，引用最高指示，再次提醒“小将”们注意政策与策略，把《红卫报》的走资派和广大工人群众区分开来，讲得有声有色。看着他意气风发、挥斥方遒的神态，与作为邻居的那位老同志老古真是判若两人，对于他多年前曾经“英明”过的传说，始信矣。不过，对他所说的区别，又有点生疑。何谓走资派，如何鉴别？好像他发现听众中有人对他的话有怀疑似的，紧接着就针锋相对地大加批判革命动摇性与混在革命队伍中的同路人。他厉声说，我们不能受革命投机分子和不坚定分子的影响，我们要坚决把走资派揪出来，打倒在地，再踏上一只脚，叫他们永世不得翻身；把他们篡夺的党政财文大权夺过来，牢牢掌握在我们无产阶级革命派手里，确保红色江山万世永固！“小将”们发出一片欢呼，纷纷上前把毛主席像章挂在他的胸前。寒风中，他不断转动身子，举着军帽向台下挥手致意，摆出一种气概来。夜幕降临，嘈杂的人声中，似乎仍回响着他那恶狠狠的“忠告”。透过路灯的光亮，我看着他那瑟瑟抖动的白发和脱落了一角而瑟瑟抖动的纸领章，看着一个年过花甲的老人同一帮狂热的红卫兵“小将”唱和的热烈场面，感到有几分可笑，几分悲哀。

第二年3月的一个上午，广州灰云沉沉的上空，突然出现了两架大家不熟悉的飞机。这两架飞机飞得很低，转了几个圈，像两只奇异的风筝，吸引了许多目光。有些路人停下了脚步，有些干部推开了办公室的窗口，飞机飞得很慢，嗡嗡的马达声却刺激着人们紧张的神经。人们猜想有什么事情即将发生，果然飞机像发情的鱼，吐出了一串串鱼卵一样的浓烟。浓烟乳化着，飘散着，变成了飘飘摇摇的各色纸片：传单！到这时候，一直伫望天空的人们才醒悟过来。多少年没有见过飞机撒传单这等新鲜事，不少人好奇心大发，纷纷涌上去抢那些飘落着的或白或绿的纸片。

传单宣告：是日起广东全省实行军管；军管会宣布十几个造

反组织为反革命组织，予以取缔。

这被宣布为反革命组织予以取缔的造反组织中，就有老同志老古率领的造反司令部。

老同志老古一下子蔫了。当天吩咐十几个成员离开我们住的小楼，摘下小楼大门旁边那块威风一时的木牌，脱下灰布军装，用水把糨糊贴的帽徽、领章洗干净。他不断走上走下，进进出出，真个是坐立不安，焦躁地等待着世界末日的来临。过去了白天，过不了夜晚。夜半，一阵急促的打门声过后，一群人拥进来走上楼梯。我在楼下房间听到楼上有人盲读什么，接着就传来金属碰击声。一会儿，杂沓的脚步声从楼梯一直延续到大门口，响起发动机声，汽车远去了。听，嘤嘤的哭声传来，邻居们相继起了身，好言相慰古爷年轻的妻子。古爷的妻子被吓坏了，不断喃喃着："他是被铐走的呀！他是被铐走的呀！"好像这一铐非同小可，一定是定了性的。不是有人说，政权是镇压之权吗？这冰冷坚硬的手铐，就是"镇压"二字的化身，难怪那年轻女人那么在意这副手铐。

大家猜想铐去的古爷不会很快回到小楼，他却不到一日就回来了；形势变幻莫测，这让谁也算不准。外面的宣传车播音的调门变了，这几天整日高喊："反击三月黑风！""揪出镇压造反派的一小撮！"想来阿爷的灰军装又将亮相，出乎意料，他却整天将自己关在房内，除了上大东菜市场走走，哪里也不去。不久，局势又变，古爷就病了，他病得奇怪，外边风声一紧，他就痛得吆喝。说不清痛在何处，只是已不能行走，连上厨房、厕所都是蹲坐地上，靠两手扶地向前移动。一晚传说又有人被捕，他突然病情加剧，呼痛声响彻小楼并传往街上。他的儿女不在身边，妻子被单位传去办学习班，一个孤苦老人确实可怜。我上楼看望，只见他穿一件肮脏的对襟白褂子，一条皱皱巴巴的有几个破洞的绸裤，双手套住破鞋，支住身子坐在花阶砖地面上，其状甚惨。我问他要不要到医院看看，他却压低声音问我外面的情况。我随便说情况不错，他才点了点头。我叫来了三轮车，下楼时他却一步不能走，我只好将他背起。出了大门，看到居委会扁头妈和一个阿婆坐在榕树下摇扇纳凉，他猛然高叫了两声，他那三个月没有刮的胡子扎了我的脖子，我当树上什么东西掉了下来，吓了一跳。

到了 70 年代，一批批早先被打成走资派的老干部，陆续落实政策，重新回到工作岗位。此时古爷也欲振作，跃跃欲试，想借一借老干部重新被重用的东风。只可惜他是“文化大革命”前下台的干部，要振作也只能在小楼内有所作为。时过境迁，古爷全不念我曾帮他写过《长征》诗，背他看过“病”，曾是一个战壕的战友，反而对我大加挤压。先从厨房开始蚕食，步步进逼，一意侵吞我那块仅可立锥之地盘。我无处可退，无处可搬，只能收缩固守，冲突不断，备受欺凌；我的只有四五岁的在院中玩耍的女儿，有几次突然跑进屋内，用小手指着头顶，欲哭不语，原来头顶上有一口灰白的浓痰。我气愤地跑到院中，古爷在阳台上一闪，缩回得意的笑脸。老邝全家也在古爷的挤压政策下，苦苦挣扎。

老邝常让我怀念，老邝比我大两岁，抗美援朝时，参加中国人民志愿军在朝鲜驻守了三年。他会拉小提琴，回国后本想学音乐，却被分配到行政科管理房子。他为人质朴厚道，不爱过问政治，因此给领导留下个“政治不开展”的印象。他“不开展”得真可以，1957 年我受批判时，所有人都恨不得原本就不认识我，同我明明白白地划清界限，当时同我并不熟悉的他，却常常跑过来坐在我的床上同我闲谈，什么帝国大厦呀，什么金门大桥呀，他谈起来津津有味，全不顾有人旁听，打小报告。后来他得罪了领导，被下放到县里，又由县下放到公社供销社当业务员。以后他奋斗了十余年，想调回广州同妻儿团聚而不得。每逢年节，他都会从乡下带一两只鸡给我，或带一些油，两家在一起炸油角。那年代油是很珍贵的，按户口一人一月半斤；油角也是上佳的食品，在孩子们的眼里，不亚于如今的丹麦曲奇；孩子们盼一年盼到了炸油角，已经是非常满足的了；仅是那炸油角的一番热闹，已令孩子们心动不已。1968 年我住院开刀，广州人深信吃生鱼对刀口复合有益，老邝便从几百里外的乡下给我买了十多斤生鱼回来。生鱼要用水养着，又是盆又是篮的，上下花尾渡，真够他一番折腾。老邝长得四四整整，身体壮实，乐于助人，经得住摔打。换了别人，就吃不了这份辛苦。他有一支竹扁担，每逢休假回来，往往都是芝麻绿豆、生鸡鸡蛋一肩挑，进门满身汗，在邻居的欢呼声中，默默一笑，走进冲凉房去。

那年月供应十分困难，什么都凭票，票证多而细，粮票小到两，油票小到钱，计划经济计划着老百姓每日的菜锅和饭碗：真得感谢政府帮助千家万户掐着手指头过日子。逢过年，凭户口簿每户供应生鸡一只，鸡蛋若干，瓜子冬果若干，真是想得周到。户口簿和那些五花八门的票证就是老百姓的命，谁少领或丢了几张粮票，等于卡着自己的脖子少吃几顿饭。我从干校回城那一年，粮油转移证明已开出，又留我办理库存物资交接，耽搁了十几天，回到广州已跨月。按规定，我到东山一个叫作什么站的机构去转粮油关系，机关不大，神灵不小，靠街边的墙壁开了一个小窗口，窗口内一个高颧骨、凹眼睛、厚嘴唇、面皮乌青的妇女居高临下地坐在台后，眼露凶光地睨视着俯在窗口上的脸。好像这些略带乞求神色的脸都是向她乞讨的，她有权力鄙视他们或随便打发他们。我将粮油关系转移证明递进去，她看一眼说，上个月的不能领了，从这个月发给你。我说，我上月的粮票油票还没有领呀！她说，你上个月吃饭没有？我说我是借人家的粮票呀！她说，我不管你借不借，反正上个月已经过了。她拉拉围在黑脖子上的一条淡红色的当下最时髦的尼龙围巾，又问要不要？不要就算！接着把我的证抛了出来。我心里明白，她是看我从干校这么晚才回城，心想我一定不是好人，才如此对待我。在这位相貌丑陋、阶级斗争的弦绷得紧紧的女士面前我别无他法，只好任由她扣了我一个月的粮油。后来是老邝用他的善良与力气帮助了我。老邝不仅帮助我，也帮助过不少邻人街坊。

但古爷最不待见老邝，由于具有时代特征的厨房战争，他一直把老邝视为敌人，老邝锅里多了点油香，他就皱眉头，不舒服。70 年代，老同志老古看出那股把他刮得心惊肉跳的风暴已过，决心“焕发革命青春”。他想在街道工作上有所表现，但街道办事处的态度似乎不十分热情；他为了向街道组织靠拢，具体行动就是大写揭发信。隔壁小林的妻子没有户口，他写信到办事处揭发小林违反城市户口政策，强烈要求整顿黑人黑户；我有一个放在后院墙根的瓦盆，他要我借给他种花，我未听明白，未置可否，他就写检举信到居委会，检举我对抗政府防疫卫生政策，用瓦盆养蚊子，妄图散布传染病。对老邝的揭发检举尤其多。老邝帮邻居带副食品，他怀疑老邝是在投机倒把；老邝的妻子没有跟随老邝下乡，他揭发老邝的妻子在城市吃闲饭，是应予驱赶的“寄生虫”；甚而有一次要将老邝打成现行反革命。毛主席号召“备战备荒为人民”，全国大挖防空洞，古爷觉悟高，立即行动，在大门内侧的一小片空地上挖了一个近二尺宽、四尺长、四尺深的窄洞，上面覆盖了一些树枝之类的东西。这个坚强的防空洞得到居委会的肯定，组织了许多人参观，打算以点带面，推广开去，实现全民战备，誓与苏修美帝们打一场轰轰烈烈的人民战争。古爷成了典型，喜不自禁。恰巧这时我从干校回来，老邝从乡下回来休假，得以欣赏这一伟大工程。古爷在防空洞口对我和老邝进行了一次人民战争的战备教育，话说到最后，是要我与老邝为战胜苏修、美帝做出贡献，各家拿出床板一块。我点头称诺，急忙从床上拆下一块床板搬出来盖在防空洞上，老邝则没有行动。古爷追问老邝，老邝一笑，竟说出这等话来："这算什么防空洞？我看它不但不能防原子弹，连一个手榴弹也防不了，净干劳民伤财的事！"说这话还得了，古爷稍稍一上纲，就把攻击毛主席，破坏备战的帽子戴在了老邝头上。你不是现行反革命还能是谁？事情弄大了，邻居们都为老邝捏把汗。幸好居委会派扁头妈来调查，这位守菜摊兼顾居委会工作的大嫂，为人极好，她又是老邝小儿子的干妈，来到后严厉批评了老邝几句，就回去汇报了，以后一直没有下文。古爷擦亮眼睛，一封信将扁头妈检举成包庇坏人，钻进居委会的阶级异己分子。这扁头妈四十多岁，因生个儿子是个扁头，故全街的人都叫她扁头妈。别看她是个卖菜的，却因出身于三代工人的家庭，是苦大仇深的搬运工人的女儿，真正的根正苗红，深得街道办事处信任。办事处不把古爷的揭发当一回事，古爷只好暗叹奈何。

70 年代末，我和老邝先后搬出了苦守多年的小楼，我分到了新房，老邝带领全家出国。老邝幼年丧母，出生后几十年未见过父亲。他父亲是美国华侨，直到 1976 年初，才回国相认他这个年过不惑的儿子。老邝几经周折，才与在旧金山飞机场做机械师的父亲联系上，父亲等到退休，想起家乡还有一个从未见过面的儿子，就一路观光，经东京、台北、汉城、北京等繁华地带，逍遥遥遥地降落到广州来看儿子抱孙子了。老头是个乐天派，本不想身边有所牵挂，但看到自己未费吹灰之力而得到的儿子与孙子孙女，不禁有些惭愧，当胡须比自己还多的儿子提出出国要求，他就答应了。答应归答应，那时候办理出国手续可是一件大难事。老头吃喝玩乐惯了，在儿子处住了半个月就要回美国。老人很幽默，邻居挽留他，问他祖国好不好，他必答好；问他最好是什么，他必笑而不答；一次被问得多了，冲口就回答，祖国的鸡最好。那时候我们还没有吃过用饲料催肥的大种鸡。不知老头何云，不信他说的是真话。临走时，邻人送他纪念品，他一概不要，却偏偏看中了我家的一个石蒜碓。大家都说那东西又重又难看，劝他不要带，他却将那东西像宝物一样放进旅行箱。大家都以为天真的老头早已入乡随俗，不把家庭当回事，一回美国，可能只想起祖国的鸡而把儿子的祈求忘掉，岂料老头竟奋斗了三年，真把老邝家办了出去。

多年后，我在旧金山见到了老邝。老邝是《侨报》《星岛日报》的旧金山总代理。每天凌晨3时开着小货车到飞机场接报纸，分送各零售点，下午1时分送完毕，一年三百六十五天，天天如是。生活在异国，老邝感慨很多。他是因为长期同妻儿分离，生活困难，无奈才漂洋过海的，有谁知他心中的辛酸？他是为保卫国家出过力的人，他是在艰难岁月中尽力帮助过别人的人，反过来，人们对老邝又如何呢？谈到造币左附近的那个街区，虽然有许多不堪的回忆，但老邝仍有所留恋。

我在那街区虽住了近二十年，却极少同街上的人来往，认识的人很少。我和老邝、古爷家住的那座小楼，南邻一个大机关的家属宿舍；一座粉刷成铬黄色的四层洋楼房，据说原是陈济棠办的医院。北邻则是一幢小楼；短墙，平顶西式大门，进门一个小院，经过汽车房一侧走进小楼；小楼两层，有天台，钢窗，石米批墙，同我们住的小楼无论是格局还是样式，都一模一样。不知这两幢楼的原楼主系何人，只听说是两兄弟。小林夫妇住在隔壁小楼天台上，二楼靠我们这边的一个房间，住着一对奇特的男女，听口音是北方人，男的生得黑壮、魁梧，邻人叫他黑子；女的姓白，人称白姨，生得身材高挑，面容白净，粗眉大眼里透出几分野气。两人刚来时，年龄都在三十七八岁。听小林说，那女的当过科长，原是局长夫人，爱上了局长以前的警卫员，就抛夫弃子与那个警卫员私奔了。那黑子自然就是那个胆敢抢走领导老婆的警卫员了。两人私奔，奔不出户籍制度严密的新中国，不出半月两人就从黑子的乡下被抓了回来。如此目无纲纪，肯定严惩不贷。黑子被送去劳教，白姨因宽宏大度的丈夫不予追究，释放了事。白姨在此落脚，保姆带着她的孩子上门哭劝，她狠狠心不肯回到性无能的局长那里。局长无法，只好同意离婚。黑子两年劳教期满，来找白姨，久别胜新婚，两人精力旺盛，如胶似漆，不分白天黑夜，不管邻里反应，总赤身露体地弄出许多声响来；要不然就跑到天台搭起一张板床，把一张蒙头盖脚的白被单翻腾得波浪起伏。住在天台上的小林还没说什么，住在隔壁而又多次犯过“小节”错误的古爷，却无法忍受这伤风败俗的行径了。二楼厕所正对隔壁白姨房间，古爷透过厕所气窗上的两块反光玻璃进行“监视”，激愤时还投一点泥巴什么的以示警告。一次小林从对面天台投了一小团灰泥下来，把沉醉中的古爷惊醒，引发了一场争吵。白姨与黑子，只是扒着窗栏笑了笑。后来那黑子出外谋生，当了修路的包工头。包工头是个名声不好的职业，“文化大革命”初期连同白姨一起被抓走了。男的被定为坏分子，成了牛鬼蛇神，他们被抓走的第二天，小林夫妇已理所当然地搬进二楼他们的房间。白姨独自回来，只能住进天台小屋，扁头妈帮她在街东头紧挨邮电所的煤店里，找了一个临时送煤的差事，自此以后，街上多了一个腰束围裙，臂戴袖套，满脸满手煤灰，推着一车蜂窝煤来来往往的女人。

北面离小楼较远处，还有几幢别墅式的洋楼，其中一幢住了一位领导干部，一幢住了一个人称张先生的老者和他的妻子。张先生六十多岁，妻子四十上下，听说是吃“定息”的。每天早上，人们都会看到他们衣着整齐，携手到德昌茶楼饮茶，日子似乎过得悠闲自在。

“文化大革命”初的一天，我提个空瓶到越秀桥旁边的烟酒店打酱油，路过那个领导干部家门口，突然听到一阵阵口号声，接着看到一群人推着一个头戴纸糊的高帽，脖挂木牌，双手被墨汁涂黑的人冲冲撞撞地出了门口。在那顶巍峨的高冠下，受难者看起来是那么瘦小，几个人不费力气就将他抛上了汽车。看着开动的汽车，我尚未缓过神来，身旁忽传来“有人跳楼啦”的高喊。我以为楼内又发生了事情，只见许多人向另一边跑去，才明白事情出在另一个地方。跳楼的是张先生那个喜欢穿抽纱衬衫的妻子，满地是血，她那烫成大披的乌发浸在血水里。张先生站在妻子身边，微微发抖，不知所措。围观者沉默着，无人言语，也无人行动，直到扁头妈跑来，才着手抢救。突然，有人在人群中高喊：“她自绝于人民，死有余辜！”扁头妈站起身向叫喊的那边扫视了一眼，慢悠悠地说：“最高指示，发扬革命的人道主义精神！”她吩咐守公共电话的阿婆给医院打电话，待急救车开到，人已断气。家毁人亡，张先生这条“老寄生虫”被红卫兵赶到一幢红砖小楼的地下室住下。地下室临街，顶部齐人行道处有两个长方形的小窗，从里边刚好可以看到行人的脚。每次我从那里经过，都看到窗后有两只忧郁得近乎绝望的眼睛；这两只眼睛是那么呆滞，透着死亡的气息、不知道它在看什么，一双双胶底军鞋或塑料凉鞋从上面踩过，来来去去的只能是单调、麻木与苦痛。妻子死了，儿女在国外或在省外，孤苦的老人蜗居地下过着半囚禁的生活，没人探问，没人说话，如果没有那双偶尔转动的眼睛，他与僵尸无异。有一天，两个方洞里传出话声，我停下来往里边看着，原来是送药的扁头妈在说话。张先生的眼里有了火花，像一堆行将熄灭的灰烬又缓缓泛起了红光。

这条街还出过一些“奇人奇事”。有两年街上出现了一对中年男女，像是一对夫妻。男的似乎比女的年龄要小些，女的短发拢腮，发梢往嘴边微曲，一身高档的女干部衣着，眉宇间透出一种典雅不俗的气质；男的显得比较稚嫩，常穿一条灰色凡尼丁裤子，其裤脚扑扑闪闪的，带出一种刻意的潇洒与飘逸。街坊们都不知道他们从哪里来，也不知道他们是做什么的。只见他们早上出门，傍晚归来，手提黑公文包，上班下班很神秘的样子。直到“文化大革命”爆发，北京来的红卫兵贴出大字报，人们才知道他们也是一对违反戒律、追求爱情自由的落难者。当“小将”们做好“大破鞋”“大流氓”的高帽和胸牌时，他们却已逃离了广州。后来听说，是扁头妈头天晚上通知他们逃跑的。

关于扁头妈同情牛鬼蛇神的流言，在街上不胫而走。但人家扁头妈不在乎，她常说的一句话是：“为人别做亏心事。”

扁头妈这位淳朴的没有文化的街道妇女，却知道时时守住一颗善良的心。在伟大领袖毛主席指挥下，“文化大革命”步步深入，两派斗争白热化，全国爆发全面内战，乱了敌人，形势大好，“文攻武卫”一时成了最响亮的革命口号：1967 年夏，炎热的广州枪声四起，到处充满火药味，造币左路周围当然不能平静，黄华路中段有座八一中学，本是极富战斗精神的“主义兵”的大本营，街口造币厂原址驻进厂外地来穗的造反队伍，隔着东濠涌与我们住的小楼相对，是一个园林式大院，公安部门的一个单位原先住此，后改为一座中等职业学校，两派“小将”日夜剑拔弩张。每听到两派都在宣读“下定决心，不怕牺牲，排除万难，去争取胜利”的语录，小楼居民就知道那边即将开战，紧接着就传来一片喊打喊杀之声。正当广州两派拉开阵势决一死战的时刻，忽然纷传劳改犯进城的消息，于是市民行动起来，街街联防，一夜间许多街道筑起了街垒，枪声伴脸盆铁桶齐鸣，同仇敌忾，四处喊打，越秀北路南北两头用旧桌椅、床板、板车、碎砖、沙包之类的东西，修了两道防线，南扼大东门，北扼越秀桥，禁止车辆通行，行人必须接受检查。作为街民，我被抽派去街北口值了两个夜班，两次当班都遇到扁头妈代表居委会前来检查，她再三交代这些自带钢管、匕首或木棍的联防队员，有外来人走近，问清楚就可以了，切不可乱打乱杀。听到扁头妈这样说，我确受感动。头一天下班回来，一路景象惨不忍睹。长堤路旁的大榕树上，几乎棵棵挂有死尸；永汉电影院前的交通岗亭四周，尸体横陈；大德路省中医院斜对面的一根铁电线杆上，竟然挂了一个血迹斑斑的警察。据说这个警察喝醉了酒，到女友家里胡闹，被群众专政的铁拳头打死了，真是天下奇闻！天下奇观！炮声隆隆，用环卫工人的垃圾车改装成的装甲车奔来驰去，一个嗜血的热潮沸腾着，居然有扁头妈这样的人出来规劝她的联防队员戒打戒杀，实属难得。望着月光下扁头妈的背影，我忍不住对身边一个茶楼点心师傅说：“这是个好心人。”点心师傅打个哈欠笑道：“这年月，好心不值钱啊！”为了驱散瞌睡，点心师傅执意敲开旁边烟酒小店的门，拿出四角钱打了一斤米酒。这是我常叫女儿拿个玻璃瓶来打两角钱酒的地方，由于熟识，守店阿婆看到我才怒气渐消，还说了句俏皮话："我当是打砸抢的人来了！"我同点心师傅一面喝酒，一面欣赏面前的月色，全忘了是在放哨。从德坭路到造币左路的景物都浸在灰白的月光里，周围的一切好像突然掉进水里一样，出奇的寂静。造币厂与卫生材料厂的夹角地带，是一片翻修过的简陋村舍，层层叠叠的窗口，黑默默的，没有一点灯光，像是一个个枪眼，说不定就要从那里喷出火来，怪吓人的。点心师傅正喝出兴致，不肯让我停杯。"喝，良辰美景啊，这景致你这一生一世也只能看这一回了。"他把拿酒杯的手抡了个半圆，刚把酒杯送到嘴边，对面村舍的鸡胡乱啼叫起来；这一叫惊动了四面八方。不知是谁去敲响了脸盆，接着各种敲击声像波浪一样，一圈一圈地向远处滚动。联防队长大声唤醒大家，严阵以待。斜对面德坭路北侧有一个三轮车服务公司的修配厂（如今建设银行大厦、东建大厦一带），低矮的厂房像一条巨大的鲶鱼，骤然从鱼口中吐出一大群舞枪弄棒的人来。

动乱中，日子一天天地过去，扁头妈仍然天天守着菜摊，遇到菜场来了咸水鱼、剥皮牛什么的，还不忘给老邝的妻子及其他邻里们通个气。

后来，古爷死了，张先生搬走了，老邝全家搬走了，黑子没有再回来，推煤的白姨在一次台风中为救两个小学生被倒下的半边榕树砸死了。我们全家也离开了那里。

再后来，广州市地图上没有了造币左的路名，我原先居住的那条街虽然保留了原名，但德昌茶楼没有了，煤店没有了，越秀桥边的烟酒店也没有了，连越秀桥也被掩盖在巨大的高架桥下，成了一种遗存。它们都随着一个时代的消失而消失，代之而起的是新的建筑和超市之类的新商店。

我想，在那条街上如今我还认识的人，可能只有扁头妈了。但那天我回到街上，却没有找到她。

该淡出的都要淡出的，只有街东口那个老邮电所仍然坚守着。

2002年10月18日

红花黄花之间那条路

1963年1月，羊城新八景投票定景活动结束，红陵旭日、越秀远眺、白云松涛、鹅潭夜月、双桥烟雨、东湖春晚、罗岗香雪等被评为羊城新八景。这些景点从一个侧面反映了广州市政建设的发展变化，评定活动则反映出人们对50年代那段相对稳定的生活的留恋，和对“大跃进”以来困苦生活的一种消解。如今，几十年过去了，人们对这一切已经淡忘；如今，市区飞速扩展，现代化的建筑比肩而立，人们的观赏习惯与观赏范围发生了质的变化，但羊城新八景因其深蕴的文化价值与观赏价值，仍为人们所喜爱，如红陵旭日等。

红陵旭日指的是广州起义烈士陵园。初建时它名为广州公园烈士陵园，于1953年7月1日奠基，1957年12月6日广州起义三十周年前夕建成。

1927年12月11日，中国共产党广东省委书记张太雷和叶挺、叶剑英、聂荣臻、陈郁、周文雍等，领导国民革命军第四军教导团和广州工人赤卫队，乘粤桂军阀混战，粤军主力离开广州之机，在广州举行起义。起义以建立“公社”为号召，浴血奋战，先后占领了许多要害部门和大部分市区，并成立广州苏维埃政府。后由于敌人的疯狂反扑，起义部队没有及时向农村转移，在敌众我寡的情况下，起义不幸失败，张太雷及许多起义的工人、士兵壮烈牺牲。为纪念这一起义，建广州起义烈士陵园。陵园内，广州起义烈士衣冠冢，像一轮刚刚露出地面的朝阳，故有红陵旭日之说。

原来先烈路的起点在如今的广州起义烈士陵园正门，正对东校场。路口东侧是辛亥革命前后因刺杀清政府将军孚琦、水师提督李准、军阀龙济光而壮烈牺牲的温生才、林冠慈、陈敬岳、钟明光四烈士之墓，此处又名红花岗。由此直到十九路军坟场，路两侧有史坚如墓、兴中会墓园、邓荫南墓、邓仲元墓、张民达墓、朱执信墓等等。1953 年初，我第一次从这条路走过时，路两侧是很荒凉的，眼前景物除了墓园，就是农田与起伏的山丘，山丘多为架设探照灯与高射炮的防空阵地；建筑物很少，只能见到光华护士学校教学楼、传染病院、省干部疗养院（今肿瘤医院后楼）、执信女中及站在传染病院就可以看到后来成为空军文工团驻地的那座带水泥圆顶的楼房。当时此楼刷成白色，我们戏称它为白宫，因为它坐落在山冈上，看起来很高，后来成了我们前往沙河的路标。由传染病院向越秀桥回望，就只有造币厂（如今是省委党校所在地）的一群建筑和几座红砖洋楼。路的另一边，田野中有一座孤孤的颇有气势的宫殿式楼宇。听说这是中华人民共和国成立前某警察局长的别墅，我们不能不感叹这位警察局长搜刮民脂民膏之狠之烈，还感叹他手中权势的厉害，否则谁敢住在这里来享受荒郊野外的“田园乐趣”呢？此楼中西合璧，建得很坚固，如今还立在华燕宾馆之内。

那时先烈路虽然很荒凉，却有一种苍凉美。路两侧的墓园因为远离尘世的喧嚣，令人油然而生出一种庄严感。这些陵园都有些规模，其中以黄花岗为最。

1911 年 4 月 27 日（农历三月二十九日），同盟会黄兴等人在广州组织了一次大规模起义。原定挑选海内外八百名同盟会会员作为“选锋”（敢死队员），于 4 月 13 日分十路进攻两广总督署等要地，后因人员及军械未能及时到达，决定延至 27 日起事，并改十路进攻为四路进攻。当日下午，黄兴与方声洞等人率队攻入两广总督署，后终因寡不敌众而失败。在这次战役中，不幸有一百多位革命党人壮烈牺牲。烈士们横尸街头及东校场等处，清政府不准收尸。事后三日，以记者身份在广州活动的革命党人潘达微，找到与他家有世交之谊的广仁堂善董，请善董出面收尸埋葬。广仁堂遂在东门外三望岗旁边，找了一块原叫臭岗的地方，掩埋了潘达微带人连夜收集到的七十二具烈士遗骸。辛亥革命之后，此地更名为黄花岗，1912 年 5 月，孙中山先生来墓前致祭，并提议建造墓园，1921 年前后，墓园建成。

黄花岗七十二烈士墓的墓冢内圆外方，墓冢后是一座五六米高的山形石坊，石坊顶端站立着一尊高举火炬的自由女神像。1966 年那个疯狂的夏天，这尊自由女神像遭了大劫。好像广州的“文化大革命”是从革这尊自由女神像的命开始的。大学生们砸碎了自由女神像，搬倒黄花岗内许多石碑，“意气风发”地涌到街上游行、刷标语。不知道为什么，“革命”会对自由那么仇视？几年后说要修复黄花岗墓园，在石坊上羞羞答答地安了个大火炬，自由女神仍然没有归来，直到改革开放之后，黄花岗墓园才得到全面修整，恢复了原貌。

1957年我常到黄花岗去。那时反右已进入“紧锣密鼓”阶段，我已是俎上之肉，在待炮制的冷冻期间，有些闲暇，因此有时带一本《约翰·克利斯朵夫》，躺在黄花岗的荒草里，一读半日。任外面如何批判约翰·克利斯朵夫的“个人主义”，竟然毫不与闻。几十年后，我又搬到黄花岗附近居住过，所以我同黄花岗是有些缘分的。

谈起缘分，我与红花岗——广州起义烈士陵园的缘分可能更深些。在修建它时，我同许多青年团员一样，跟着鲜红的团旗，到它的工地上挖过湖，挑过泥。以后，从1961年至1980年我一直在它的附近居住，园内的墓台和中苏血谊亭，以及根据朝鲜最高人民会议常任委员长崔庸健1963年在我国访问期间提出的建议，于1965年6月建成的中朝血谊亭，是我常去凭吊与散步的地方。我还与家人一起在湖里划过船，观赏过每年在这里举办的春节羊城花会。广州起义烈士陵园建得很美，更像是个供游人观赏与休憩的园林，据说当年讨论建造方案时是有争论的。有人不赞成这种布局，认为这种布局会冲淡陵园的庄严感，更不赞成墓冢与纪念碑分开。想不到这种正常的工作争论，1957年竟然从中找出了右派分子来。

不久前的一个早晨，我进入广州起义烈士陵园。未想到几年不来，这里已经是热闹非凡的了。满园都是健身者、练功者，唱歌的、跳舞的，习练各种功法的，到处可见。我是行外人，不懂那些功，看姿态种种功法总有百种以上，看得我眼花缭乱。人们的生活有了从未有过的安适，这正是烈士们浴血奋战追求的梦想。我想烈士们浴血奋战追求的梦想，不至于因受到音乐、舞步的惊扰而叹息吧。

先烈路如今已成闹市，与我1953年第一次看到的沿途景象完全不同。那时谁能想象在路侧的青龙岗一带会矗立起远洋宾馆与花园酒店这样的高楼大厦呢？现在整条先烈路都被现代化的建筑物覆盖了，烈士们的墓园虽经政府多方保护，存留了下来，但其实已经淹没在新起的楼房之中了。只有黄花岗七十二烈士墓和红花岗广州起义烈士陵园，依然以它们那神圣不可侵犯的地位，彰示着先烈路的辉煌。

1999 年 8 月 28 日

三月黄花

我喜欢迎春花。它的花淡黄，不大，却有一种凛然的光华与冷香。当北国原野上的积雪即将消尽的时候，在阡陌和坟头上，它开放着。

这是三月。它站立在软柔的藤枝上，面对寒风和残雪，发出含香的笑声。每当这个时候，我就想起黄花岗，想起在小学二年级课本上读过的黄花岗起义的故事。那时我想，黄花岗一定是满岗黄花；我常常折几枝迎春插在雪堆上，用我刚扭的柳哨，吹出心中的对黄花岗的礼赞。

三十年前，我来到黄花岗畔。黄花岗并不像我幼时想象的那样满岗黄花，但这里确实有一丛迎春花——一座朴素的陵墓。

这里安葬着喻培伦、林时爽、林觉民、方声洞等七十二位于1911年4月25日（农历辛亥年三月二十九日）广州起义牺牲的烈士。起义失败了，起义者却以热血和头颅唤醒了国人。在极端不利的情况下，他们抱着必死的决心，破釜沉舟，拼此一战，敲响了延续两千余年的中国封建王朝的丧钟。孙中山先生说过：“是役也，碧血横飞，浩气四塞，草木为之含悲，风云因之变色，全国久蛰之人心，乃大兴奋。怨愤所积，如怒涛排壑，不可遏抑，不半载而武昌大革命以成。”事实确实如此。我想，把这座陵墓比作一丛迎春花——一丛站立在冬天与春天的界河旁边，黑夜与黎明交会的地平线上的迎春花，是再恰当不过的了。

参加这次起义的一百二十名“选锋”（敢死队员），除黄兴、朱执信等二十几人负伤后脱险之外，其余八十几位起义者，血染广州街头，壮烈牺牲了。起义失败后，同盟会员潘达微买地黄花岗，安葬英魂，收殓时只得烈士遗骨七十二具，故名“七十二烈士之墓”。1912 年 5 月，孙中山先生来到墓前致祭文，并提出建造墓园。1921 年前后，墓园建成。

我见过许多宏伟壮丽的陵墓，黄花岗这座朴素的陵墓给我印象至深。这里没有宫殿，没有宝顶，没有一切豪华的雕饰，有的却是发人思索、鼓人热血的浩然之气。墓园内林木苍苍。正门的四根方柱，拔地而起，气势雄奇，上书孙中山先生亲题的“浩气长存”四字，给人以拔山盖地之感。陵墓与大门遥遥相对，中间贯一宽阔的墓道。墓道分三段，逐段上升，中段有一月形湖，上跨一桥。墓冢内圆外方，围以花岗岩石栏。墓冢正中，有一小石碑，上书“七十二烈士之墓”。碑上覆一方形尖顶石亭。墓碑后面，矗立着许多人在小学课本的插图里看到过的那座石坊。巨大的花岗岩砌成了五六米高的基座，上面是中国国民党各海外支部敬献的七十二块长方石组成的坊身。整座石坊呈山形，虽不太高，但人们走到这里都不禁会产生一种高山仰止的心情；它使人联想到登山一样艰险的革命道路，联想到高山一般伟大的烈士功绩。石坊两边对称地安放了两根望柱和两个石狮，最顶部是一座三米多高、手擎火炬的女神像。基座有三个门洞，中间的门洞上端，有章炳麟篆书的“缔结民国七十二烈士纪功坊”石匾。石坊后，正对中间门洞，立一巨碑，上刻黄花岗起义事略和烈士英名。这里是黄花岗最幽深的处所，每次我来到这里，总要站立良久，望着这块大碑，读一页悲壮的历史。

石碑旁有几株黄色夹竹桃和开着米状黄花的台湾相思。微风吹来，浓叶轻轻抖动，像一幅正欲启开的绿色幕布。透过幕布，我看到历史舞台上一个个催人泪下的壮丽场景：操着浓重四川口音，一年前同黄树中、汪精卫谋炸摄政王载沣的喻培伦，因为不同意再推迟起义日期，正在小东门 5 号起义指挥部的会议上，慷慨陈言，力主冒险犯难，血荐中华；沉静的林觉民，正就着烛光，伏案疾书，给他那住在福建的年轻妻子留下纸剪柔肠于大义的绝笔；林时爽投出一枚炸弹，紧随黄兴冲进了两广总督衙署；方声洞倒在血泊中，手中紧握被热血染红的螺号。绿幕合上了，我的眼前又现出勒在石碑上的名字……烈士们来自广东、广西、福建、江苏、浙江、四川、湖南和越南、新加坡等地。在他们中间有留学生、教师、工人、农民、军官，还有教士和技击家，不少还是泛海回来的华侨；有五十二岁的长者，有十八岁的青年。每个名字都是一首诗，一页历史。石碑中部排列着韦统铃等四位韦姓烈士的名字，他们都是广西平安人，并且都是教士。他们是父子？是叔侄？是兄弟？抑或仅仅是同乡？这问题也许如今谁也不能解答。但人们知道，在黑色法衣下那颗为拯救中华而激跳的心脏，把他们联结成了最亲密的同志。啊，教士，你们的上帝就是祖国，你们奉献在上帝祭坛上的牺牲，就是自己的身躯啊！

烈士们的理想，烈士们的高风亮节，像石坊上的火炬一样，永远放射光芒。

历史长河中，往往出现旋涡。谁能料想，“文化大革命”一开始，石坊上这尊高擎火炬的女神，却成了“革命对象”。它被推倒、被砸断，报纸的头版上竟出现了“绞死自由神”的大标题。陵园内的墓碑被推倒了许多，陵园遭到严重破坏。一时间，“自由”同“女神”都变成了舶来品，都成了资产阶级的专利品。做这种蠢事的人的“爱国主义”和“革命性”，就是把“自由”之类一股脑儿推给外国资产阶级，似乎只有“专制”才配称得上是中国的“国宝”。直到粉碎“四人帮”之后，陵园才彻底修复，高擎火炬的女神像，几经周折，又回复到原来的位置。这件事，很能发人深思。我深信，除非封建王朝在中国复辟，这座陵墓是没有人敢平毁的，但是，大江滚滚，封建王朝在中国复辟，最多只是林彪、江青之流少数中国人的痴梦而已。历史的潮流不可逆转。像黄花岗这样的陵墓，是没有什么力量能够把它从地面上抹去的。七十二烈士都是平凡的人，他们生不求封侯，死无意立碑坊，当然无掘墓鞭尸的后顾之忧。反之，有些帝王后妃的陵寝，虽然固若金汤，总不免遭受掘墓平陵的厄运。暴戾恣睢的慈禧太后，最后落得个被发棺的下场，即为一例。企图威慑后世者，被发棺；根本不虑葬身之地的七十二烈士，却在人民心头竖起了永恒的丰碑。历史的辩证法就是如此的公正与无情。那些富丽堂皇的陵寝，与这座朴素的建立在人民心中的陵墓相比，显得是何等渺小啊！

我们中国共产党人，不羞于承认自己是黄花岗七十二烈士的后继者，我们完成了他们没有完成的资产阶级民主主义革命的任务，并在中国的大地上，进行了一场更为深刻的革命——社会主义革命。只有林彪、江青这样的人，才妄图割断历史，把自己打扮成前无古人、后无来者的“英雄”。

三月，游人如云。如今游览黄花岗的人们，多了一个话题，就是“文化大革命”的倒行逆施。

自从黄花岗头开出迎春花之后，中国已不会再退回到封建专制主义的寒冬里去了。

三月，北方被雪水沃育的原野上，迎春花开了。

三月，黄花岗这丛被鲜血沃育的迎春花，庄严地开了。

三月，我来到黄花岗，我看到迎春花迎着血红的太阳沉思。

1983 年 12 月 20 日于广州

榕荫下的革命广场

这些冠荫巨大、浑身根根须须的细叶榕，已经是很古老的了。那几年，我同一位朋友常坐在它的绿荫下的那棵树，据 1995 年的测定，已经有一百三十九年的树龄，今年应该是一百四十六岁了吧。另有一棵树龄更长，再过四年就是两百岁了，依此类推，它应该是清代嘉庆十一年 (1806 年) 栽种的。不知道这些榕树是谁种的和为什么要种在这里。四十多年前，当我和她在月夜里踏着它的碎荫散步时，它似乎就已经很古老了。

月色也很古老。淌在广场上的青白色月光，像一炉始泻而迅速冷凝的熔浆，闪出熠熠的幽光，令人想起青铜时代。青铜时代的月光也如此清如此幽吗？但在青铜时代，这里却没有这样一个铺满月光的广场。

无论是古老的榕树，还是古老的月光，都像是从广场北边的博物馆里溢出的陈列，同虎门要塞的大炮一起，沉重而不无辉煌地记述着历史。

四十多年前，当我同她一起坐在广场边的石凳上，看面前斑斑驳驳的树影，看如水的月光，看远处学骑自行车的学生，并不知道这个宽阔的广场还有一个名字，一个非常响亮的名字——革命广场。它是一场受挫的革命留下的一个令人凭吊的遗址，但当时却没人凭吊它。它似乎被一场新的革命冷淡了，否定了。

我同她谈的话题，不外是当时人们倾情谈论着的革命与理想，但我们不知道，在我们的脚边，曾经飘荡过无数的红旗，曾经回响过雷鸣般的呐喊，曾经爆发过血与火的斗争，在离我们不远处，那个用石条砌成的被朦胧月光覆盖的石坛，曾经做过无数次主席台，号令三军，奋起十万工农；“打倒军阀！打倒列强！”的雄壮歌声从石坛前飞过，感染着无数群众……

东到越秀中路，西至龙虎墙，北临中山四路，南接文明路，原是中山大学校园。校园的南部临文明路处，是一个大操场。1924年至1927年大革命期间，这个操场成了群众集会的场所，许多有历史意义的大会都曾在这里举行。革命的或假革命的人都跑到此处亮相，因此，它被染上一层浓烈的革命色彩，也才有了“革命广场”这个名号。

我同她来到广场的时候，广场十分平静，甚至可以说十分寂寞。群众大会多在越秀山体育场或东校场举行，这里早已回归到它原有的功能，只有一些爱活动的中学生在上面跑来跑去。中山大学迁走之后，留下的附中学生在靠中山四路那边上课，把清幽留给了这边。那时，广场北侧既没有广东省博物馆，也没有广东省中山图书馆，只有大钟楼和两三幢据说是邹鲁与戴季陶住过的小楼。

在如今中山图书馆的后面，有几座灰瓦黄墙的公寓楼，她父亲是大学教授，全家住在其中一幢公寓楼里。我和她是同事，晚上常陪她回家，在她走进那座淡黄色的宿舍之前，我们常常在广场旁边逗留。

有一次，我望着月光下的大钟楼，问她：“谁住在那里？”

“空的。”她说。

几年后，我看到这座中西合璧的清末建筑门旁，挂上了“鲁迅纪念馆”的牌子。

1927 年 1 月至 4 月，鲁迅先生任中山大学中文系主任兼教务主任时，曾住在大钟楼。“四一二”事变后，他辞去教职，迁往位于今白云路 7 号的白云楼二楼，直到 9 月底离开广州。

但在钟楼内发生的更为重大的一件事——中国国民党第一次全国代表大会的召开，却在多年后才被确认。

1924 年 1 月 20 日至 30 日，在孙中山主持下，国民党在这里召开了中国国民党第一次全国代表大会。出席代表一百九十八人，其中有共产党员陈独秀、李大钊、毛泽东、谭平山、张国焘、林祖涵、李立三等二十三名。大会一开始，根据廖仲恺关于组织主席团的提议，孙中山指定胡汉民、汪精卫、林森、谢持、李大钊为主席团成员。

这是国民党有史以来的盛会，是国民党改组的盛会，是国共合作的盛会。一个新的革命高潮由此而来，它对中国历史发展的影响，应该说，远远超过鲁迅先生在此居住数月而产生的影响。

大会期间与大会前后，钟楼内外充满斗争，甚至充满浓烈的火药味。

孙中山接受中国共产党提出的反帝反封建主张，同意“联俄、联共、扶助农工”，建立了两党合作的基础。

在大会第四日（23 日），通过由共产党人瞿秋白等起草的大会宣言时，国共两党的与会代表对民生主义的解释发生了严重的分歧。

28日，在讨论《中国国民党章程（草案）》时，争论更为激烈。方瑞麟、江伟藩、黄季陆等人，以“本党党员不得加入他党”为名，反对党员跨党，也就是反对共产党员加入国民党。

本届大会将共产党人李大钊、谭平山、林祖涵、毛泽东、瞿秋白、张国焘等选入中国国民党执行委员会。

在一届一中全会上，谭平山同廖仲恺、戴季陶一起被推举为常务委员，并根据廖仲恺的提议，让谭平山担任组织部长，林祖涵担任农民部长，杨匏安、冯南坡、彭湃分别担任组织部、工人部、农民部秘书（相当于第二把手）。毛泽东等也身居要职。

大会以后，以林森、谢持、张继等为首的国民党右派，同以廖仲恺为首的国民党左派之间，就新三民主义的三大政策与共产党人在国民党内担当职务问题，展开了长期尖锐的斗争。

共产党内部也不平静。1923年6月，在广州召开的中国共产党第三次全国代表大会上，就共产党员能不能加入国民党问题，争论激烈。陈独秀在国际代表马林的支持下，主张根据共产国际的指示，采取共产党员加入国民党的形式，实现国共合作。张国焘、毛泽东、蔡和森反对。后来，毛泽东、蔡和森愿意服从多数人的意见，而张国焘则仍然坚持反对意见。

关于合作的方针与策略，在之后的两三年中，依然争论不断，愈演愈烈，终于形成了党内的第一次路线斗争。

苏联特使鲍罗廷，于1923年10月来到广州，被孙中山聘为国民党组织训导员，成了孙中山的首席政治顾问。在鲍罗廷的劝告下，孙中山力排阻力，决心吸收新鲜血液，接纳共产党员，改组国民党，以使国民党成为国民革命的领导者。

陈独秀在国际代表马林的压力下，同意当时只有四百二十名党员，并且被马林说成是“一群热情而好心肠的马克思主义学生”组织的共产党加入国民党，其实质原因也是为了发展共产党的力量。他在答复身在日本的党员周佛海的信中，对加入国民党的目的说得最明白：

“第一步，利用国民党的招牌，发展共产党的实力；第二步，就是使国民党共产化。”

此又不足，在两党合作之后，毛泽东等一些共产党人，坚持要为取得革命领导权而斗争。这样，虽在实现民主主义革命的目标上两党有合作的政治基础，但各自都为了通过合作壮大自己，必然会带来许多猜忌、摩擦，直到流血冲突。

从大钟楼开始的国共两党的斗争，到后来演变成十年的内战。我没有遇到过一个大钟楼大会的参加者，也没聆听过当年这些叱咤风云人物的真实心声。

我认识一位住在越秀南路一条小巷里的女士，她是我表姐的同窗好友，姓谢，我唤她谢姐。听表姐说，谢姐的祖父是大革命时期国民党要人，参加过“一大”。

谢姐从艺术学院毕业，分配到新疆教钢琴，后辞职回到广州。她住的那条小巷有几幢红砖小洋楼，她家住在其中的一幢。一个铁栅大门，大门内是一个小院，院内有个残破的多年不加修葺的花坛；紧靠右面院墙，一道砖楼梯通向二楼阳台。说是洋楼，但楼内为雕花木隔扇隔成的房间，一如中式住房。二楼前厅摆放着一架钢琴，每次我一进巷口，就听到从那里传来的钢琴声。谢姐常要她的学生或儿子给我弹琴，或练习曲或《东方红》，却从未弹过钢琴名曲；谢姐也从未给我弹过琴。有一次，我请她弹《月光奏鸣曲》，她弹了两小节，忽然停住。“不好。”她说。不知是什么不好，是她弹得不好还是曲子不好，抑或有什么其他地方不好。

谢姐生活得很悒郁，像一只失群的胆战心惊的燕子。因为心照不宣的原因，我从来没有过问她的家世，她也从来不向我提起，所以这座小楼里的往事，对我一直是个谜；但前厅墙壁上，那曾因挂过镜框而被经久的岁月濡染了的印痕，往往会引起我不着边际的冥想。

我的那位同事，那位只知道大钟楼当时空空无物，而不知道由大钟楼引发出来的一幕幕诡谲多变而又英勇壮烈历史的女孩，可能由于父亲的原因，却常常向我提起中山大学。

“这里原先是中山大学。”她说，但她没有见过原先的那个中山大学。她在中山大学读过书，读了两年就参加革命，走上了工作岗位。

她那教法学的父亲当过省参议员，我听她的一位亲戚说过，那时她父亲走官场多过上讲台，所以，中华人民共和国成立后几乎被戴上“反动教授”的帽子，遇到肃反之类的运动，就要坐在黄墙灰瓦的公寓楼里写交代。

我想，当年我同她在广场的月光下散步的时候，可能正是她父亲在家伏案写交代的时候，所以她不愿早早回家。

“中山大学是什么时候在这里的？”我问。她答不出来。

以后从资料上，我才知道中山大学的前身是国立广东大学。国民党改组前后，孙中山总结过去国民党一盘散沙，形不成力量的教训，接受鲍罗廷的建议，决心按照苏俄党领导一切的模式，改造国民党和广州政府，把军队变为党军，把教育变成党化教育，把学校变成政治斗争的工具。在这种情势下，1924 年 7 月，孙中山下令合并广东高等师范学校、广东法科大学和广东农业专门学校，组成综合性的广东大学。

广东大学校址为广东高等师范学校原校址。这里原是建于清光绪三十一年(1905 年)的广东贡院。在这个紧邻城墙，位于大东门与小南门夹角地带建起的一排排蜂窝样的考棚，原本是学子们来到广州考取功名的地方。1906 年拆贡院，建新校舍。以后废科举，1908 年改为两广速成讲习所、两广优级师范学堂；1912 年改为广东高等优级师范学堂。

孙中山要在这里建立为国民党培养政治和文化人才的最高学府，遂有国立广东大学。1926 年 7 月，为纪念孙中山，才正式更名为国立中山大学。

就像当时广东上空的政治风云一样，广东大学内的斗争也风起云涌。

孙中山在世时，他是无可争议的领袖，加上苏联顾问鲍罗廷发挥参谋作用，尚能控制局面。孙中山去世，两派的斗争即刻明朗化、剧烈化。善于表现“革命”的汪精卫，与政治顾问鲍罗廷共同掌握了国民政府的最高权力，左派占了上风。

教育界的群众运动蔚为壮观。1925 年春，广州市的市立学校停课闹革命五十多天，只不知是何时“复课闹革命”的。

广东大学内的左派，决心赶走右派校长邹鲁，10 月国民党中央政治委员会开列“该校所用教员，多不明党义”等罪名，宣布由国民政府监察委员甘乃光等组成调查委员会，对广东大学进行调查。

校园内口诛笔伐，报纸挥戈参战，指责广东大学是没有党化的“不革命”的学校，邹鲁是“不革命的领袖”。广东大学的教授们咽不下这口气，召开教授联席会议，要求教授治校，撤换甘乃光。汪精卫在联席会议的报告上批了“不理”二字，下令撤销邹鲁的校长职务，任命陈公博为代理校长。

1926 年 2 月，校长一职由褚民谊接任。以“新学生社”为代表的左派学生和团结在孙文主义学会周围被称为“士的党”的右派学生，为选举学联代表及争夺各种阵地，在大钟楼和革命广场不断发生冲突，大打出手。那些被称作“士的党”的右派学生，手拿棍子，一遇争执就挥棍打人，女生与男生同样勇猛，一个头目还在他们办的《醒狮》上高呼：“高举士的，从广州打遍广东，打遍全国！”

由此可见，当时校园内的“革命”气氛是何等“高涨”与混乱！

正在这时，来了几位名人——郭沫若、郁达夫和王独清。由于他们的到来，使我们研究革命广场多了一些史料。

1926 年 3 月 23 日，也就是在蒋介石发动“中山舰事件”三天之后，郭沫若、郁达夫和王独清由上海乘轮船来到广州。

轮船一进珠江，望着两岸景色，抑郁的郁达夫猝然兴奋地感觉到：“南方的风物，煞是离奇，煞是可爱！”

充满激情的诗人郭沫若，自然不会无动于衷，他几乎是朗诵般喊道：“美啊！这不是和日本长崎口外的风景一样吗？”

他们远道而来，还不知道前几天发生的事，心想在这块革命策源地上受一番圣洁的洗礼，有一番作为。

郭沫若是由瞿秋白推荐来广东大学任教的。当他接到广东大学的来信和林祖涵弟弟林祖烈寄去的路费时，刚辞去武昌师范大学教授职位的郁达夫正好待在上海；而刚从巴黎留学回来，被郭沫若戏称“看装束就有点像雨果的儿子”的王独清，正好找到郭沫若门上，于是三人相约，同船来广州追求革命。

郭沫若接任文科学长职后，在校长褚民谊支持下，为整顿纷乱杂沓的课程和“笑话百出”的教学质量，决定学生可以在本月内重新选择自己学习的所有课程，不再读自己不喜欢的功课。这一下，戳痛了那些滥竽充数的教师，六十多名教师中有二十六人罢课要求撤换郭沫若。

这场“择师运动”的风波，自然影响到文科教授兼英文系主任的郁达夫。郁达夫对广东大学教育水平的低下，党派斗争的阴暗和把全部精力用于政治活动的学生们的打斗，已感到厌恶。广州之行，成为“鸡肋”。后来，他在《鸡肋集》题词中写道：“和两三位朋友，束装南下，到了革命策源地的广州。在那里本想改变旧习，把满腔热忱、满怀悲愤都投向革命中去，谁知鬼蜮弄旌旗，在那里见到的，又是些阴谋诡计，卑鄙污浊。”可见他当时的感受。

郭沫若不同于郁达夫，他在那样激荡不已的政治环境中却能如鱼得水。1926 年 6 月，他参加北伐，任北伐军总司令部政治部上校科长；不久，升为少将；又不久，北伐军攻克南昌，升为中将；轻裘肥马，皮靴武装带，戎马书生，意气风发。

6 月初，郁达夫因小儿夭折到北京探亲，直到 10 月下旬才回到广州，这时学校已改名为中山大学，校长为戴季陶。郭沫若离校后，王独清接任文科学长。在戴季陶对全部教师进行“审查后重新聘用”的整顿中，郁达夫丢了英文系主任职务，从文科教授变为法科教授。

戴季陶本属国民党右派，却用国民政府命令中最革命的词句来打击左派：“中山大学为中央最高学府，亟应实施纯粹的党化教育，养成革命之前驱，以树建设之基础。”戴季陶以原来左派实施党化教育不力为由，收拾校内的左派。

郁达夫看不惯这种龉龃的政治斗争，加之学校经费困难，常领不到工资，宿舍破烂不堪，“夜里有几十匹头大如猫的老鼠赛跑”，连大学本部的标志——大钟楼上的钟也是不走的，感到喘不过气来。“我这一回真悔来此，真悔来这一个百越文身之地。”

12 月 15 日，郁达夫终于提着一个藤条箱，懊恼地离开了中山大学校园，离开了广州。

鲁迅却在郁达夫离去之后不到一个月，来到了中山大学，踏上了革命广场。三个月后，他也离去了。

此时，革命广场上已没有群众的呐喊和动荡中的辉煌了。

为什么在那个大时代里，这里会呈现出一个被群众称作“革命广场”的广场？许多次，我从广场的围墙下经过，脑海中都会闪现出这样一个问题。站在越秀中路和文明路的交叉路口往四周看，好像寻到了答案。

大革命时期，这一带是广州的政治中心之一。沿越秀南路南去，从谢姐住的小巷口再往南不足两百米，现今的越秀南路 84 号，是一座清末建的一墙到顶、不露瓦脊、有拱门和大玻璃窗的仿西式建筑。此建筑原为惠州会馆，大革命期间，国民党中央党部和中华全国总工会曾在此办公。

再往前走，在越秀南路与今东园横路相汇处，向南直到江边，就是原广东水师提督李准用搜刮来的民脂民膏建造的东园，东园内也有一幢不西不中的别墅式楼房，1925 年 6 月至 1926 年 11 月，它是省港罢工委员会所在地。可以想象，二十五万罢工的香港工人和沙面洋务工人的中枢机关设于此，这里会出现何等热闹的景象！

在革命广场对面（今文明路 215 号对面），是当年的中共广东区委员会、越南青年同志会和越南青年政治培训班所在地。

国共两党和工人运动的领导机关，以及外国革命青年的活动场所集中于此，加上中山大学那些不喜欢课桌而热衷于争斗的学子，这里，自然而然就成了一个政治中心和革命情绪高涨的地区。

革命斗争是残酷的。当年，在革命广场周围曾不断响起枪声。

1925 年 8 月 20 日上午，国民党左派领袖、广东省省长廖仲恺前往参加国民党中执委第一百零二次会议时，在中央党部大门口不幸遇刺身亡。

当天下午，国民党中央党部、国民政府、军事委员会召开紧急联席会议，一致决定由汪精卫、许崇清、蒋介石等组成国民党特别委员会，处理此案及时局；并组织“廖案检察委员会”，负责专门调查此案，委员会由国民政府秘书长陈树人担任首席负责人。周恩来、杨匏安等共产党人都参加了“廖案检察委员会”。

陈树人是同盟会第一批会员，毕生追随孙中山，辛亥革命中，他运笔作枪，鼓吹革命。1922 年 6 月 16 日，陈炯明发动叛乱，孙中山避难登上“永丰号”军舰时，陈树人闻讯从香港连夜赶回广州，冒着叛军的炮火，登上“永丰”舰，誓与总理同生死共患难，因而深受孙中山的信任和重用。孙中山曾先后任命他为国民党中央总部总务部副部长、党务部部长，并指定他为中国国民党改进案起草委员会委员，参与撰写《中国国民党改进案宣言》。他是著名的国民党左派，又是廖仲恺的得力助手和亲密战友。

陈树人签署命令，委派李章达、杨匏安、谭桂萼为廖案特别法庭审判员。

与此同时，陈树人又下令广州市公安局，缉拿暗杀廖仲恺的凶手。

不久，暗杀廖仲恺的凶手陈顺、梁博及主犯郭敏卿、朱卓文先后被缉拿归案。

再查下去，幕后指挥者又牵涉到胡毅生、林直勉。胡毅生是胡汉民的弟弟，于是，此事很快便牵扯到胡汉民身上，汪精卫派黄埔校军以搜捕胡毅生为名，包围了胡汉民住宅，胡汉民幸得陈璧君、蒋介石保护，不久被迫出洋。

由于主犯及凶手均为粤军许崇智部的军官，故总司令许崇智也被牵涉在内，被汪精卫、蒋介石等列为嫌疑犯。蒋介石带兵包围许崇智住宅，当面要许卸职；“你不卸职，无以对总理在天之灵。”逼得他的老上级交出了军权。

跑了胡毅生，只抓住一个原任孙中山秘书的林直勉。这林直勉本是个有热血的革命者，1909 年孙中山发动第一次广州起义，他倾其全部家产支持起义；1922 年 6 月 16 日，陈炯明发动叛乱，炮击总统府，是林直勉拉着孙中山从炮火中冲出来，直奔江边，乘小艇登上“永丰号”军舰的。但他反对孙中山“联俄、联共、扶助农工”的“三大政策”，视左派为仇敌。事后，他被判处两年徒刑，1927 年被保释出狱；1931 年任国民党广东省党部委员，1934 年病逝。

胡毅生逃过惩处，后仍混迹于国民政府内，1951 年由香港去了台湾，在蒋介石的总统府任国策顾问，后病死于台湾。

暗杀廖仲恺一案前后审讯了七八次，一直拖宕至 1926 年 3 月中旬，才最后查明：暗杀廖仲恺的，正是帝国主义和国民党右派集团。

对此，廖案检察委员会特别法庭做出了最终裁决和宣判：

判处暗杀廖仲恺的主犯郭敏卿、朱卓文，凶手陈顺、梁博死刑，立即执行枪决。

革命先驱廖仲恺的鲜血，染红了越秀南路街头，惊醒了革命人民，但革命的投机者汪精卫和蒋介石却从中大捞了一把。汪精卫借廖案赶走了政敌胡汉民，而蒋介石则借廖案挤走了粤军总司令许崇智，各有所得。

暗杀廖仲恺一案，至今尚有许多谜团不可解，另有蒋介石策划廖案一说。

早年，我学习《中国现代革命史》时，老师就持这种说法，不可信。不能因为蒋介石后来叛变了革命，便什么污水都往他身上泼。蒋介石虽是廖案的受益者，但在当时的党派斗争中，他是不会去刺杀廖仲恺的，因为廖仲恺、汪精卫是他的盟友，都是国民党右派和一些顽固的粤军将领所痛恨的左派人物（当时汪、蒋确是以左派面目出现的）。

在廖仲恺被刺之前，7月间，蒋介石就曾两次遇刺：

一次是从城外北校场黄埔军校入伍生总部回城内军校办事处，他的专车经东坡楼附近，突遭当地驻军一阵猛烈射击，死伤数名卫士。幸亏那天他的专车启动时，发动机突然出了故障，他改乘卫士车先行，这才侥幸脱险。他当即拘捕了出事地点的两个连长，两连长说是按旅长的命令行事。后来这个粤军旅长被扣押。

几天后，蒋介石从城内经革命广场附近的东城门回东山别墅，当专车开进城门洞约三十步的时候，卫士长宓熙发现车前有两个刺客正举枪欲射，就先行开枪将刺客击倒。据后来调查，当时国民党右派和反动势力策划的暗杀名单上，排在最前面的就是汪精卫、廖仲恺、蒋介石。

可以说，蒋介石是廖案的最大受益者，廖案发生，驱走胡汉民、许崇智，为他攀登最高权力扫除了一大障碍。后来，他利用“中山舰事件”逼走汪精卫，最高权力对他来说，就成了伸手可摘的熟苹果了。但是，风云际会不是一个人可以完全算定的，出于派别的利益，当时蒋介石并不希望廖仲恺死，廖死后，他情绪激动地高喊：“为廖党代表（廖仲恺兼任黄埔军校党代表）报仇！”可能也是他的真情流露。

一个事件的过程是复杂的，一个人的心理历程更是复杂的，不可简单地臆猜与推论。

蒋介石在广州的发迹带有传奇性，是一个快而直的火箭式上升的过程——

1924 年 6 月，他出任黄埔军校校长兼粤军参谋长时，还只是一介不能参与党务政务的军人；

10 月，处理商团危机的革命委员会在黄埔军校成立，他是六位委员之一，指挥镇压商团的军事行动，崭露头角；

1925 年 2 月，他率粤军主力和黄埔学生军，进行扫荡陈炯明部的第一次东征，并取得胜利；

6 月，他率东征军返回广州，参加镇压滇桂军叛乱；

7 月，陆海军大元帅府正式改组为中华民国国民政府，在十一名政府委员选举国民政府主席时，汪精卫以十一票当选，党政大权集中到左派手里，蒋介石成为军事委员会成员；

8 月，廖仲恺被刺，蒋介石联合汪精卫借廖案驱走了政治强人胡汉民、军事强人许崇智；

10 月，开始第二次东征，蒋介石取代许崇智任东征军总指挥；

1926 年 3 月，蒋介石发动“中山舰事件”，逼走汪精卫；

6 月，蒋介石任北伐军总司令，誓师北伐；

1927 年 4 月，蒋介石发动“四一二”反革命政变，攫取了最高权力。

从这个日程表可以看出，原先连“一大”会场都进不去的蒋介石，仅用了三年时间，就登上了权力的顶峰。

北伐军节节胜利，权力中心北移，革命广场逐渐沉寂了。

1934 年，中山大学迁入石牌新校舍，原址留给中年部。

中华人民共和国成立后，河南康乐的岭南大学停办，中山大学遂迁往岭南大学校址。这岭南大学历史较为悠久，原是清光绪十四年（1888 年）由美国传教士创办的格致书院。1917 年，美国人哈巴改格致书院为岭南大学。1899 年，既是举人，又是基督徒，同时又参加了兴中会的钟荣光，被格致书院聘为汉文总教习，开岭南大学华人襄助校务之先声。后来，钟荣光被校方派出留洋，回国后长期为岭南大学服务，把一间基督教书院，发展成一所综合性现代大学，贡献良多。

如今，每当“珠江夜游”的轮船驶过中山大学江面，就看到一个巨大的灰白色石坊，上书“国立中山大学”。这是仿制品，它的真品仍在石牌。

前几天，我又踏上那个几乎已经无人知晓的革命广场。四十几年前，它北边的广东省博物馆是没有的，广东省中山图书馆也是没有的。现在省博物馆后面的一些文化单位，也是后来挤进去的。再往北是省实验中学，令人不禁有物换星移之慨。

几十年过去，广场变小了，同我与她坐在榕树下看到的洒满月光的广场已经不一样了。这种不同只有我能够分别。围墙已经变换了几次。原先是又高又厚的灰泥批荡，刷成黄色的砖墙。夜里，墙外总有一副云吞面担子靠墙叫卖；这道墙应该是我和她都熟悉的，往往一直到听不见墙外叫卖声，我们才猛醒夜深了，该离去了。

60 年代初，换成了当时最时兴的通花矮砖墙。“文革”期间，将通花填实，上面加高，又变成了一道实砖墙。

1976 年刚粉碎“四人帮”时，在这凹凸不平的墙面上，挂了许多声讨“四人帮”的漫画。有一次，我路过此地，曾看到上二年级的大女儿正与一群小同学坐在人行道上，面对墙壁临摹，努力完成老师刚布置的课外作业。

80 年代又拆了砖墙，筑起美丽的铁栅墙，可惜不久，就让位给雨后春笋般的临墙街店铺了。

“文化大革命”期间，文明路改为延安路，在那个提倡“一个阶级推翻另一个阶级的暴烈行动”的年代，“文明”一词当然是犯忌的。老百姓说：这是要延安不要文明。几年后，又改了回来。至于原来的砖墙，现在只剩下中山图书馆内侧的一段了。

广场周围的大榕树与木棉树似乎没有变化，但几十年的烟云飞过，它们也应该更老了一些吧？

我找到了那棵熟悉的老榕树，站在树下巡望广场，忽然看到大钟楼后面露出一角黄墙灰瓦，她家仍住在那里吗？一个瘦高的满头白发的老妇人微驼的背影，不期然跃进了我的眼帘，那是她吗？

自1957年之后，我同她就再没有一起到过这里，也再没有交谈过。她虽没有被流矢射中，却成了一只受惊的兔儿，常年缩着肩，总想往洞穴里钻，把身子缩得小而又小，希望不占据一点空间，警惕地谛听着左右的声响；风从草尖吹过，她冷得发抖。几十年，她就是这样走过来的，曾经有过的革命激情，全被一场无情的冰雪扑灭净尽。

80年代初期，我的小女儿考上执信中学。那天，我带女儿去报名，不意却在报名处遇见了她，她也手牵一个小姑娘。我走上前向她打招呼，她却假装没有看到我，低下头走到一边去了。她担心有倒春寒，担心还有狂风暴雨袭来，不敢丢掉那件几十年遮蔽心灵的厚厚冬衣。我一直望着她远去的背影，悲哀地自语道：“她怎么老得这么快哪！”

谢姐怎么样了？越秀南路小巷里的那座小楼，早已人去楼空。当年，她是为了青梅竹马的新婚丈夫才去新疆的，以后就丢了工作。“文化大革命”开始，她丈夫带了一班学生从乌鲁木齐串联到广州，并趁机与几个人买小船偷渡去了香港。

谢姐日夜盼望丈夫帮助她和孩子申请到香港去，却得不到丈夫的丝毫音信。有亲戚告诉她，她丈夫刚到香港时生活无着，到一个成衣店打工，后来就同店主的女儿结婚了。谢姐听了十分悲伤，但仍然向往那有个“丈夫”的香港。

1980 年初，她的申请得到批准；到香港后，她失去了丈夫，没有失去的只有钢琴。

1989 年，我到香港时去过她的家。她供了一套公房，说是两房一厅，但面积很小。厅内摆放着两架钢琴，供上课用；一间住房略大，另一间住房仅可放一张单人床。看情形，她在香港生活得并不宽裕。

那几年，她每次回广州，总要找我坐坐，谈到我住越秀北、她住越秀南的那段日子，大家都颇多感慨，谈到内地当前的情况，她往往会突然问我：“为什么那时候不实行现今的政策呢？”我沉默，无言以对。

我沉默地穿过广场，向大钟楼走去。

今天是星期一，纪念馆的工作人员休息。走进寂静的过道，透过门上的玻璃，可以看到已恢复原貌的“一大”会场。主席台上的桌椅及台下的一排排桌子，铺着白布，每张桌子上贴有号码与人名，这大约就是当年开会时的情景。会议室的后部设有楼座，也早已是人去楼空了。

我从过道退出来，久久地望着这座高耸着一个塔状建筑物的大钟楼，楼房外有一个由短墙隔开的内院，院内种了十数株杧果、银桦、苹婆、石栗、罗伞和白兰，想必是“一大”召开时已种下的，现在长成了巨树。我从未看见过如此巨大的杧果树，欣喜不已；再看看这些杂植在一起的别的树木，也都树干粗壮、枝叶繁茂，我心头不由猝然一悸：无心的树木尚可杂处，何况人乎？

钟楼大门的右侧，同左侧“鲁迅纪念馆”的木牌相对应地挂了一块条形木牌，上书“中国国民党第一次全国代表大会会址”。看笔迹像是叶剑英元帅题写的。这个长牌大约是后来挂上的。我知道，政协委员们为了保护钟楼和广场，曾多次发出呼吁。

其实，国民党“一大”会址，不仅对国民党有重要的历史意义，对共产党同样有重要的历史意义。如果没有这个“一大”，国民党可能无法取得北伐胜利，统一中国；而当时只有几百名党员的共产党，可能也无法迅速进入政治中心，登上中国的政治舞台和历史舞台。这是历史事实，忽视历史真实，足不可取！

在内院的巨树中间，是一条青石铺成的甬道。当年，孙中山与李大钊带领代表们并肩走出会场，由前面两个荷枪士兵开路，坚定地步向革命广场……那张著名的珍贵照片，就是在这里拍摄的。

历史在这里定格。大钟楼和革命广场经历了数十年的风风雨雨，如今，终于被作为重点文物单位保护下来了。

2002 年 11 月 28 日

历史的驿站

前不久，来广东参加同学聚会的武汉几位老同学，托我购买返程的火车票。这些年不常坐火车，对铁路的发展变化缺乏亲身体验。直至帮这几位同学购票，始知如今广州发往北方经武汉的快车，有几趟都是下午 6 时左右发车，第二天早上 6 时左右到达武昌，真正是“夕发朝至”。

感慨之余，不由想起了五十年前，我从武汉调来广州时的情景。

那漫长而又易逝的五十年岁月啊！

1952 年，大区准备撤销，中南局机关开始人员分流。单位领导原安排我去读大学，这也是我的愿望，本来参加革命时动机就有这么点儿“不纯”，希望革两年命，经受一下革命暴风雨，再回到平静的课堂。所以，领导一说要我去念大学，我十分高兴。不料，送到人事部的档案材料却被退了回来。那时，调干生不需要考试，只看推荐上来的档案材料。我的材料未获通过的原因，是学历太低；我初中只念到初二，高中只念了一个学期（实际上只有两个月），确实读书不多。单位再三推荐，人事部卡住“必须念了高中两年”这条线不放，只好作罢。领导又找我谈话，就要在本系统内给我另行分配工作，我不去也可，却千不该万不该说出“绝不再在本系统工作”的话来，这使领导对我产生了“极其恶劣”的看法：我们如此“神圣”的系统，你竟敢如此轻慢，那好，你去住招待所吧！

在汉口大智门车站与球场街之间的铁路旁边，有一排密密匝匝的房屋，其中一幢破旧的二层楼房，就是单位的临时招待所。住在这里的人，大多都在等候分配工作，那年我十八岁，已是参加革命近四年的“老革命”了。心上摊到一个“老”字，就开始有了惰性，学着周围人的样子“泡蘑菇”，不服从分配。

一位年纪大的同事读过大学，古典文学修养好，我便向他学《楚辞》，又用白报纸钉了一个本子，趴在满是污垢的玻璃窗下，要写所谓的长篇小说；写的是农村题材，因为在不久前我随中南土改工作团参加过土改。

后来，招待所里的人渐渐少了，教我《楚辞》的那位同事，也被分配到湘雅医学院当保卫科长去了，因而我也无心再背什么“帝高阳之苗裔兮，朕皇考曰伯庸”之类的诗句了。百无聊赖时，我常常沿着铁路和汉口的大街，漫无目的地走来走去。

一天，人事部的同志找来，问我去不去广州？我心头一震，急忙反问道：

“广州？去那里做什么工作？”

“对外贸易。”

我不觉来了精神：“具体做什么？”

“大概是经济情报吧。”

虽然我对所谓的经济情报之说不甚了了，但感觉这是一个与原来的工作系统有那么一点接近，有那么一点“神圣”的工作，就毫不犹豫地接受了新的调动。

我和十几位原来的同事，怀着对“经济情报工作”的新奇感，兴奋莫名地由武昌徐家棚车站踏上了南下的列车。

有“火炉”之称的武汉，一过8月，好像“火炉”里连灰烬都飘走了，闷热的暑气迅速成为过去。我们从汉口乘轮渡过江，夜风带着浪花的水沫扑来，脸上已有丝丝凉意。宽阔的长江在夜色中涌动，两岸伸向天际的灯光似被渡轮牵引着，将同我们一起远行。渡轮转了个大弯，慢慢靠上徐家棚码头。

我们走进车站，登上一列暗绿色列车。车厢里很整洁，一排排木纹清晰的木座椅，在顶灯下反射出淡黄色的亮光。乘客不多，整个车厢好像只有我们十几个人。车外，绿的、红的、蓝的、紫的信号灯，闪闪烁烁，同垂下来的星空融在一起，令我忽然产生一种浮在半空的错觉。没有叫卖声，没有送别声，当我昏昏欲睡时，一阵剧烈的咣当声，列车缓缓开动了。这时候的铁路与列车已经过整顿修复，达到了中国铁路有史以来的最好水平。我们在那趟列车上坐了两夜一天(三十六个小时吧?)，于第三天上午抵达广州广九车站。

广九车站，与位于黄沙的称作南站的黄沙站、位于西场的西站、位于北郊三元里温泉附近的北站相对而称东站，当年是广州唯一的客运站。它是一座略呈“凸”形的两层楼房，楼墙用铬黄粉刷成黄色，窗楣、楼檐与凸起的壁饰粉刷成白色，造型平实，一看就是清末民初那种亦中亦西风格的建筑，不像汉口大智门车站那么欧化。

广东省人事厅的一位同志，在出站口接到我们，然后带着我们爬上停在白云路旁的一辆破旧卡车上，记不得车的牌子，可能是“万国牌”吧。大卡车把我们拉到德宣中路（今东风中路）省政府大院，德宣中路路中间，一排高大的凤凰木正开得灿烂，覆盖在树冠上的一层红花像一片垂落的火烧云，烧红了我落脚广州后的第一个惊讶。我正惊异于这种不知名的红花的壮丽，卡车又发动了。

那位人事干部将我们的档案送回办公室，未等我们下车仔细看看，他就指挥司机，把我们送到中山六路新星电影院西边的一座五层楼里。这里是省政府的招待所，后来，广东省交通厅曾在此办公，再后来就拆掉了。

从广九车站下车到住进招待所，绿茵茵的路树，飘摇的气根和红花，清洁的黑幽幽的柏油马路，骑楼和木屐，光线不足的窄而深的商店，高耸的门面与一面露砖的墙壁，庄严华贵的中山纪念堂和古香古色的茶楼，等等，迅速地一一从我的眼帘掠过。因此，我也迅速给广州下了第一个结论：

这座以对外贸易闻名的城市，却没有武汉那么洋派。它没有汉口胜利街、鄱阳路、南京路、江汉路等那些纯欧陆风格建筑的街道；相对于洋派来讲，它比较中派，比较古典，这是我原先没有想到的。

广九车站，是我第一次落地看广州的地方，所以，五十年来我一直记得这个地方。虽然如今它已在广州市地图上隐没了，但我却是从这里开始观察广州的历史和现实生活的。我的广州五十年，是同这个车站紧密相连的，不管它如今是存在还是不存在。

中国修筑铁路的历史，除了修在宫苑里供慈禧太后游乐的那条小铁路和1876年英商怡和洋行在上海修筑而于第二年拆除的吴淞窄轨铁路外，最早通车的，要数1881年修成的唐胥铁路（唐山至胥各庄）了。这虽然比英国修成的世界最早的一条铁路晚了五十六年，但仍属开全国风气之举。

广州修筑铁路始于 1901 年，是年 12 月，委托美国国际美华合兴公司，动工兴建全长四十八点四六公里的粤汉铁路广三段（广州至三水），1903 年 10 月竣工。接着，有潮汕铁路与新宁铁路（斗门至江门）这两条商办铁路开工。1906 年和 1907 年，粤汉铁路广州至韶关段和广九铁路也相继破土施工。

此时，一个筑路热潮在广东乃至在全国已成为推动历史的巨大力量。

清朝末年，除了立宪与革命，不少图救亡、号振兴的有志之士，把修铁路看作举国一大要务。洋务派大臣如张之洞，爱国侨商如张弼士、张榕轩、陈宜禧等，都将铁路看作古老中国的筋脉。常言道："舒血活络。"只有血脉通，形容枯槁的东方巨人才可以重振拳脚。郑观应、孙中山也持这种观点。民国初年，孙中山遵守临时约法，把临时大总统让给袁世凯，并被袁世凯任命为全国铁路总办之后，在他写的《实业计划》中，亦把修筑二十万里铁路放在首位。

清朝末年，那些有志于实业救国的臣民，已经开始力争实现铁路强国的梦想。

随着来往于粤港间的旅客与日俱增，修筑广州至九龙的铁路更属当务之急。于是，广九铁路于 1907 年 8 月交由英商承建，1910 年 10 月 1 日英段（深圳至九龙）通车；1911 年 10 月 8 日华段（广州大沙头至深圳）通车；28 日，英、华两段在罗湖接轨，全线通车，广州大沙头广九车站亦在此之前建成。计划中，广九铁路要与粤汉铁路接轨，但此时广九车站尚不能担当此一任务，因为粤汉铁路不仅仍在计划书中，而且正在引发一场激烈的路权之争；南起广州黄沙、北至武昌徐家棚，全长一千〇九十五点五公里的粤汉铁路，1898 年由清政府驻美公使伍廷芳与美国美华合兴公司签约，借款四千万美元，九折实付，年息五厘，偿还期五十年，以铁路财产为担保；铁路由美华合兴公司建造和管理，借款本利还清后由中国收回。后来，美华合兴公司的股票被比利时银团收买，部分路权转到比利时人手中，引起湘、粤两省民众激烈反对，强烈要求赎回路权。1905 年 8 月，湖广总督张之洞及驻美公使梁诚，又与合兴公司订立售让合同，以六百七十五万美元，赎回粤汉铁路未筑与已筑的路权，并几经波折，粤汉铁路广东段交由商办。1916 年，广州至韶关段二百二十四点二公里铁路建成通车，而粤汉铁路全线通车，则是 1936 年的事了。

中国为什么这样贫弱？修筑一条一千多公里的铁路折腾了近四十年，又是借款，又是让权，到底我们的钱到哪里去了？因为清政府腐败无能，我们的金钱与资源都被侵略者大量掠夺去了！单单一个“庚子赔款”这笔钱，就不知可以修筑多少条粤汉铁路了！试想，如果这笔巨款不被别人掠夺，我们修一条铁路还需要折腾四十多年吗？

粤汉铁路与广九铁路，终于在广九车站接轨了，但 1936 年接轨后，并没有畅通几天，不久便爆发了抗日战争，接着是三年内战，真正全线贯通，则是到了新中国成立之后。

广九车站，见证了中国铁路的艰难起步与曲折发展，也见证了广州城许许多多的悲喜与事件。

1952 年，我第一次步出广九车站，迎面见到的，是一尊竖立在高高基座上的铜像，当时我不知其为何人。待多年后，它被迁进黄花岗烈士陵园，我才知道，这位身披军氅、手握军刀、双目远视、英武威严的人是邓铿将军。邓铿是一位革命先驱，他参加过黄花岗之役，是孙中山先生军事方面的得力助手。他担任过黄埔陆军小学堂学长，粤军的许多将领都受过他的培养，邓演达与陈济棠，可以说是他的两个得意门生。他后来因协助孙中山北伐，遭粤军中反对北伐的将领忌恨，并必欲置之死地而后快。1922 年 3 月 21 日，他从香港回来，被他昔日的同志刺杀于广九车站前。

往日在广九车站前的厮杀似乎已成了历史，但是中华人民共和国成立后，广九车站也时有不平静的时候。

随着邓铿、史坚如等一批铜像陆续迁入黄花岗烈士陵园去过“集体生活”，生活在新政权领导下的人民群众，也日益集体化了。经历了三年经济困难时期，人们最初的革命热情被饥饿暗暗冲淡了，个人与集体的矛盾尖锐起来；还有些人则对新政权产生了不满或仇视，强烈地向往起充满“香风臭气”的香港来了。

广州初解放时，来去港澳自由，总体是回来的多，出去的少，直到 1951 年始封关。九龙半岛上的一道铁丝网，像一个蹩脚外科医生手中的刀子割出的弯弯曲曲的伤口，割出了两个不可交融的世界。

1954 年春，我第一次看到这道铁丝网。

那时，深圳还是宝安县治所在，一个在号称东门的地方有一条可以称作街道的小镇。街上有一间百货公司，几间木楼梯吱吱作响的小旅店，几间木桌长凳的小饭馆和一间西点咖啡店，最惹眼的建筑，是一座新盖的工人文化宫。逛街的外地人很少走进商店，大都把兴趣放在街边的地摊和货担上。许多穿深色宽大衣裤、头戴深边斗笠的妇女，站在地摊和担箩后面叫卖海货，其中最多的是用竹签穿起的一串串蚝豉。

我在小旅店住了一晚，第二天，搭单车尾往大鹏湾上的盐田。

那时，单车是珠江三角洲的主要交通工具之一，像深圳至盐田这种没有公共汽车的线路，往返非它莫属。

单车在蜿蜒的山道上行驶，我坐在车夫身后，可以一览山色。黄色的沙土公路沿着铁丝网延伸。铁丝网那边，有一条黝黑的沥青公路。黄沙公路旁边，每隔一百米左右有一个解放军哨兵；那边沥青道上，有英军的巡逻车不时开过，敞篷巡逻车后面坐着几个士兵，一个穿草灰色军服的英军军官站在司机座位旁，手扶吉普车的挡风玻璃，摆出一副绅士派头，每经过一个解放军的哨位，就把戴着白手套的手举上眉梢行个军礼。解放军战士视若不见，一副不可撼动的样子，英国绅士挤出一缕意义不明的微笑，飘然而过。

两边的山岗、田野一片宁静，可以看到，一些边境居民背犁赶牛，从铁丝网上的小门穿过，到对面耕耘。除了对面有的村落上空挂出的几面国民党旗，似乎战争已成了遥远的过去。

1957年春，我又出差到深圳去一次，时间是在一条水产公司的渔船被劫过后不久。一伙打石的劳改犯劫持了这条船，并打死了傍晚乘这条船过海的一个解放军中尉，边防线上的斗争形势顿时紧张起来。铁丝网越严密，越有人踮起脚跟往那边探望，一双双茫然的眼睛，被白热的渴求焊在铁丝网的网眼上。

1962年——在经历过数次政治运动与三年全民大饥饿之后，出人意料地发生了广九车站的骚动。

1962年6月1日，谣传英女王生日，6月1日至3日香港开放三天。当日凌晨，一百人在广九火车站等候购买车票，当晚增至两千多人。晚9时许，众人情绪浮动，接着强行闯过车站，包围公安派出所和维持秩序的宣传车，围攻到现场了解情况的副市长，殴打司机、宣传员和公安干警，并将宣传车掀翻。2日凌晨

1 时，市委宣布实行临时局部戒严，市公安局开始收容闹事人员，拘留审查一百〇七人。此即为震动一时的“东站骚动事件”。广九车站虽然很快恢复了秩序，但“逃港”一词却在以后的年月里，不断被政府文件和人们闲谈所引用。

到了“文革”期间，广九车站更不时地出现了混乱的局面。1966 年下半年，红卫兵响应伟大舵手毛主席号召，唱着《大海航行靠舵手》的歌曲，进行“经风雨，见世面”的长征，在全国范围内开展大串联。8 月下旬，大批外地红卫兵开始涌进广州。9 月底，广州市有五十六间小学因暂做红卫兵接待站而停课，紧接着大小机关、工厂都设了接待站。这些昼夜不停、川流不息地从各地到来的革命师生，第一个落脚点就是广九车站。车站的秩序大乱，混乱不堪，发生过火车轧死红卫兵的事故；红卫兵迷失的事情更是不断发生。

省委、市委为接待好这些“毛主席的小客人”，急忙动员大批机关干部，到广九车站日夜值班。我曾被抽去三个夜晚。不要以为只是设个接待站、送个茶、指个路什么的，而是从未有过的大场面，或可与接待外国元首相比。

为了不让刚下车的红卫兵走失，车站和整条白云路口被数千干部紧紧围住，让红卫兵从两道人堤间缓缓流向接待总站。只见人流中，有几十岁的老师，也有十一二岁的孩子；有服装整齐的“战斗集体”，也有孤零零的“独行侠”，榕荫间飘下的月光与灯光，映照着一张张浮萍样的脸：亢奋的、疲惫的、惊异的、迷茫的等等，神色不一而足。他们大都是第一次来到广州，深秋季节，突然下降的气温，令他们对亚热带的广州感到诧异，不禁左顾右盼，也许在怀疑是不是下错了站。红卫兵们固然在经受锻炼，而我们这些夹道“欢迎”的人同样也在经受锻炼，一连站立三夜，轮到换班时间，才能进入旁边的交通厅办公楼里喝一口水。

广九车站像一个巨大的喷水口，把一批一批点火的、交流经验的红卫兵像涌泉一样喷射到广州的大街小巷，红袖标与红旗帜到处游荡，用去了国家的大量资金。据《南方日报》1966年12月23日报道，截至12月1日，广州市接待红卫兵开支一千〇八十万元，并向省人委再申请一千万元。不久，外地串联师生中发生的流行性脑膜炎愈演愈烈，接连有超过一千人发病，随之串联高潮渐渐过去，广九车站才又恢复了比较正常的运行。

广九车站同我有着千丝万缕的不解之缘。从20世纪60年代后期至70年代前期，可以说，它就是我生活的一部分。

我在商业部门当业务员，常年到省外出差，来来往往，无数次进出广九车站。那时期，广州经常停电，需要石蜡做蜡烛照明；广东甘蔗收割，榨季开始，需要硫黄加工白糖，而石蜡与硫黄均属我所在的单位经营：而产地不在广东，因此，我常被派出，去产地洽谈业务。

1967年底，我到过零下三十多度的大庆，在寒风如绞的大庆车站，看着工人们将石蜡装进车厢运出；1973年，因为家庭困难，我曾带着五岁的女儿，从广九车站坐车，到山西催调糖厂开榨急需的硫黄。从偏僻的小车站，到铁路局，到铁道部和商业部，我这个小小业务员来回穿梭，一次又一次把广东急需的物资调运回来。每当我站在小站的铁轨间，目送发往广东的货车，心中就会油然升起一种喜悦。

至今，我还为自己曾对广东做出过这种虽然微小，却出于真诚的贡献而欣慰。我不以当过业务员为辱，人的高贵与卑贱是不以职业而分的，也不能以群而分。正如商人不等于奸商，商业工作者不等于庸俗的市侩，在政治运动中，受过冲击的人不都是耿直之士，受迫害坐监的人中也有告密者。

广九车站南邻大沙头，西接越秀南长途汽车站，有相当长的一段时期，这一带是广东的水陆交通枢纽之一。但广州的码头与长途汽车站变化较大，并不仅限于这一地区。

过去，广州与珠江三角洲城镇之间的内河交通，多使用花尾渡。这种体形高大、一般分上下两层、形如天鹅的花尾渡，极具特色。它自身没有动力，全靠一只小电船拖行，乘客躺在窄窄的铺位上，或看书，或观景，毫无震荡与颠簸之感。由广州往江门、斗门、石岐、开平、市桥、肇庆、容奇或西樵等地，一般都是晚上开船，清晨抵岸。在船上可以看月色，可以观渔火，也可以浓睡，只有中途停靠小埠的朦胧钟声和接驳的呼应声，或可骚扰你的沉梦。这是一种十分舒适的交通工具，只可惜航行速度缓慢，70 年代之后，逐渐从珠江上消失了。

我来广州后第一次出差，是到顺德糖厂调查漏水酒的生产情况，当年搭乘的就是这种花尾渡。那时，码头在长堤大同酒家前面，以后码头移到省总工会（今市少儿图书馆）岸旁。到 60 年代，这种船才集中停靠在新建的大沙头码头。出海客轮不停大沙头，最初停靠在爱群大厦附近，后来多停靠在洲头嘴和海关大楼对面的第一码头。船只有“石门”“祁门”“剑门”等几艘，后更名，以“茶花”“牡丹”等花卉名命之，大都只航行到广州—湛江—海口一线。据说，这些船只原是长江民生轮船公司向加拿大订购的江轮，船底平圆，抗浪性能差，在海上常有剧烈的晃动。

1954 年，我去海南岛就搭乘过这种船，一出珠江口，即感不适，过湛江硇洲，海浪陡高，船窗随着摇摆的船身，忽低忽仰，窗口景物一忽儿为海面，一忽儿为蓝天，可想其摇摆幅度之大。

可是，这种不适应航海的轮船，却在广州—海南航线上服务了数十年之久。对它们最难忘的，大概应数海南生产建设兵团的知识青年们了。我女儿的舅父、表姨等都曾是光荣的兵团战士，每年休假多奔波于海口—广州—汕头之间，我的家成了中转站，房里睡不下，就用绳子扯起一块雨布睡在院子里。他们来往于广州、海南的交通工具，全仰仗这几条更名换姓的轮船了。1975 年，我帮女儿的表姨到第一码头购返回海南的船票。从中山四路上公共汽车，只觉几个年轻人挤得我无法转身，到将军西站，看着这几个匆匆下车的青年，我下意识地摸摸口袋，口袋里的二十五块钱已没有了踪迹。那时候，二十五块钱几乎等于两人一个月的生活费，对我来说是一笔难以承受的损失，但购票要紧，不误女儿表姨归期要紧，别无他想，只有赶快借钱买票。说到底，那几条海船没有给我留下多少愉快的记忆。

我记不清，位于东园一角的越秀南长途汽车站是何时启用的，但我记得，在 20 世纪 50 年代前半期，长途汽车站尚属分散状况，有在维新路（今广州起义路）的，有在广卫路的，也有在大新路的……使用的汽车大都是木壳、龟背顶的改装车，不少车的驾驶室两旁，还竖着两个长形铁桶，供烧酒精或木炭之用。

我有乘这种车的经历。

1953 年，成立不久的广东省专卖事业公司，因计划不周，盲目进货，仓库条件不好，香烟大量霉坏变质，许多积压变质的大“中华”香烟，被当作除虫剂撒到田里，造成一百余万元的巨大损失。

第二年春，商业部和监察部派人来广东检查，我随检查组前往汕头，乘长途汽车一连走了五天。从广州出发，第一天到惠州，遇台风逗留一天，第三天到鲘门，第四天到葵潭，第五天才到汕头。除了中间耽搁一天，全程也用了四天时间。路况极差，汽车又常常抛锚修理，历尽磨难，当汽车喘着气终于靠船夫的竹篙，从最后一个渡口渡到彼岸，可以遥望汕头的屋脊时，乘客简直像在汹涌的大海中，看到了橄榄树似的欢呼起来。

八年之后，到了 1962 年，从广州到湛江，乘长途汽车还需要三天时间。一般是前一晚先从广州乘花尾渡前往江门，次日换乘汽车到阳江，第三天到水东，第四天到湛江。每天一百多公里的行程，还要起早摸黑：早上从旅店赶到停车场时，灰暗中，那一片从发动机和鼓风机旁闪出来的火花，和一阵阵声嘶力竭的呼呼噜噜的喘息声，几十年后，还常在我的梦中浮现。

有一次，我到湛江参加全省“三清”工作会议，近晚时，车在电白县境抛锚，司机跑了十多公里去找电话，一直等到下半夜，才有一辆救援车来将乘客拉进电城。冷风冷雨，所幸供销社的旅店刚开张，看到大红大绿的新被子，大家自有一番遇救般的喜悦。

长途汽车的质量不高，市内公共汽车的水平也大致如此。有一批所谓新车，叫“华南牌”，车身仍是笨重的木壳，只不过油漆得鲜亮些罢了。

1955 年，确实有一批新车，是从匈牙利进口的。这种车是铁皮车厢，红色，确实给人以新的感觉，但焊接不良，一开动就全身颤抖，发出震耳的噪声，不为市民所喜欢。有些人宁肯坐木头车，不坐铁皮车，还要讲些怪话，对亲密无间的社会主义阵营里的兄弟，微露不敬。原本是调侃，最多是些无伤大雅的牢骚，却有为此而遭大祸者。

1958 年，同我一起发配海南的受难者中，有一位姓谢的小青年，只有十九岁，因他穿一身旧军装，大家都唤他“兵崽”。兵崽出身农家，懂木工耕作技艺，为人勤劳质朴，豪爽仗义，乐于助人。这帮人中年龄大的很少，那年我二十四岁，但如兵崽刚满十八岁而为“右派”者，仅其一人。闲话时，问其罪状，兵崽竟正色告知大家为 :“破坏国际共产主义运动团结。”大家一惊，均知毛主席所制定的六条标准中确有此一条款。此罪可谓大矣！

“你去过南斯拉夫参加工人委员去了 ? 还是到过匈牙利参加裴多菲俱乐部了 ?”有人逗趣地问他。

“我没有去过匈牙利，可我坐过匈牙利的汽车。”兵崽不甚迷惑地说。

“坐车何罪 ?”

“我在车上说了攻击社会主义兄弟国家匈牙利的话。”兵崽苦笑地摇着头说。

原来，有一次，他与一个同事同乘匈牙利制造的红色公共汽车，途经一德路，在震耳欲聋的噪声中，他千不该万不该地一不高兴竟说出了这样一句话 :

“哼，净系揾我哋嘅笨，卖给我吨咐样。既烂鬼破车 !”

单位挖出的“右派”还没有同破坏国际共产主义运动团结对上号的，将这句话稍一上纲，正好配套成龙，功德圆满。毛主席他老人家明察秋毫，提出的六条标准条条都是照妖镜，不照不知道，一照吓一跳，真是阶级斗争不以人的意志为转移！

时代毕竟在前进着。即便在外力作用下可以稍作停滞，但谁也不能让时间死去。不死的时间，总有一天会挣脱羁绊，奔向自由的空间。

如今，在大街上既看不到“华南牌”的木壳公共汽车，也看不到带拖车的公共汽车，更看不到经过改进的、用转盘连接主车和拖车、车身长十八米的一通式公共汽车。当然，也早已看不到那种通体红色、标志着“国际共产主义运动团结”的匈牙利车了。

这就是不可阻挡的历史。但是，历史有许许多多的驿站，有些事物走到某个驿站，就不能再往前边走了，甚或在时间的长河中渐渐消融。

如今的广州城，已没有了那个煊赫了几个年代的广九车站。如果不是在它原址对面还保留一条广九大马路，那么，谁要想去寻访它，真可谓是踪迹难寻的了。

1972年，三年经济困难时期下马的广州火车站工程恢复动工。数百个露出钢筋支架的水泥墩，经过十数年风雨锈蚀，又派上了用场。1974年4月10日，这个坐落在广州北郊流花桥的广州火车站，终于盼到了举行开站典礼的大喜日子。这个建筑面积六万平方米的车站，比广九车站大七倍。自此，广州铁路客运大部分从广九车站迁出。

1987年11月19日，在全国第六届运动会开幕前一天，天河火车站投入使用。1988年，天河火车站更名为广州东站，广九车站的客运任务，连同“车站”的名号即成了过去，成了历史。那座赭黄色的二层楼，成了羊城铁路公司的办公室和白云路火车票预售处。再往后，随着江湾大桥的兴建和市政建设的发展，那座楼房和与之相连接的路轨被彻底拆除了。

前几天，我又走到白云路，流连多时，根据路旁一排老榕树中间的一块宽阔的空地，推断出如今路面的那个小广场，就是广九车站过去曾经站立的位置。

我在笔记本上记下了小广场的方位：

它在白云路18号南，广东交通大厦斜对面，它后面的路基已改建成东华南路，路面直攀江湾大桥，成了引桥的一部分。

我为什么要记下这些文字？我为谁记下这些文字？还有谁来怀旧寻踪吗？

可能这个小广场还没有名字，可不可以就叫“广九广场”

呢？如今有那么多的大广场，还要兴建更多更大的广场，这个小广场也许不会被命名的。

我在小广场上伫立良久。列车的铁轮声由远而近，由近而远……在我脑海里，有一条铁路从这里开始，经过菜园东，经过梅花村，经过越秀山后，将广州绕个半圆，然后向北、向南延伸。我在东山庙前西街商业厅工作的那些年，每天看到列车从办公室后窗外那高高的路基上飞驰而过，绿色，绿色，绿色！我想起那种流动的绿和无数个闪亮的窗口……

我无数次从这里出发到远方，亦从远方回到这里。这里记载了我苦涩的风雨旅程，也记载了许多永不消逝的温情。许多久盼的亲切的面容，蓦然闪现出来——

身穿粉红色绸衫，蓝色布裙，脚穿双襟黑色高跟皮鞋的表姐，面含微笑，向我走来，那是 1956 年；

年纪还不算老，衣着整洁，鬓发斑白，手拉五岁小侄子的母亲，走出了站口，那是 1962 年。

如今，在我面前已经没有了车站……

我想说一句安慰自己，也安慰老车站的话：

“这就是历史！”

但是，我哽住了，未能把话说出来。

2002 年 12 月 26 日

车过菜园东

“呜！——”京广线的绿皮客运列车，轰隆隆地从东山口呼啸而过。

那时候，这一带的居民——住家的、上班的、读书的、行路的，都习惯于这种轰鸣，他们不觉得这绿色的铁龙卷起的响声噪耳，相反，倒把它当作一道赏心悦目的风景，甚而有人把它当作闹钟，以车次的始发与到站来计算时间。

东山口及同它只有几百米之遥的东华东路，各有一个道口，两个道口之间，轨道弯成弓形，如果你正好坐在一个车厢内，你就可以透过车窗，看到高高的路基下，在散乱的屋宇包围之中的那一片青葱的菜园：整整齐齐的菜畦上，因季节不同而有菜心、小白菜、芥蓝等菜秧的闪现；你还会看到几个肩挑粪桶的农民，正在菜畦间做着浇菜的劳作。

由于这片菜园，于是在中山二路南侧出现了菜园西、菜园北和菜园东三条横街。这三条街内，都有几栋大约是 20 世纪二三十年代建造的红墙披顶洋房，菜园中间还有一栋孤零零的灰色石米小楼。后来，广东省邮电管理局与广东省商业厅在这里划分了“势力范围”：似乎菜园西划归了省邮电管理局，菜园东划归了省商业厅。商业厅在菜园上不断兴建办公楼、宿舍，到20世纪70年代末，菜园已经缩小得微乎其微了；但那栋石米小灰楼却像一个时代的标志，固执地立在原地不肯退让。我始终不知道，小灰楼里的居民是何许人也。

人们常说：“东山无山。”其实不然。东山不仅有山，还有庙。

从清代道光年间留下的地图上可以看到，大东门往东，是一带连绵起伏的山岗，有黄山、马棚岗、竹丝岗、柏子岗。今中山二路原名柏子路（又称百子路），即因此岗而得名。现在，东山区人民医院旁边仍有一条百子横街。再往东，还有木棉岗、烟墩岗和东山。东山，大约是这些山岗中最高的一个岗，故名山。

我想，这张地图不谬，直至今日，如果你仔细观察，你还会从广州起义烈士陵园、中山医科大学、农林上路、东山的地势上，看出一脉连绵不断的山岗来。50年代，我在先烈路放眼四望，还能看到一些起伏的若孤若连的小岗，岗上设置有防空探照灯和高射炮，后来，这些山岗就渐渐消失了，被雨后春笋般兴起的楼房与辐辏的街道所遮盖。

在20世纪初东山区大力开发之前，东山下有座东山庙，据说最初庙内敬奉着一位太监，以后又敬奉别的神圣；我想，如今的庙前直街与庙前西街肯定与此庙有关。

1915年，美洲归侨组织“大业堂”，率先在龟岗开辟了一、二、三、四马路，兴建了大片与西关大屋迥异的西式住房；接着，又兴建了龟岗五马路、启明大马路和庙前西街。新兴的东山区是以龟岗开发为滥觞，逐渐像涟漪一样向外扩展的。最先惠及的，大约是新河浦、恤孤路、培正路、烟墩路、保安直街一带。

如今，恤孤路附近的瓦窑街逵园楼顶，还保留有“1922”的字样，这大致标明了这一带屋宇的“出生”时代。一件有趣的事是，1923 年，参加中国共产党第三次代表大会的代表，就是以逵园楼顶这几个字为路标的。“二大”会址在恤孤后街 31 号（今恤孤路 3 号），“三大”代表陈独秀、李大钊、毛泽东、瞿秋白、张太雷、罗章龙等，和共产国际代表马林住在新河浦 24 号春园二楼；同毛泽东多次会面的谭延闿，则住在培正路简园，因此可以肯定，春园与简园先逵园建成，新河浦与培正路已初具规模。1932 年前后开发的梅花村、竹丝岗与农林上、下路住宅区，当晚于新河浦与培正路。

东山地区的开辟与发展，相对而言，代表一种新兴文化与新兴力量，是对老城区及西关残存的浓厚遗老文化的冲击，因此，民国之后出现了不可抗拒的权力中心东移。

1909 年 10 月，广东全省农林试验场在今农林上路、农林下路一带成立；次年，为培养高级农林人才，附设农林讲习所，1917 年改建为广东公立农业专门学校，1924 年改为广东大学农学院。

就是这样一个农林讲习所，几十年来，曾几度成为一省或数省权力机关所在地。

1919 年前后，南北分裂，孙中山与岑春煊等在广州成立护法军政府，军政府就设于此。嗣后的几十年间，这里亦是冠盖云集之地。大革命时期，洋房簇拥的东山好不热闹，国民党与共产党的要人聚集于此，言好与争讼层出不穷。

1923 年 6 月 12 日至 20 日，中国共产党第三次代表大会之前，党中央由上海迁来广州。这次会议，在中国现代史上是有其重要意义的。中心议题是建立国共合作统一战线。出席大会的代表有：陈独秀、李大钊、毛泽东、张国焘、罗章龙、谭平山、蔡和森、瞿秋白、项英、何孟雄、张太雷、徐梅坤、刘仁静、王用章、朱少连、陈潭秋、邓培、向警予、林育南、王冲一、冯菊坡、阮啸仙、刘尔崧、王俊、孙云鹏、陈天（后被开除）、陈涛、恽代英、史文彬、金佛民、刘天国、于树清，以及共产国际驻中国代表马林等。

会上，就国共合作问题进行了激烈的争论。起初，毛泽东、蔡和森、张国焘等人，反对马林与陈独秀提出的国共合作、共产党员以个人身份加入国民党的主张；后毛泽东与蔡和森放弃了个人意见，只有张国焘与少数代表仍然坚持己见。

大会通过了关于国民运动与国民党问题、"三大"宣言、中央执行委员会组织法以及农民运动等决议。毛泽东被选入五人组成的中央局，并担任秘书，首次进入党的核心领导层。

这次大会，促成了国民党"一大"的召开和第一次国共合作。广州成了大革命的中心。

当时，毛泽东与杨开慧住在庙前西街，而孙中山的首席政治顾问鲍罗廷、首席军事顾问加伦均住春园。那时，春园前面的一溪清水尚可行船，加伦将军就是从驶入珠江的轮船转乘小艇直接进入新河浦的。马林、鲍罗廷、加伦这几位曾经进驻东山、看中国大地风云变幻的外国人，随着大革命的失败而退出了中国的历史舞台。

这里，顺便交代一下他们的人生结局：

马林是荷兰人，1920年，在共产国际第二次代表大会上当选为共产国际执行委员，1921年，被列宁荐往中国筹建中国共产党，1923年返回莫斯利，旋被派往共产国际东方部工作，次年回国，担任荷共领导职务。1927年脱离荷共，1942年7月，在反法西斯的斗争中牺牲。

鲍罗廷于1927年“四一二”政变后，遭到南京国民政府的通缉，同年6月，被武汉国民党中央执行委员会常委会解聘顾问职，10月回到莫斯科。后曾任苏维埃劳动人民委员、塔斯社代理负责人、《莫斯科新闻》英文版编辑主任。1949年，因受美国记者安娜·路易斯·斯特朗“间谍案”株连而被捕。1951年5月，卒于远东劳动营。

加伦将军早年为布店学徒，后当工人、士兵，1916年加入俄国社会民主工党（布），次年5月，被派至部队工作。十月革命后，累升至军长兼政委，战功赫赫，为第一枚红旗勋章获得者，并曾连获四枚红旗勋章。1921年起，任远东共和国红军总司令、陆军部长、军事委员会主席。1923年奉派来华，曾参与指挥东征军，平定刘、杨叛乱及北伐战争。1927年8月回国，1929年任苏联远东军区司令员，1935年获“苏联元帅”称号。因曾往大连与日本等国举行远东军事会议，后在肃反中被妄加“日本间谍”等反革命罪名，于1938年8月被秘密处决。

大革命时期，国民党的不少要人也曾住在东山。前面说过，谭延闿曾住过简园。蒋介石除住二沙头外，还与廖仲恺、何香凝夫妇在百子路的一栋别墅内共同居住过。

20世纪60年代，中山二路靠近东山电车总站处，有一座建筑坚固的电信所，电信所西边有条小巷，巷内有一栋名为“双清楼”的小楼，巷口镌有一块铭牌：“双清楼，廖仲恺、何香凝故居。”如果蒋介石确与廖仲恺夫妇在百子路一起住过，我想，其住址就是这栋小楼了。到了80年代，电信所给拆了，小巷没有了，那块纪念铭牌当然也就不复存在了。

而汪精卫自然也不会撇开东山这块风水宝地，在“中山舰事件”前后，他与陈璧君也曾居于东山。

早在20世纪30年代，东山就已成为风云际会之地。陈济棠坐在他兴建的梅花村内，运筹帷幄，出将入相，弄出了许多“事变”，或宏图或阴谋，尽展一个“南天王”的威势与煞气。

陈济棠在梅花村审定了《广东省三年施政计划》，奇怪的是，他竟没有拿这份由第一集团军总政治部一个少校科员起草的计划当儿戏，而是认认真真地在“整理”与“建设”两个方面大动手脚；在广东兴建顺德、市头、惠阳等二十四家糖厂，并且以走私糖先行顶替这些尚未开工糖厂的“五羊牌”产品来筹措军费的方案，也是在此间议定的。

陈济棠与李宗仁、白崇禧发动“两广事变”，一起调兵遣将时面对的那张硕大的军用地图，就挂在其梅花村官邸的墙壁上。

新中国成立后，权力中心仍在东山。在1956年中共广东省委办公大楼未盖成之前，兼有省委职能的中共中央华南分局一直驻在梅花村。

朱可是我的好友，当年他是一位领导同志的秘书，住在梅花村，所以，我常到梅花村去。

那时，在农林下路与农林上路之间，有一个很陡的斜坡，爬上斜坡，道路两旁几乎都是广州铁路局的属地。我同朱可常到村外漫游，或下稻田捉蟛蜞（螃蟹），或坐石桥扯闲话，回归天籁，忘机四野，全不管梅花村内不断酝酿的暴风骤雨。

省委迁到新河浦之后，我也到新大楼去过。

一个星期天，在这座散发着淡淡油漆和石灰味的大楼内，寂静无声。我坐在朱可的办公室里，看着雪白的四壁说：“朱可，你这里真安静啊！”朱可摆了一下头，示意我望望走廊那边的会议室：“也静不到哪里去，这几天那边天天争论，说话的声音一个比一个高，有时还拍桌子呢！”

他是说书记处的几位书记为土改复查、依靠大军，以及个人职务安排等问题，所展开的激烈争论。

事后，我想发生在这个小会议室内的争论，可能就是陶铸发动反地方主义运动的起因之一吧？如今，那几位肝火旺盛的书记都作古了，再也不必去为那些争论而烦恼而激愤了；把权杖传给了别人，也就同时将那些烦恼与激愤传给了别人。

朱可也许早就明白了这一点，所以，他毅然放弃了仕途上的锦绣前程，请求到三门峡治水去了。

后来，这座大楼依然是权力的象征，直至“文革”期间中共广东省委被“砸烂”的那几年，这里仍然是全省最高权力机关——“广东省革命委员会”所在地，它的旁边就是广州军区。当年所谓“造反派冲军区”，冲的就是这里。

在农林下路电车总站，过去做过农林讲习所和军政府的地方，新中国成立后不久，挂上了“中共广东省委中级党校”的木制长条牌，60年代初，以陶铸为首的中共中央中南局也进驻此地办公。讲习所的大门轮廓，一直保存到80年代初期那一带变成友好商场等商铺之时。与此同时，原中南局的农林礼堂成了对外开放的电影院。

我与东山，已有数十年的情感纠葛。

我第一次来东山，是到署前街的一个招待所去探望友人苏化民。招待所设在邮电局旁边，进门是个院子，房屋布局比较杂乱。老苏既是我的同学，也是中南社会部的同事，稍晚于我调来广东。

几十年的风雨兼程，可以皓首忆旧的老同学、老同事已经寥寥无几，老苏就是其中的一个。我很珍惜和他的友谊。

那一年，我同老苏沿着署前街漫步，并谈论新的工作岗位时，我感觉到的是周围的清静与安详，绝未想到等候在路途前方的竟是电闪雷鸣。后来，他下了基层，我留在广州。我先在广东省财政厅，而后在广东省商业厅、服务厅打转转。1958 年，在“反右”斗争取得“伟大成果”的基础上进行整改，将省服务厅、省供销社、省水产厅合并入省商业厅。省商业厅毫不客气地从沙面迁到庙前西街原省供销社办公的地方，鸠占鹊巢，失去名分的省供销社也只能暗叹奈何了。

就环境而言，此时的东山街区，不亚于沙面。如果说，沙面的建筑是写字楼的万国博物馆，那么，东山的建筑就是住宅的万国大观园。

东山距市中心较远，从大东门一路东来，途经东校场、烈士陵园、省人民医院、中山医学院、邝磐石医院、冶金局和邮电局，建筑疏落有致，还不时透出一种乡野风味。直至东山道口，一个格调迥异、自成一统的小镇般的街区，突然展现出来，令人眼前不觉豁地一亮。

新修的铁路工人文化宫，是署前街最大的建筑物。署前街南头的东山公园下面有个小广场，对面是新华书店，1 路公共汽车总站永远不变地占据着小广场的一角，把东山与市中心连在一起。小广场似乎是街区的中心，正中有个小花圃，不知为什么上面总竖立着一根孤零零的电灯杆。小广场南边是龟岗，西边为庙前西街和均益路，东边则为庙前直街。

庙前直街很短，像个扇柄，从柄头铺展开恤孤路、培正路、保安直街、烟墩路和寺贝通津，而恤孤路与培正路南头则连着新河浦。

铁路从东山道口进入一段两边高耸、路基低沉的峡谷似的通道，广州铁路局在谷南，梅花村在谷北。跨过道口，即进入农林下路、农林上路和几条农林横路。中午或傍晚在街区散步，走过寺贝通津的神学院旁，走进农林下路和农林上路，只见一片精致美丽的屋宇群；街道两边是刚栽上不久、排列整齐、树干刷了石灰的千层树和广玉兰，那悠悠钟声和习习微风，梦幻般将人们带入一个清丽而温煦的境界。看到这种景象，人们常发的一句感慨就是："这里像是外国。"当然，那时候我们这般人中谁也没有到过外国，之所以这样说，纯粹是想象罢了。

东山确实美，美得没人敢予以否定。它美在气质，美在幽静。它有一种气质隽永的幽静美和美的幽静，即使屋宇已经易主，但原有的那份气质仍存。

那些小巧的或宏大的、有尖顶与阳台的本属官宦和华侨的洋房，大都成了单位宿舍，住进了七十二家房客，形象地诠释了"人民翻身得解放"那句话。反用唐人刘禹锡的两句诗，正是"旧时百姓寻常燕，飞入堂前王谢家"，但"王谢堂前"的一脉夕阳余晖，仍不时闪耀，弄得人民政府在后来的若干年里，为了团结海外华侨，不得不花费很大气力，去落实华侨房屋政策。

我除了常常在街区像踏迷魂阵似的信步漫游，那间新华书店与庙前直街上的一间"北方饭店"，也是我常常逗留的地方。1955年，党政机关开始实行工薪制，朱可第一次拿到工资时要请我吃饭，就是到这家北方饭店吃的蒸饺、酸辣汤。尚吃不惯大米饭的我们，在广州吃上一顿蒸饺，已似过年一般。

我与苏化民，则没有在东山重聚的幸运。署前街招待所分别后，不久招待所拆了，原址上建起了广东省二轻厅的办公楼，老苏也少有机会再来东山了。老苏在基层凭借他的才干与勤勉，一步一个脚印地走上了领导岗位，但也因此在"文化大革命"中受到冲击。

70 年代初，有一次我从干校往汕头探亲，在长途汽车上恰巧遇到与老苏在同一个县工作的两个干部，是搞外调的。我问及老苏，他们均说相识，并津津有味地给我说起老苏在“文化大革命”中的遭遇。

汽车在颠簸不平、沙土滚滚的公路上行驶，灰蒙蒙的车窗外，一派深秋的干枯景象。岁月像凝固的云块悬停在车窗前，挡住了我的视线，也挡住了署前街招待所门前的那一声：“珍重！”

几十年的考验，我深知老朱和老苏都是不为势利左右、珍视情操与友谊的人。我和他们留在东山街区的友情记忆，对我一生来说，都是极为珍贵的一页。

1958 年，我是从庙前西街被发配到海南岛去的。1960 年，又被遣送回广东省商业厅与华南农学院在岑村附近合办的大丰农场。适逢省商业厅要在菜园东铁路路基下盖大楼，便从农场抽调一批人到工地上做小工，因此，我曾在菜园旁边的临时工棚里住过。

我们这些小工做的都是壮工的活，运沙运水泥，抬石子装车，几百斤重的箩筐，两人抬起，沿着颤悠悠的踏板，哼哧哼哈几声就抬上了车厢，苦活、重活为这群人的“专利”。傍晚收工时，用搭膊布像女人包头巾一样包起脸部，顶着寒冷的夜风，挤在敞篷的车厢里，想的只是一顿热饭和散发着汗臭味的工棚。

至今，每当傍晚乘车，看到挤满民工的大卡车擦肩而过，我就会想起当年的菜园东，并对那些疲惫的，或迎风站立，或蜷缩而坐的人们，萌生出由衷的同情与敬意。

没有挑过粪桶的人，就不会知道蔬菜是怎么长起来的；没有住过工棚的人，就不会知道大楼是如何盖起来的。人生而平等，社会位置上的卑微与高贵，绝不意味各人品格的卑微与高贵。

省商业厅的基建队一口一口地吞噬着这块城区里的菜地，先是兴建办公大楼，接着兴建招待所和职工宿舍。其他单位也纷纷向这块菜地蚕食。最引人注目的是，50 年代兴建在菜园东街与百子横路两个街口之间的东山电影院。如果不计兼放电影的几个工人文化宫的话，可以说，这是广州解放后兴建的第一座电影院。

我从农场回机关之初，在庙前西街省商业厅对门的小招待所住过，也在菜园东新建的招待所住过。

小招待所是一栋二层红砖小楼，临街有宽大的阳台，四周有狭窄的钢窗，楼内采光不好，铺着花阶砖的地面上总有一种凝然不动的灰暗。

从书中我知道，很久以前，毛主席与杨开慧在庙前西街住的就是这种楼房，但在许多造型近似的小楼之中，我却始终无法辨识出究竟是哪一栋。

在菜园东新招待所里，有一夜，我险被水漂走。白天，我病了，发高烧，倒在床上昏睡。夜半突降暴雨，因菜园的地形似盆，排水不畅，积水漫上床凳，我浑然不觉。

第二天早上，管理员推门进来，看到我仍旧躺在床上，便不禁大叫一声。

他说，昨夜呼叫住客搬上二楼，你怎么不搬？想被水淹死是吧？

我猛然坐起身，看着即将漫上床面的浑黄积水，着急的倒不是淹死不淹死的问题，而我那双刚刚穿上的牛皮鞋。我想，那双代表我由农场“回归”的皮鞋，一定是被积水漂走了。没有了这双鞋，我将如何上街？如何上班？

我急忙跳进没膝深的积水中，伸出双手，弯身向下摸寻，所幸那个时代的产品比较“壮实”，老牛皮，轮胎底，分量不轻，只沉不漂，被我像摸水鱼一样，一只一只地提溜了出来。如果是如今那么轻灵、那么精致的品牌皮鞋，可能真的会随水漂走了。

我回商业厅上班不久，省商业厅与省供销社又分家了。

新中国成立后的前三十年，时时提倡的精简机构或机构改革，令机构真的应验了《三国演义》开篇的几句话："话说天下大势，分久必合，合久必分。"如果将其中的"久"字改为"后"字，就更能反映当年所谓的机构改革的特色与真实状况了。一说发展就分，一说整改就合，机构改革不从体制的层面上动手，只是做一些分分合合的功夫，难免有心血来潮、哗众取宠、取悦上级、不顾实际的弊端出现。

单拿商业部门来说，一忽儿从商业厅分出个服务厅来，一忽儿又将供销社、水产厅及出生不到两岁的服务厅并入商业厅，转念一想，又把供销社从商业厅里分将出来。

下面的公司亦如此，一忽儿将分工经营五金、交电、化工商品的三个单位分组三个公司，一忽儿又将三个公司合并成一个五交化公司，一忽儿又将化工分出来，分别成立化工公司与五金交电公司，之后，五金与交电再分家，五金、交电、化工再合并，周而复始，循环往复，乐此不疲。一分一合间，造成人力、物力的极大浪费，并闹出许多笑话来。

省供销社从省商业厅分出来，另立门户后，需要办公地方与办公用具。庙前西街的原址是要不回来了，只好把招牌挂在那座我曾在工地上当过小工的新建办公楼大门上。原来的办公室无法搬走，却想把能拆的物品尽量拆去一些。有一天，来拆电风扇，工人刚爬上扶梯，省商业厅一位英勇的女科长猝然从办公桌旁跳过来，硬是将那工人拉下扶梯，硬是将省供销社奉命来拆电风扇的人员赶了出去，打赢了一场"电风扇保卫战"。

五金交电公司要分家，经过几分几合锻炼的职工枕戈待旦，一心要夺取可能夺取的制高点，扩大战果。即将分为两个科的物价科，双方人士都死死盯住一台当时最为贵重的手摇计算机。分家决定一宣布，朝夕相处数年却在刹那间形同冰炭的对垒双方，一拥而上，为这台手摇计算机打了场争夺战；夺得者喜甚，失手者悻悻，并为此结怨。可是，不出一年，伴随着两个公司的重新合并，两个科又变成一个科，那台手摇计算机又成了共同的领地。

这种形式主义的精简机构与机构改革，以“文化大革命”为甚。领导者改称勤务员，撤销部、委、厅、局，机构以组为大。偌大一个省人委（省政府）变成一个生产组，此组何其大也！以小名大，以示彻底，究有何种实际意义，人们就只能人云亦云了。

在那个年代，国营商业是个不可或缺的部门，所以，在一场场机构分合的变动中，省商业厅这块招牌，却有幸在这条寂静的庙前西街上牢牢地挂了几十年。

寂静的庙前西街也有不寂静的时候。虽然它不像商业厅背后的菜园东那样，不断地大兴土木，但有时也自有一番热闹。

街东口连接小广场的地方，有几家商店，其中有一家寄售商店，店内的旧单车、旧手表、旧电器、旧衣物等等，零零乱乱地摆满铺面，给我留下了一种特别的印象。也许由于寄售者的贫困或者因为不敢露富，我在这里从来没有看见过贵重的物品。听一个老售货员讲，“文化大革命”前，特别是中华人民共和国成立初期，店里是有很多金银宝钻摆在柜面上的。我有点不信。后来，一个缅甸朋友印证了他的话。

缅甸是著名的宝石产地，90年代我访问那里时，一位兼做宝石生意的当地电影导演带我们去逛宝石市场：有几分炫耀地说，50年代初期，他曾来中国购买了一批珠宝钻石，为他以后的生意奠定了基础。我们不解，为什么他要从产地跑到中国去收购宝石？他说，因为那时的中国人好像把宝石当作了不祥之物，都往寄售商店里送，价格极便宜。

外国人见到的，我们近在咫尺却没有见到，即使见到，也不会想到去购买。每月养家糊口的几十元工资，使人根本切断了这种欲望。

在这家寄售商店，我倒是买过一部旧单车。

庙前西街中间有个大院落，好像叫关园，似乎有点来历，我也没有去考察过。我最初注意到这个大院，是因为从里面不断传出的歌声——“亚非拉，人民要解放”，“山连着山，海连着海，全世界无产者联合起来”，男声女声，穿透许多道墙壁，一直钻进我们的办公室，和着铁路上的汽笛、车轮声，交织成一阕“反催眠曲”，时时提醒我们保持革命的清醒状态。起初，我看到进出大院的是些穿深蓝色军服的男兵女兵，据说是广州军区海军歌舞团住在里面，后来，进进出出的变成了穿绿军装的人，虽说歌声依旧，锣鼓如前，却让街上的人弄了很久才弄明白，原来是海军歌舞团走了，战士歌舞团来了。这个大院隶属广州军区文化部，当然要给街上带来不少色彩。

街西头一转弯，就是那条短短的均益路，均益路西侧是个小足球场，大门上有块似模似样的横匾，上书：东山区人民运动场。场上常有球赛，虽说上场的大都是些街道球队，但也不乏鼓掌和欢呼声。

夕阳余晖下，看到那些身穿杂乱的运动衫裤、奔跑不懈的运动员，看着那些自发聚集起来，双目沉迷的啦啦队和助兴者，令人不能不有所感动。

欢乐是无法禁锢的：欢乐像水，只要有一点罅隙，它就要流泻出来，就会变成溪流，就有变成洪涛的可能。

绕过这个运动场，跨过铁路，就是菜园东。有一些同事和朋友住在菜园东宿舍，因此，我常到那边去。

那个原本青绿的菜园子，在我眼帘下一年年地缩小，我见证了菜园的逐渐消失过程，也见证了那座灰色小楼的孤独与固执。

那座灰色小楼最后还是消失了；不仅是这座小楼，连同三十年来逐渐包围了它的那些燥气十足的简易楼房也消失了。更大的变化，是从一场大火开始的。1986年，位于菜园东的东山电影院，被一场莫名其妙的大火焚毁了。更莫名其妙的是电影院紧邻消防队。平日，几辆红漆鲜亮的消防车，总是神经紧绷地站在临街的车棚里，像似搭在弓弦上的响箭，只要看到哪里一迸火星就会飞将出去。但这一次，它们却闭上了警惕的眼睛，忍心让邻居烧得干干净净。

这一把火，揭开了那片消失了的菜园及其周边地区第二次巨变的序幕。大幕拉开，地覆天翻。这第二次变化，不似前次变化有那么多反复，有那么多的拖泥带水。它是一次彻底的变化，一次勇往直前的变化，一次不可逆转的变化。

最先变化的，是位于中山二路与百子横路犄角上的东山区人民医院。这里，原是坐落在一个小山岗上的邝磐石医院，它的位置及欧陆城堡式建筑，很容易使人把它与稳固的“磐石”联想在一起，但它仍旧挡不住奔腾不止的改革洪流。这次的变化已不是小修小补，而是在小山岗上重建了一座高楼。医院宽敞、明亮、整洁，设备现代，既不是有钱人的医院，也不是高干的医院，而是高素质、现代化的为大众服务的医院，它使患病的一般老百姓在这里不仅得到优良的治疗，还得到人的尊严。

一个朋友看到医院的新环境，不禁感慨地说：“中国人终于活出了个人样！”

跟着东山医院变化的，是铁路那边的省商业厅大院。大院没有了，盖起了一栋三十多层的广东商业大厦。似乎是连锁反应，铁路这边一栋栋高楼也纷纷竖了起来——广东冶金研究院大厦等等，将那个几十年前的城中菜园，变成了一个高楼林立的地带。

再后来，拆除了铁路，东华东与东山口这两个常常阻隔人流的道口没有了，当然，那两道缓缓放下、黑白相间、令挤在旁边的人群焦灼着望而生畏的栏杆也没有了，更没有了铁路的影子。原来的路基，给广州市地图增添了两个街名——东华南路与东华北路，一条弯曲如虹的高架路，从庙前西与菜园东的上空飞越而过。

几天前报载：东山新华书店因付不起高额租金即将关闭。读后，我陡生一种怀旧的情绪，心甚怆然。

夜晚，我特意到东山去转了一圈，从地铁东山口站走出去，林阴中华灯若幻，五彩缤纷，彩砖铺砌的路面闪闪烁烁，似一条条朦胧的织带。小广场周围的几条街道，除了多了几栋高楼之外，街两旁的其他房屋修旧如新，基本保持了原貌，留下了历史的辙印，可能这是广州市区内面貌最稳定的一个区域，但亦是人事全非了。

走进80年代名声远扬的东山百货公司，从经营方式到商品陈列，都与从前大不一样。这里，实际上已是专卖店与私营摊档的天下了。

正待结业的东山新华书店，店里已经熄灭了灯光。而庙前西街那间长命的寄售商店，如今也已杳然不知所终矣。

由于国营商业在市场竞争中连连失利，曾经左右商海风云的省商业厅，早已失去了当年的威风，就连那块挂了几十年、任风吹雨打岿然不动的牌子，也像帝国落日一样沉到了地平线以下。

在庙前西街上，再也看不到这块牌子了，而出现在门旁墙壁上的，却是另一块上书“广东省商业集团公司”的新牌子。

均益路边的那个小足球场，如今，变成了新开辟的东华北路下的一块绿茵草地。

过去，翻过铁路，有一条通向菜园东的路，如今，我竟然找不到这条路了。我在想象中翻越了“路基”，在夜风和灯光下，展现在我面前的，是一片全然陌生的崭新屋宇。我迷了路，我找不到“东”了，直至左弯右拐，走到了东山电影院的旧址，回头一望，才知道刚才穿过的就是菜园东。

于是，在恍惚之中，我仿佛又听到了铁轮的轰鸣，我仿佛又看到了那一片菜地，列车好像正在逆时间而奔驰，将我带回那遥远的、遥远的过去……

2003 年 1 月 21 日

花城二忆

我常常思念我那北国的使诗人联想起风沙和冰雪的故乡。也许总有一天我会回到我的乡土。啊，到那时，当雨打梧桐的深秋，黄水泛冰的初春，我又将把深深的思念寄往花城。现在，当我还是花城居民的时候，我已常常情不自禁地回忆同花城联系在一起的往事了，更何况离去呢？我在广州这座四季繁花妍如锦的花城一住三十年，人生毕竟没有多少个三十年啊！

许许多多混合在花开花落之间的往事，像桃花流水一般，泛上我的心头，激起一个个美丽的浪，激起一个个回味的涡。现择两而记之，故云《花城二忆》。

流花雨韵

如今，流花公园内有个芙蓉洲。芙蓉洲上有一座联廊水榭。水榭下，有半湖荷花。我认为这是流花湖上的第一去处。我喜欢雨天到这里来，因为，“接天莲叶无穷碧，映日荷花别样红”的境界虽美，但雨荷更美。雨荷不仅有画，且有音。

50年代前期，我常与一二年轻朋友来这一带通称为流花桥的地方野游。那时，没有广交会，没有东方宾馆，更没有流花湖和芙蓉洲。这里只有一片沼泽，累累荒冢，是名副其实的荒郊。不知从何年开始，这块地方成了刑场，所以广州人开玩笑常说："把你拉到流花桥去！" 可见其苍凉了。在闹市区住久了，有时想换换空气，就跑到这荒郊野外，抚今说史，凭吊兴亡，领略一番大自然的苍凉美。当年站在流花桥畔极目远眺，菜畦平畴，淡云远山，尽收眼底，越过沼泽，可以一直望到西村水泥厂的烟囱和烘托落日的沉沉烟雾。近处的建筑，能够惹人注意的就只有陆军医院的大楼和它对面的农庄饭店了。

农庄饭店坐落在沼泽上，是一个水榭式的大木棚，很简陋，确有一点农家风味。由于这种独特的环境，当年在广州的酒楼茶肆中，它还稍有名气；尤其是“农庄炒牛奶”，常为人称道。有一次我同友人避雨，曾到店内品尝了这道名菜，同时也饱赏了一次雨景。

在我眼前，雨丝织出一幅朦胧的变幻不定的图画。越秀山和大沼泽南面的房屋，影影绰绰，深深浅浅，远远近近，像在不住地流动。陆军医院大楼的绿色屋顶笼罩着雨雾，变得虚无缥缈，使人几疑为空中楼阁。水面上荡着一层白气，只有农庄饭店周围的荷花清晰可辨，因为雨水的沐浴，更加清新了，简直是纤毫毕现，似在这幅酣墨泼洒的烟雨图中，画家特意用工笔绘的近景。

雨中风荷，叶翠花粉，如霓裳羽衣，有种说不出的风姿与韵味，使观赏者尽饱眼福。但在这一刹那，我却禁不住闭上了双眼，因为那“滴答滴答”雨敲荷叶的声韵，比色彩更加动人。它无比单纯，无比静谧；它像画面的灵魂，召唤我的心，飞越茫茫空间，在寥廓的画面上遨游。

这雨中的沼泽，原是历史上有名的兰湖，又名芝兰湖。西面的司马冲，原先同西江、北江相通；东面的象岗，建有余莫亭，设归航标志。元代以前数百年间，它是广州最重要的水陆码头和避风良港。五代时期，南汉王刘龚在这里建行宫芳春园，并修凿河道，把兰湖和从白云山蒲涧流下的文溪连接起来，使广州四周环水。芳春园中流水如带，桃花夹岸，小桥若虹，宫粉似霞。南汉后主刘鋹常在此举行红云宴。因为款款落英残花，相逐桥下，故此处有流花桥之称。到元代，兰湖淤浅，逐渐变为沼泽。交通要津，宫室繁华，只剩下一座残破的几近湮没的流花桥和它引起的追忆。

近三十年来，流花桥一带又繁盛起来。1955 年，这里建起了苏联展览馆。广州出口商品交易会现址，就是在苏联展览馆的基础上改建的。1958 年，沼泽被开凿为流花湖，成了流花公园。1961 年，东方宾馆的前身羊城宾馆的第一座大楼，在此矗起。在此之前，兰圃、体育馆相继出现。今日，象岗被劈去一半，一座更现代化的宾馆，正在那里兴建。我想，如今这些园林和高楼，要比刘龚的芳春园，不知壮观多少倍了！

三十年间，流花桥不断变化的画面，深印在我的记忆中。但我最向往的，还是它的雨韵，

“柳外轻雷池上雨，雨声敲碎荷声。”至今我还喜欢雨天到流花桥去，虽说雨中的芙蓉洲很美，但我难免还会追忆起那简陋的不胜风雨的农庄饭店。

菩提老树

对于我来说，菩提树是种思乡树；舒伯特的《菩提树》是首思乡的歌。

近有一位熟悉德语的作家忽然说那首歌译错了。穆勒作词，舒伯特作曲的这首歌，不应译为《菩提树》。据他考证，这首歌的德文歌名是 Linden，原意为“椴树”，而不是“菩提树”。她把 Linden 的叶片、花、果实带到北京去与椴树比对，果然无异。为什么日译与中译都会译错呢？是日中两国都有佛学的影响吗？是因中译转译自日译而一错再错吗？不得而知。她又说她在柏林菩提树下大街看到的路树也不是菩提树，那又究竟是什么树呢？为什么朱自清也将那条大街叫作菩提树下大街呢？是不是也是译错了呢？朱自清在《欧游散记》中写过这条著名的大街，“从菩提树下西去，一出这座门（勃兰登堡门），立即神清气爽，眼前别有天地”，似乎那里确有菩提树，这我就弄不明白了。20 世纪 90 年代我曾两次到过菩提树下大街，因为节令均为深秋，树叶萧疏，一时也未看得十分清楚。唱了几十年的《菩提树》忽然变成了《椴树》，那味道那感觉让我怎么也转不过来。也许是真译错了，但我不想它改过来。

其实椴树也很美。日耳曼人把椴树看作和平的象征，德国人通过椴树会联想起甜美家园、静谧生活和温暖的爱情与亲情。中国东北有成片成林的椴树，有一年初春，我乘车穿过兴安岭，车窗外积有残雪的山坡上一片白一片黑地交织着，白的是白桦，黑的是椴树；椴树的树干呈铁黑色，与树皮白皙的白桦连在一起，美极了。椴树的花很香，蜜很甜，黑土地上的椴蜜不亚于广东的荔枝蜜。莫斯科也有椴树，有成片的，有分列街旁的，雪地上无数铁色的手臂伸向蓝天，像呼唤，像奋争，又像在告诉你：春天快来了！我感到椴树身上有一种坚忍的力量，有一种忠贞的精神在沉默地积聚着，时时准备喷发。

虽然椴树也是这样令人神往，但我仍固执地心仪我的菩提树，坚守着即使是被译错了的那首歌。

在我尚未见过菩提树之前，我早已与那首在中国叫作《菩提树》的歌结下不解之缘。刚上初中时，音乐老师教唱过两首歌，一首是歌德作词、舒伯特作曲的《野蔷薇》，另一首就是《菩提树》了。在此之前，我也听表姐唱这首歌，我暗暗跟着唱，虽然我最终未能把它唱全，但只是开头我常常独自哼唱的几句，已使我对一种叫作菩提树的圣洁之树产生了向往和无尽的遐想，并把一种乡思一种柔情一种忧伤深深地植根于我的心底。少年的我也许已早早预感到我将成为歌中吟诵的游子，当革命风暴来到古城开封，当我刚刚参加罢一个集会忧郁地走过老府门开封女师的门口，那几句与当今流行的译词略有不同的歌词忽然升上心头，不可自禁轻轻从心底吟唱出来：

> 故乡有棵菩提老树，
> 它立在水井旁边，
> ……

我唱着，旁若无人地在寒风中走着，想起由于内战而离散的亲人和友伴，想起我将要离去的曾充满欢笑的庭院。

啊，我的菩提老树啊！在我家居住的小院门前并没有菩提老树，院内也没有。门外街道上有几棵疏落的洋槐，二门里有棵酸石榴，二院与后院的夹道中有一棵泡桐，放眼望去，哪里也没有菩提树。不仅没有菩提树，甚至我还没有见过菩提树。那棵星光下的菩提老树只在我的歌里我的心里，在表姐临走前赠给我的一套书签里。

表姐临行前拿一套菩提叶书签给我。是几只系着窄窄丝带、只余叶脉的叶片。表姐说，这是菩提树的叶子，它代表圣洁与思念。通过网状的叶片，我向真实的菩提树走近了一步，我想象有一棵静谧的叶盖葱茏的菩提树在蓝天下闪耀着。

我真正看到的菩提树，是 1981 年在泉州开元寺看到的那两棵。一走进寺门，迎面是两棵合抱的古树，看看那一树绿得透明的叶子，不觉心头一悸，下意识猝然告诉我这是菩提树了。一问好客的当地友人，果然不错。据友人说，由于菩提树的叶子太纯净了，连鸟儿都不敢把不洁物泼洒上去，不敢把它玷污。佛教把菩提树当作“觉智”树，鸟儿也能“觉智”、也有慧根吗？

但在菩提树下的，未必都如释迦牟尼，如六祖慧能，如开元寺的鸟儿一样是修行者，未必没有人在菩提树下作恶。柏林那条大街，从勃兰登堡门向东一路走去，街上有柏林大学、国家图书馆、国家歌剧院等重要建筑，这就是上面提到的菩提树下大街了。在这条以文化著称的美丽而明亮的街道上，曾发生过震惊世界的“5 月 10 日之夜”。1933 年希特勒上台不久，在他的一个同戈培尔一样臭名远扬的意识形态专家罗森伯格鼓动下，柏林大学学生会中的纳粹分子在与“颓废与道德堕落”做斗争的口号下，花了几周时间罗列了“非德意志化”作家和图书名单，然后对公立与私立图书馆大肆进行清洗掠夺，把搜来的两万多册图书堆放在柏林大学旁边一个广场焚烧。这一夜，菩提树下大街火光冲天，几千个疯狂的大学生围着焚书的火堆狂呼乱叫，戈培尔到现场发表讲话，给毁灭人类文明的暴行打气。这一把火，不仅烧了马克思、弗罗伊德的著作，爱因斯坦、托马斯•曼、普鲁斯曼、茨威格等数十位作家的著作也未能幸免。接着，类似事件又在德国三十所大学及数百座城市发生。这种事对中国人来说，应该是不陌生的。我国不仅有焚书坑儒的秦始皇，还有更甚者。那年月以“破四旧”之名或以种种莫须有之名，焚之书、坑之儒还少吗？如今在菩提树下大街旁有一座世界上最奇特也是最震慑人心的图书馆——倍倍尔图书馆，这个图书馆在地下，透过有机玻璃往下看，下方全是空空的书柜。每一个空书柜都在仰天发出警示：绝不能让希特勒之流得逞！当希特勒之流把作为人类智慧结晶的图书烧完了，宇宙将回到洪荒时代，人类文明将像地下图书馆那样荒芜与寂灭！

现在离我最近的菩提树是广州光孝寺内的那棵菩提老树。据说这棵菩提老树的树苗，是梁天监元年（502 年）印度僧人智药三藏由海道带来的。它是中国的第一棵菩提树，可谓中国菩提树的祖树。禅宗六祖慧能曾在树下受戒剃度。

我来到广州多年后才第一次走进光孝寺。20 世纪 70 年代末，出版社请林墉给我即将出版的小册子《并未逝去的岁月》设计封面及插图，责任编辑易征带我登门拜访，当时林墉与苏华就住在光孝寺。不清楚那是哪个单位的宿舍，呈现在眼前的是一片杂乱和寥落景象，也未看到传说中的菩提树。我同光孝寺那棵菩提老树晤谈还是这几年的事。我非佛门弟子，不焚香不礼佛，有时夹杂在善男信女中间走进寺门，往往只是为了在那棵菩提老树下坐一坐，听听梵音，看看渡云。传说中的那棵菩提树植于王园寺（光孝寺前身）戒堂之前，经过一千五百多年的风雨雷电，寺院几经兴废，当年的戒堂早已不存，如今我们看到的菩提树立于祖堂前西侧，并没有传说的那么老。按树干上的标牌所说，它只有二百〇七岁，上推可知它是清嘉庆三年（1798 年）种的，或可说补种的，传说的那一棵于何年何故殁去，已无可考。树西有瘗发塔，塔高七层，状八角，慧能剃度时剃下的头发即藏于此。当年庇护慧能剃度并“开演东山法门”的菩提树虽然不在了，但眼前这棵仍然承继着它博大而深邃的神韵。树干灰白，盘虬粗壮，胸径一百七十厘米，可想其壮其伟。高过殿堂的树冠，婆娑静美，玲珑透明的绿叶，疏朗清简，似一把张起的嵌满绿翡翠的巨伞，映绿了半个天空。我想它应该早已有了佛性吧，没有烦恼，没有妄念，只有一颗清净本心，是何等的自在啊！

但我仍想起我心中的那棵菩提老树：

故乡有棵菩提老树，
它立在水井旁边，
……

有的错误是美丽的，译错就译错吧，还是不要去纠正这个错误，不要去打扰久远的思绪。

2005 年 12 月 7 日于广州丽江花园

满目桃花

我住的小区里，有一个桃园。

正午是桃园最寂静的时候。刚才两个拍照的姑娘，雪白的裙裾在桃林后面一闪，连同浅浅笑声一起隐去了。小径那边一位老人推辆儿童车走过来，极轻极轻的如轻烟的车轮声，竟把南洋杉上的一只鸟儿惊走了。

我坐在杉树下，满目桃花，好像这桃园无边无际似的，好像满世界的桃花、几十年的桃花一起展现着向我拥来。我感到惊讶，怎么它们忽然就来了呢？眼前这片桃林和房后溪畔那几株孤零零的桃树，几天前还伸着青黑色的枝丫，瑟缩在寒风里，怎么一夜间，怎么在我没有觉察的片刻就炸开了呢？是的，它们不是慢慢地羞答答地开，而是炸开，像一串串鞭炮噼噼啪啪地在青色的枝头炸响，顷刻爆出一串串光艳的花朵；开得热烈，开得赤诚，我欣赏这种毫不忸怩、毫不虚假的姿态。

许多人吟咏过桃花，不同人的眼里有不同的桃花。“西塞山前白鹭飞，桃花流水鳜鱼肥”，是浮舟泛宅、自得其乐的张志和在呼应桃花的恬淡。站立门扃紧闭的台阶前忧郁吟出“人面不知何处去，桃花依旧笑春风”诗句的崔护，看到的应是桃花的神秘与婉约了。更多的诗人词客却将桃花以轻薄相谑、以小人相贬，实不公平。“癫狂柳絮随风舞，轻薄桃花逐水流”，得不到皇帝重用的杜甫老夫子发点牢骚可以理解，但把桃花牵进去，硬把一个不惹谁不招谁的自开自落的桃花比喻为见风使舵、得意猖狂的小人则不公道。刘禹锡更为过之，“玄都观里桃千树，尽是刘郎去后栽”，“种桃道士归何处？前度刘郎今又来”，只因参与王叔文改革遭贬，却将桃花当作奔走权门、趋炎附势、凭借政治投机而得势的新贵，大加抨击，大加鞭笞，以泄郁愤，亦不公允。桃花所受的不公正待遇，不一而足。

我以桃花为友。人们都把报春的使者归于梅花，葛长庚的诗“南枝才放两三花，雪里吟香弄粉些”，说的就是雪中初放的梅花。其实，桃花何尝不是凌雪迎春的使者呢？我写于很早以前的一篇文章——《最早的桃花》，写的就是雪原上的一枝桃花。那是我最早的作品，如果它能算是作品的话。凌厉的寒风隐隐透出一丝暖意，孩子在融雪未尽的原野上蓦然发现了一枝桃花，一朵，两朵，三朵，也就是两三朵吧，像走过严冬留在雪地上的血印，映着蓝天绽放。

孩子好像第一次看到这种美丽的花朵；旧宅南院本有一棵桃树，树不高，孩子常常骑在光溜溜的树杈上，却从来没有注意过枝头的花朵。这一次，孩子被莫可名状的美丽震慑了，被巨大的欣喜燃烧了，于是他拧了一个柳哨，仰天吹出心底的欢喜。这个孩子就是写那篇文章不久前的我。我看到并非只有梅花与雪有缘，桃花与雪也结缘，因此就将那枝“最早的桃花”记了下来。若干年后我在伊阙龙门看到一场真正的桃花雪，雪轻柔而含着暖意地落着，道路和山巅渐渐变白了，越来越白了，一片迷茫的白色中，突然露出一带粉红色的桃林，花朵铺展在一条粉白的长练上，隐隐约约，似白似红；雪因花而泛红，花因雪而皎洁，红白相偎，山水交辉，这使我看到了一个最美的龙门。龙门桃花雪中的桃花，也是那个孩子眼中最早的桃花吗？

1957年除夕，我和集体宿舍的几个年轻人从花市带回一枝桃花，真的是仅仅的一枝，我把它插到小瓶里，并兴致大发地吟出几句诗来，“一枝桃花满室春”是至今尚记得的一句。这枝桃花带给我及我们多少对那个春天的憧憬和期盼啊。春天来了，转眼间又过去了。我不怨这枝桃花，这枝桃花一直寄托着我对春之向往。三年过后的一个春节，几个从不同农场走出来的朋友走在越秀山上，突然在迎面一株桃树前不约而同地站下。树枝上布满薄翅样的花瓣，像欲飞的蜜蜂，像跳跃的火苗，刹那间把春意和人间少有的公平公正捧给我们，温暖了我们；在它的美丽中，绝没有歧视与冷漠。

春来春去，桃花开了，又谢了；谢了，又开了；来也匆匆，去也匆匆，因而被人诟病，被人谥以恶名。其实桃花在忽开忽谢中，正迎送着一个又一个春天。我深信，有桃花在，春天就不会远去；这个春天过去了，一个新的春天又在它的枝头等待着；一个春天被践踏被出卖了，另一个新的春天将会被它唤来。桃花在孕育果实，谢了的桃花在做明年的梦。我感恩桃花，爱慕桃花，钦敬它顽强坚韧、忍辱负重、百折不悔的高贵品质。望着满园将要谢去的桃花，我没有李后主“林花谢了春红，太匆匆”的悲叹，更没有“薄情”的责难，它已经给了我几十个春天，还会有多少个春天给我呢？何来轻薄？不过是文人自身的轻薄语罢了。

我心中还深藏着关于桃花的一首歌，几十年我常常无意识地反复吟唱的一首歌，一首如今在这个世界上恐怕没有第二个人会唱的歌。这首歌是我少年时看罢电影《西施》跟表姐学会的：

那是你亲手种下的桃花，
那是我陪你插下的柳枝，
现桃红柳绿，树已与人齐，
我每逢走到浣纱溪——
看到那桃红还有那柳绿，
我怕的是你，我怕的是你，
早把我忘到桃花林里……

这是电影中范蠡唱的一首歌，是白髯飘飘的范蠡走在桃红柳绿的浣纱溪岸，思念西施唱的一首歌，我不明白为什么我竟一直唱了几十年。

几十年过去了，谁还记得这首歌呢？当年我跟着表姐学这首歌时，表姐说等你长出范蠡那样的白胡须再来唱吧，几十年了，一次我和表姐谈起这首歌，谈起这件事，表姐脸色茫然，她分明找不回这首歌了。恍若隔世，我心伤悲。

望着一树树桃花，范蠡唱白了胡须；我的胡须也早已白了吧？我静坐桃园，关于桃花的歌，我要唱到几时？

2007年2月27日于广州丽江花园

小记余荫山房

是日，与李存修先生、阚之娣女士游余荫山房。长住广州，竟不识身边有如此美景，如此园林，徒生许多相见恨晚相知恨晚之感慨，故小记之。

余荫山房又名余荫园，位于番禺南村镇南村墟东北部，距洛溪十数公里。园内以虹桥为界，分为东西两大景区。西区以深柳堂为主，以临池别馆为辅。东区的主要建筑为俗称八角亭的玲珑水榭，另有杨柳楼台、孔雀亭、来熏亭、卧瓢庐等。我们入园门，经临池别馆、虹桥，进深柳堂、卧瓢庐、玲珑水榭。在水榭小憩后，从侧门进入偏院小姐楼，听粤曲，饮茗茶，得半日之悠闲，品一园之意趣，犹感寄身于山林水涯间，俗务顿消。在这“余地三弓”不足三亩的地面上，山石池塘、楼亭台阁、堂轩桥榭、古树新花尽有，布局得当，景景相连，清雅深远，书香拂面，藏有“幽趣奇美”四个字。在目不暇接的“幽趣奇美”中，深柳堂的木刻条屏，卧瓢庐的菱花窗，八角亭的八面景及小虹桥的风雨廊，尤其引人入胜。

深柳堂为园主人的书室，是他读书及与“名流笠屐”的诗友墨客论文论诗的所在。它面阔三间，进深三间，堂内明间装隔扇门，置松鹤延年落地罩，上悬“深柳堂”木匾。两侧次间置透雕葡萄香狸花罩。堂内木雕极为精致，特别是东侧次间装精雕细刻碧纱橱，两面镶的四幅双面木刻条屏，是更为难得一见的珍品。这四幅条屏为檀香木，厚约一厘米，上刻有晚清广东三大才子刘山舟、张船山、翁方纲和乾隆年间大学士刘墉的书法手迹。四周镶嵌花鸟博古透雕花纹，玲珑剔透，栩栩传神，刀法如行云流水。内中更有“松鼠菩提”木刻，正反两面刻成形态不同的松鼠，工艺十分精巧。这四幅双面木刻条屏，实为能令人称奇不已的艺术珍品。

卧瓢庐在深柳堂东边，与深柳堂相接，为硬山风火山墙建筑，因其满洲窗上镶了四扇可移动的菱形花格蓝白玻璃窗，又被称榄核厅，为宾友休息之所。卧瓢庐的玻璃窗奇在可同时观望园中春夏秋冬四季景色。透过菱窗的蓝玻璃，园内树木亭阁即刻呈现一片白雪，如临冬季；将两扇菱窗合在一起，只见园内一片红叶黄草，如进深秋；再将菱窗打开，池面上浣红跨绿，屋檐下浓荫垂盖，乃是春夏。四季变幻于顷刻间，不可谓不是一奇。

从卧瓢庐往东南，行到回廊深处，就是环水而立的玲珑水榭此即八角亭。八角亭为卷棚歇山顶，檐柱间下设槛板，上置隔扇窗。亭外为八角环亭水池。八角亭的诱人之处，在于八个方位八种景色，按东、东南、南、西南、西、西北、北、东北八个方位的次序，有一首五言律诗是这样形容各个方位景色的：

丹桂迎旭日，杨柳楼台青。

腊梅花开盛，石林咫尺形。
虹桥清晖映，卧瓢听琴声。
果坛兰幽静，孔雀尽开屏。

这八景是由正东方数起的，如观四季则由正西方数起。亭西有浣红跨绿之虹桥，是为春；亭北有果坛幽兰，是为夏；亭东有丹桂含香，是为秋；亭南有蜡梅待放，是为冬。我们寻思，是否八景的排列暗含震、巽、离、坤、兑、乾、坎、艮八卦之意，而春秋之景变，又暗含阴阳太极之说呢？也许园主人在建亭设景之时，想到了阴阳八卦。总之，我们认为八角亭与周围对应的景色也堪称一奇，且其中暗含玄机。

虹桥为石拱廊桥，是园中极具特色的建筑之一。它前后为五级石台阶，桥下为一石拱券，桥亭为卷棚歇山顶，前后题额一为“浣红”，一为“跨绿”，故又称浣红跨绿桥。桥两端有风雨廊连接，廊两边设美人靠长椅。据说虹桥是仿海山仙馆的柳波桥而建，柳波桥早已不存，而虹桥仍在，在荷叶田田，荷花半寐的池水上，摇曳着风雨廊的倒影，不禁令人浮想联翩。北国长廊、江南水色飘忽而至，又算是园中一幽、一趣、一奇、一美吧。

园主人为邬彬，番禺南村人，清同治六年（1867 年）考中举人，官至刑部主事，七品员外郎，相当于当今一个处级干部，而且还是定员编制外的一个处级干部。这样一个不大的官，竟能费三万两白银建此园，也是一奇。在吏治腐败的社会，这种事奇而不怪，“三年清知府，十万雪花银”，邬彬虽说没有坐到知府的位置，但身在官场，搜括三万两白银怕未必是难事。贪官怕露富，古今皆然，所以他们才最讲究“深幽”，把豪华别墅说成山房、草庐之类。

不管邬彬的钱来得干净不干净，今日的余荫山房却让我们流连忘返，我们尚未步出园门，已经相约重游了。

2001 年 3 月

桥和桥及桥

“二十四桥明月夜，玉人何处教吹箫。”杜牧的这两句意境优美的诗，令我对扬州的桥神往了许多年。

我那在伏牛山北麓的家乡是一个干旱地区，宽阔的河滩上常年裸露着灰白的石头，很少见到流水，所以没有桥。后随家人迁居开封，虽住在州桥附近，州桥本是汴河上的一座很有名的桥，可惜明末之后同汴河一起湮没了。说起汴河我又不能不想到扬州。汴河是穷奢极欲、暴虐无道的隋炀帝为了游览江南开凿的通济渠的一段，“汴水东流无限春，隋家宫阙已成尘”，原先顺着这条水流而下，一直可到达布满隋宫隋苑的扬州。

关于二十四桥有两种说法：一说大运河的终点扬州有二十四座桥，一说二十四桥即吴家砖桥，因曾有二十四位美人于明月之夜在上面歌舞，故名。不管哪种说法，想那月移影动，风静箫清的境界都是很美的。至今我没有到过扬州。这些年我多次漫游江东，却总是同扬州交臂而过，错失了一睹二十四桥的机缘。我想扬州大概同苏州有不少相同之处吧。苏州有许多桥，且远不止二十四座，但它们在时间的河流上似已变得狭小而苍老，褪了往昔的风韵。就是寒山寺旁那座传诵千年的枫桥，如今也只给人一种萧索感，难以激起现代人心中的情致与诗意了。

这两年我每想到桥，倒常常想到广州。如今广州是一个看桥的好地方。我暗自感到广州过去不以桥而名，今后当以桥而名。近两年广州默默地造了许多桥，在江面上造桥，在陆地上也造桥。珠江上，如果30年代建的海珠桥为第一桥，60年代建的人民桥为第二桥，人们就把前年竣工的穿过琶洲江面的新桥称为第三桥，把正在建造的拉索桥称为第四桥，以后可能还有第五桥和第六桥。陆地上的桥更是多姿多彩，种类繁多，有立体交叉桥、空中步桥，还有高架路。高架路其实也是桥，桥本来就是路的升华。我惊叹广州人造桥的速度，有的桥好似一夜之间从天外飞来，一条繁华的大街几天不见，横空就飘起一带步桥。我真想将这种桥叫飞来桥。桥是速度的产物，也是速度的体现。人们为了减少碰撞，减少阻挠；人们为了交汇，为了前进，不断地建造桥。人们为了达到新的速度就用一种新的速度建造越来越多的桥。这些带着高速旋律的桥，是美的，非常美的。在广州街头或江畔，在有月或无月之夜，你伫立空中步桥眺望，你在每小时通过四千辆汽车的立体交叉桥边稍停，那拍击在你脚下的波涛汹涌的金色巨流，令你心颤，令你想到飞翔，在一种威武雄壮的乐声中不由自主地张开双臂，像张开一双矫健的翅膀。望着桥上的人们，你想的可能是时代、天际和宇宙，而不是小溪浅唱、玉人幽情，因为人们在这些桥上演奏的“舞”与“歌”，不是二十四桥上美人的箫管和舞蹈所能相比的。

我住在一个大桥工地的旁边，我常到江畔观看大桥建造者在桥架上的“舞”，也常在夜半静听工地上的“歌”。

我在大桥建造者中间交了几个朋友，这使我不仅看到大桥的体魄，也看到了大桥的心灵。

“桥是有心灵的，桥应该为心灵而造。”这是老桥墩对我说的。

他是这个工程的指挥者，年近六十，脸黧黑，头圆，肩宽，五短身材，虽然一头短发全白了，但四肢的肌肉仍饱含力量。他很结实，大概因为这个缘故才得了个老桥墩的绰号。他是个沉默寡言的人，外表很冷，可工地上的人都亲切地唤他老桥墩。我常到工地上去，有时还钻进铁皮搭的工地办公室里同他下几盘象棋。日子久了，我们成了朋友。一天他工休，我同他乘工地交通船登上附近一个小岛。他喜欢坐在岛上，望着升出水画的桥桩和排栅后面的夕阳慢慢喝酒。这个小岛经过几十年的开发和经营，已成为江心花园。高大的木棉和大王葵掩映着古老别墅的黄色墙壁，小径两旁的红背桂正随晚风飘舞，喷泉剪下片片霞光为人体雕塑裁制金缕玉衣，白色栀子花在树丛中闪着静美的眼波，不断送出幽香。……这是个宁静的天地，虽然江面和工地的汽笛声、机械声、人声包围着小岛，小岛仍沉浸在宁静中。

我同老桥墩在岛西端找了张石凳坐下。他从手提袋里掏出一瓶泸州大曲和几袋天府花生，轻轻放在面前的石桌上。

我们面对排栅，凝望着排栅后沉降的落日。落日慢慢向江心走去，当它触到水面时，似乎静止了片刻，像一个英勇就义的英雄回头来同世界告别。最后它抖了抖，沉入江波，刹那间溶解为鲜血，染红了长天和大江。

老桥墩凝视长天与大江的眼睛是红的，好像那里溅了一滴血珠。他打开瓶盖，斟满一杯酒，端起酹入江波，接着拆开一袋花生倒在江里，花生在岸边打着旋，漾着漾着，被波浪吞噬了去。

他又拆开一袋花生。

我不解地望着他。

“权当冥钱吧。”他说。

“为什么？”我问。

“今天是他的忌日。”

我没有再问什么，也斟满一杯酒酹在江面。

夕阳的血快要流尽了。天发出青光，水发出青光，天和水之间那条闪动的线条终于被夜的大手抹去。远方跳出几颗星星，光淡淡的，像伤心的眼珠。不久排栅和两岸亮起灯火，星星迷失在灯火里。

“你第一次见的桥是个啥样子？”两人喝了一阵闷酒，老桥墩问。

“第一次见的桥？”我回想着说，“我家乡干旱，河上没有桥。我第一次见的桥是卢沟桥。”

“你是说卢沟桥？”他好像没有听清。

“那是印在挂图上的。当时我念小学。”我笑了两声，“抗战时间，音乐老师教唱《绣金匾》，开头就唱‘一绣卢沟桥，桥儿丈八高，日本兵不讲理，向我开了炮’。老师拿出一张挂图给我们看，我还把挂图上那幅弓背形的画用白纸描了下来。老舅爷看到我描的画，说是中国毁就毁在这座桥上，因为中国四面都是海，如果没有这座桥日本就打不过来。后来我就想，如果把日本人打过这座桥去，不就把日本人赶到海里了吗？这件事，我印象很深。”

“你不错，小时候看到过卢沟桥，虽说是画儿。”他说。

“你呢？”我问，“你第一次见到是什么桥？”

“奈何桥。”他自嘲地笑了。

“什么奈何桥？”我一时不解，望望他。

"冥桥，我们那地方叫'纸扎'，给死人送终用的。"他说，"据说奈何桥坐落在冥河上，桥上有一亭叫望乡亭，上到亭上回头最后一望，走下来就过阴阳界了。"

"这'纸扎'是给谁的？"

"我外婆。"他剥着花生，"我外婆喜欢教我唱，'摇摇摇，摇到外婆桥'，结果我看到的外婆桥却是这个样子。"

"真有意思。"

"我家乡也很干旱，没有河也没有桥，参军后当了工兵才见到真正的桥。我架过许多桥，木板桥、人桥，用枕木叠成桥墩的铁路桥都架过。"他望着江面，似在回忆，"后来转业转到这个桥梁工程局。我就是那个时候认识他的。"

"他是谁？"

"一个桥痴，"他垂下头，喘着粗气，"二十年前，他在这个地方投江了。"他指指江面，"唉，也许他想将身躯化成一座桥，但一个人的身躯太小了。"

"一个'文革'悲剧。"我叹息道。

"你的结论过于简单。"他笑了，笑得很冷，又像在嘲弄谁。

我不语，望着工地上的人影。

"你知道他看到的第一座桥是什么桥吗？"

我转过脸来，等待他说下去。

"他看到的第一座桥是金门大桥，他出生在三藩市。"老桥墩说，"前年我到三藩市访问，看到了壮丽的金门大桥，才明白为什么他不满足他已建造的那些桥，为什么他总想在这条江上建一座拉索桥。"

"他是为拉索桥遭祸的吧？"我轻声问。

江心正在施工的桥架上有人呼喊，吊机的铁臂在缓缓移动，像在吊装一个大的构件。

“可以说他是为拉索桥死的。”静默许久，老桥墩又说，“他曾经提过一个建造拉索桥的方案，可这算什么罪啊？纲虽然上得高，我知道他不是因畏惧而投江的。”

“那为什么？”

“失望。”老桥墩长长叹口气，“他失望了，他对造桥失望了。”

“他感到他无法建造这座拉索桥了？”

老桥墩摇摇头。

“不，这个问题我想了许多年才想明白。”老桥墩说，“他想建一座心灵的桥，但他失望了。”

“人的心灵是很难沟通的……”我轻轻叹口气。

“他1950年回国，原来是个桥梁学教授。他在我领导的工程局当总工程师，我领导他建桥，这是轰轰烈烈却不无苦涩的历史。要他做的工作也许不符合他个人的意愿，但他工作勤奋，同大家相处得很好，可是一夜之间他被人推开了。一夜之间整个工区的人都那么踊跃地去批判他。钦佩过他的人批判他，从他那里学到不少东西的人批判他，在深山荒野里同他一起流过汗的人批判他，连我这个得到过他许多帮助的领导人，为了避免走资派的帽子套在头上，也去批判他。几乎没有人不写批判他的大字报。人们为了保护自己，表现自己，变得那么狂热、那么陌生、那么狠毒、那么难以理解，这一下子把他这个桥梁专家震晕了……看着一扇扇冰冷的心扉，他的桥失去了走向。”

“他的桥架不起来了……”我长吁口气，脸转向幽幽闪动的江面。

一轮淡黄的硕大的圆月亮挂在下游上空，似在笑，笑中有点悲味。我怀疑那是被江水洗去鲜血的落日，怀疑那是日的复活。

夜风搅动大王葵的叶子，树影迷离，宁静被搅动了。

“这座拉索桥是他设计的吧？”我问。

老桥墩沉默着。

“这座桥建成后一定很美。”我自语。

“是很美，不过我们应造出更美的桥。”老桥墩说，“我造了几十年桥，如今才悟出点造桥的道理。桥有三种：空间的桥、时间的桥和心灵的桥。空间的桥由此岸架到彼岸，时间的桥由历史架往未来，心灵的桥由心灵通向心灵，三桥交错才美。”

“最美的是心灵的桥吧？”

“是的。”

“最难建的是心灵的桥吧？”

“是的。”他说，“要像清理流沙一样把心灵的污垢清除，才能打牢桥墩。可是人们对过去多于责难，少于悔悟，就很难清除墩位下的流沙。”

我陷入沉思。不知为什么我会想起老舅爷。江心排栅上传来笑声，很快老舅爷愚顽的影子被笑声抖落入黑暗。

我向老桥墩讲起杜牧的诗。

“会有更多的桥给你看的，”他说，“桥正在改变广州的景观，桥正在改变中国的景观。”

“造完这座拉索桥，你要再建什么桥？”

“造完这座拉索桥我就退休了。”他说，“以后如果你有兴趣，我陪你去看桥。”

我不语，只听风声。我抬头眺望天际，我看见了新的桥，透过月色和灯光。

1986 年于广州

难忘桃金娘

苦丁香

苦丁香

丁香与丁香花是不同属的两种植物。丁香是高大的乔木，原产热带。它的种仁因由两片形似鸡舌的叶片合抱而成，故称“鸡舌香”，是极贵重的香料，可含入口。李后主的词《一斛珠·香口》：“绣床斜凭娇无那，烂嚼红绒，笑向檀郎唾。”那唾向“檀郎”的就是这种“鸡舌香”。我们通常说的丁香花，则是指身为灌木或小乔木的原产我国华北的紫丁香。“青鸟不传云外信，丁香空结雨中愁”，就是李后主的父亲李璟咏紫丁香的名句，这“空结雨中愁”的“结”，就是紫丁香的花蕾。

古往今来，被无数文人雅士吟咏过的富于诗情画意的紫丁香，在民间却被称作苦丁香，因为它的花、叶、根都含苦味。

是的，紫丁香是苦的。它在我的记忆中，特别在我女儿的记忆中，是苦的。

1973 年春天，我第一次看到丁香花。那个春天，我刚由粤北干校回来，就被派往北方催调硫黄。甘蔗榨季未过，需要硫黄制糖。出发前，寄养在汕头的刚满四岁的女儿来到广州，我只好带着她上路。那年代，生产停顿，交通堵塞，治安混乱，办事难，吃、住、行都难，当供销员是个苦差事，更何况带一个不谙世事，不懂普通话和广州话的四岁孩子！

孩子是有灵性的。第一晚，她在晃动的火车上哭了半夜，以后就不再哭了。也许她的幼小心儿已经明白，这样跟着陌生的语言不通的爸爸，走向不可知的远方，是无可奈何的事。每逢上车下车，她知道提起包有她几件衣服的小布包，每当我到一个单位联系工作，她就乖乖地坐在一旁，不声不响。一个月后，我带着她辗转来到太行山区的一座山城。就是在这座山城里，我同我的女儿第一次看到了丁香花。

这座山城属于当时“学大寨”最有名的省份，供应却极端匮乏。中午，我拉着女儿排了一个多小时队，买到二两面条。所谓的二两，只有一两实量，几条又宽又黑的像蚯蚓一样的面条蜷缩着，可怜巴巴地刚刚盖上粗瓷大碗的碗底。盛器与内容形成了鲜明的对比差，好像在嘲笑古老山城的传之久远的淳厚之风。女儿端着大碗吃了两口，被旁边几个打架的乞丐一惊吓，碗掉在地上碎了。售票的窗口已挂出“售完”的牌子，我只好拉着女儿走出饭店。女儿不哭也不闹，默默地跟在我身旁。上午已到联系单位谈过工作，加之找不到住处，我打算搭晚车到另一个地方去。离开车的时间还早，我漫无目的地带着女儿在街上转着。商店空空，人头拥拥，满街驴粪，满墙破纸，到处是肮脏和混乱，在疲惫和厌倦中，我拉着女儿，不觉走出了市区。

面前渐渐开阔起来。一条笔直的大道向远方伸展。道旁两行整齐的钻天杨闪动着银绿色的叶子，像无数只悲愤的眼睛，俯视着贫瘠的在一种不可名状的重压下呻吟的大地。依着钻天杨，有两排浓密的灌木，上面挂满纺锤形的淡紫色的花束。阳光在花束上流动，蒸发出阵阵醉人的熏香，使几只蜜蜂嘤嘤地飞来飞去，忘记了人间的忧戚和不安。周围十分幽静。这景象同刚才经过的市街相比，真是两种天地。

女儿欢忭地跑到花树下，小手指着花束。我撷了一枝插在她的小辫上，她把发辫拉到前面，看着，笑着，向前跑去。

这花很美。我惊讶了。望着路旁的紫花，望着女儿发辫上一甩一甩的紫花，一种似已久违的感情充满了我的心。

一位老大娘从旁经过，我问：“这是什么花？”

“这是丁香花。”她说。

“这就是紫丁香吧？”我高兴地喊道。啊，原来这就是我久已闻名的丁香花！

“是紫丁香。”老大娘笑了笑，“我们当地人都叫它苦丁香。”

“为什么叫苦丁香呢？”

“因为它苦呗！”老大娘好像辩解似的又说，“它苦是苦，可能够治病，我们这里的人，谁有个肚胀呃逆的，都用它治。”

“这一路往前，两边种的都是苦丁香吗？”我又问。

“是的，一直到英雄广场。”

从老大娘的话中，我知道前面还有个英雄广场，向老大娘道了谢，就向英雄广场走去。如若说我想去瞻仰什么英雄遗迹的话，不如说我想在这紫丁香造成的静谧的氛围中多流连片刻。

茂密的丁香花丛像一个巨大的花圈，围绕着圆形的英雄广场。花岗石砌成的英雄纪念碑，屹立在广场正中。四周空旷、寂寥。几声鸟鸣过后，更是一阵死一般的静寂，广场和埋葬在这里的英雄们，分明已被世界遗忘了。天下的纷扰和这场“大革命”的恶浪，似乎都同它全无干系。我感到奇怪，也感到庆幸，走到纪念碑后面，读了一遍刻在大理石上的碑文，心却猛地痛苦地紧缩起来。我默默地拉着女儿走到广场边，撷了几束丁香花，把它分成两扎，一扎交给女儿，又默默走回纪念碑前，把花束放在石座上。女儿诧异地看着我，也放下了花束。

“爸，谁在这里边呀？”女儿忍不住沉默，怯怯地用她这一个月学的普通话问道。

“你爷爷的战友。”我说。

女儿不再问了，那双惊诧的大眼睛，慢慢涌满了泪水，虽然她没有见过爷爷，更没有见过爷爷的战友。

我抚摸着她的发辫，和她发辫上那朵丁香花。

这时，身后响起轻微的脚步声，我回过头，看到一位头发雪白，衣衫破旧的老人正站在我身后。

“为什么要折这么多花？”老人的声音中有一种压抑的怒气。

我没有吭声。

“从哪里来的？”他又问。

“广东。”

“广东？这么远来这里干啥？”他的声调平和了些。

“调硫黄。”

“啊，是跑采购的吧？”他看着我的女孩，“还带着小妮？”

我点点头。

“唉，你们走得可真远。”他望望碑座上的花束，叹了口气，“难得有你这样的人，活得这么难，还挂着死去的……”

“我看了碑文，才知道这座碑纪念的是我父亲的战友。解放战争中，我父亲的部队在这里打过仗。”我说。

“你父亲是谁？”

我说出了父亲的名字。

“啊，是军长呀！”他激动地猛然抓住我的双手，盯着我看了一会儿，忽然压低声音问，“他老人家身体还好吧？”

“不在了……”

“什么时候？”他吃惊地后退一步。

“去年春节前几天。”

他怔怔地站着，久久才说：“是啊，是啊，那场雪真大呀！”他陷入了沉思，像在自语，“怎么如今的冬天这么长呢？那场雪真大。我养的一只公鸡，有一晚不肯归窝，它卧在我门口那棵丁香树上。第二天早晨，死了，死……死了，全身盖着雪，还紧紧抓住树枝不倒，好像还要打鸣一样。可谁还要你打鸣呢！谁还要你……唉，从前，搞生产运动的时候，我同军长一起养鸡……”

他哽咽了，踉踉跄跄走到丁香花丛前，折了好大一把丁香花，放在我同女儿刚才献的花束之间。老泪沿着脸上的皱折，晕化开来，被夕阳一照，满脸都是泪光。

凉风吹过寂寞的广场。西斜的太阳，把三个身影投在沉默的花岗石上。

老人告诉我，他原来是这个部队的团长，这座城市解放后，留下来做地方工作。“文革”前，他是园林局长，现在被监督劳动，被指定管理这个广场的花木。

“造反派没造过这座纪念碑的反？”我看着完好洁净的纪念碑，诧异地问。

“怎么能不来造反呢？”老人轻蔑地笑了笑，“他们用纸在上面糊标语，用油漆在上面写标语，都被我刷掉了。为这事，差点没把我打死。后来，他们感到造石头的反没有意思了，这里才清静起来。”

“他们不会再来胡闹了吧？”我为老人担心。

“那也说不定。”老人望望远处的钻天杨，“这些蠢人！就是把纪念碑砸了，可历史是砸得了的吗？”猝然，老人抿紧嘴唇，把女儿拉到怀里，俯视良久，不无悲痛地自语道：“唉，想不到哇，这就是他的孙女……”

夕阳已经贴着太行山的峰尖，我们得走了。女儿说饿，老人急忙走到广场后面的茅屋里，拿出几个玉米饼子。我深知他们这个地区粮食的困难情况，更何况他目前的处境……所以又暗暗把饼子放回茅屋的小窗里。

斜晖满地。我同女儿的影子，长长地铺在面前的路上。走了很远，回过头，望见老人仍倚着落日下的大山和纪念碑，目送着我们。

我们向他挥手。

他俯身拾起石座上的花束，挥动着。

女儿可能是饿极了，想起了辫梢上的丁香花，拉到嘴边咀嚼起来。

“爸，这花真苦。”女儿含着眼泪，仰望着我。

我没有说话，走着，看着自己的影子；看着那投在丁香花丛上的影子，走着。

火车误点，我同女儿在候车室的长椅上过了一夜。

女儿枕着我的腿睡着了。梦中，她喃喃着：“爸，苦，苦丁香……”两颗晶莹的泪珠，在微闭着的长睫毛上闪动。啊，这小人儿做了一个怎样辛酸的梦啊，她梦见她没见过面的爷爷和爷爷的战友了吧？梦见了广场了吧？梦见了苦丁香了吧？那是一个多么辛酸的一个不该是孩子做的梦啊！

十年过去了，同女儿说起她的幼年，她只记得苦丁香。

想不到苦涩的丁香花，竟渗进了女儿原本就没有多少甜蜜的幼年生活。

我同女儿将永远保存对苦丁香的凄楚的记忆。

1984年8月25日夜

开　江

沿袭相传已久的风俗，中国人大都把春节视作迎春的日子。春节是农历新年，常言说，一元复始，万象更新，从心理上讲，到春节就交新春了。其实，姗姗步来的春天，是无法在同一时刻遍踏九百六十万平方公里土地的。由于气候条件、自然环境迥异，不少地区不仅迎春的时日不同，连那些充满浓郁乡土气息和诗情画意的迎春方式，也各具特色。广州人在除夕花市上迎春；洛阳人迎春，则是在阳春三月的牡丹园里；而佳木斯人迎春，更有其独特的方式。

我一到佳木斯，当地的同志就兴奋地告诉我，我来逢其时，一两天内开江，就可以看到冰排了。佳木斯位于祖国最东北部的合江地区，松花江流经城北，穿过三江平原，去与黑龙江汇合。这里，每年冰雪期超过半年。从上年 10 月到次年 4 月，松花江下游至少有五个月的结冰期。每到 4 月中旬，江面解冻，即为当地人所说之开江。

我到时，虽说几天前刚落过一场大雪，地上积雪未消，可江面上的坚冰，已不断发出坼裂的响声了。确像当地同志预言的那样，时间仅隔一天，一夜间，江开了，先是江面的冰层现出隐隐的裂纹，继而裂成了隙缝；隙缝慢慢扩大，冰块似乎就移动起来了。忽然，冰层像大风吹碎的云块，翻腾着，撕搅着，撞击着，漂浮在发乌的春意如醉的江流中了。这些逐浪向前的冰块，就是当地人向我夸赞的冰排。

我从旁观察，佳木斯人看冰排的兴味，实不亚于广州人逛花市，洛阳人赏牡丹。我想，开江是春天给他们的确切信息，看冰排则是他们迎春的盛典。

“松江冰排”，气势磅礴，堪谓奇观，如不亲历其境，是很难体味当地人那种看开江的喜悦的。

看，几十块巨大的浮冰，首尾相衔，顺流直下。浮冰上那些高仰低俯的雪堆和冰柱，其状如放排人搏浪击水的雄姿，神韵风貌，惟妙惟肖，似乎须臾间就会有一阵高亢雄浑的放排号子，划破长空，从那里传来。这些雪铸冰冶的勇士，是先行者。用不了多少日子，从小兴安岭，从白砬子山放下的木排，将沿着它们开辟的航线，在满江春水上疾飞了。

江面景色，瞬息万千,一静一动，极尽奇谲变幻之妙，实为笔墨所不可描述。远望，铁桥那边一片泛白，挤挤攘攘，万头攒动，信是天山脚下的羊群，珠江水面上的鸭阵。即至，突兀间化成一幅万兽图：吼狮，啸虎，飞龙，嘶马，咆哮而来，奔突而去。少顷，像千军万马对阵后的战场，江上沉寂片刻。只有几块疏落的浮冰映着霞光，这里那里，像朵朵巨大的睡莲，默默漂游，庄严安谧。一忽儿，冰块又多起来，或聚或散；一团团，一片片，水天相映，冰云交辉，不知水在天上，还是天在水中，真是一幅瑰丽奇特的春意图。

放冰排的时间比南国花市还短暂，一般只有一两天，或两三天。良辰一刻值千金，时机珍贵，佳木斯人一般是不会放过这个时机的。沿江公园的堤岸上、沙滩上，从早到晚都有许多看冰排的游人。人们迎着料峭的寒风，脸上浮起暖烘烘的笑意。春天来了，春天的确来了。仔细看，对岸柳树岛上黝黑的树林，梢头已笼上淡淡的绿意。人们伫望着春水、浮冰，思索着，谈论着，满江筒子都是春天的欢笑声。

“喂，听说咱这里要来一个粮食大会战，真的吗？”江风吹来了这句问话。

“当然啰，我百分之百证实！”一个粗嗓门回答。

“嘿，真棒！”

一阵会心的低笑。

“喂，听说运来了许多现代化农业机械，真的吗？”

“哪能假？我百分之百证实！农业要上，不走现代化的路能行吗？不光运来了机器，连美国友人韩丁一家子都来帮忙啦。”

“真的吗？”

“伙计，你咋这么多‘真的吗’？”粗嗓门冒火了，“这有啥好奇怪的，得道多助嘛！”

又是一阵笑声。

“听说咱合江地区还发现了大油田，真的……”

“真的吗？”粗嗓门学着问话人的声调，打断了问话人的话，接着又用他那不容置疑的口吻说，“一点不含糊，我百分……”

“我百分之百证实！”问话人反过来学着粗嗓门的腔调，打断了粗嗓门。

粗嗓门豪爽地大笑起来。

我扭脸看看，谈话的是一个青年和一个四十岁上下的中年人。青年光着头，中年人戴一顶北大荒常见的大皮帽子。毛乎乎的帽耳支扎起来，随着他那宽大而沉稳的步子，一闪一闪，宛如一对羽翅。

我久久望着这对有趣的谈话人，直到背影消失，耳畔犹似萦绕着他们的笑声。

也难怪他们的话语那么自信，笑声那么爽朗，因为春潮正拍击着他们的心啊。春天是个发人进取的季节。佳木斯人面对山川形胜、沃野千里的乡土，面对坚冰崩解、春潮汹涌的航道，心头上正萌生着种种美好的计划和希望，我这个异乡人是完全理解的。站立在开江的江岸上，难道春潮不也同样在我心头回荡吗？

据说世界上有两块最大的黑土地，一块横跨在美国北部和加拿大南部，一块在我国，它跨越黑龙江和乌苏里江。这块黑土地被老沙皇的血盆大口吞噬了大半，剩下的小半块就是黑龙江省的松嫩平原和三江平原。黑土地，这在农业学上是多么珍贵的名词啊！黑土捏得出油，地块大得无边。往往有这样的情景，一块地用四十部“东方红”排耕，拖拉机在地里往返一次就得一个上午。试想在这样的土地上能打出多少粮食！何况地下还有石油、煤炭和许多别的宝藏！佳木斯人和整个合江地区的人民，完全有理由相信在实现社会主义四个现代化的征途中，他们能够为祖国做出新的贡献。

我沿着江堤走着，沉思着，不知是浮冰和江水弄花了眼睛，还是出现了奇迹，当我偶尔回头时，矗立在江岸上的国庆十周年纪念碑，好像陡然增高了……奇迹是会出现的，当国庆三十周年、四十周年来临的时候，人民的豪迈劳动，定会在这里树起更加雄伟的丰碑。

冰排乍紧乍疏地泛着，泛着，春水越涨越高。当西天拉开晚霞的帷幕，几颗早亮的星星跳上蓝天的舞台的时候，江边还是喜气拂拂，笑语喧喧。一群孩子在岸边搁浅的冰块上嬉戏，公园的老管理员在急切地用泥子修补小艇。大约他已在想望泛舟的季节了吧。

这个春天给予人们多么多的希望啊！

1978 年 4 月于佳木斯

赶 花

“迎着日出的地方走，会不会早一刻看到太阳呢？”望着无垠的月色融融的松嫩平原，我心中说。我为心中油然兴起这种夸父之思，禁不住暗自好笑。不过坐在钢铁制造的火车上，大可省却手杖化为邓林的那份担心。

像回答我的心声一样，有人在昏暗中说：

“快天亮啦，这边的太阳升得早。”

我不觉一惊，巡睃了一下车厢。卧铺车厢的乘客，大部分还没起床；透过脚灯闪出的微弱光亮，我看到茶案那边原来还坐了一个夸父的子孙。同我一样，他把脸贴近车窗，眺望着黎明前的原野。

“是吗？”我搭讪道。

“这个节令，此地日出的时间是 4 点 52 分。”他回答，语气十分肯定。

“有那么早？”

“不算早，如果到 6 月中旬，3 点 40 分就看到太阳了。”

我疑惑地望了望他，脸又转向车窗。

向东，向东，火车继续向东奔驰，猝然，真的是在一刹那间，大地露白了，火车像把利刃，倏地割裂了夜幕。一牙红日在地平线上跳呀跳的，渐渐变成一个硕大的橘红色的圆球。我看看手表，刚好 4 点 52 分。

“如果在广州，离天亮还早呢。”我感叹地说。

“是的，这个节令，广州日出的时刻应该是 6 时 12 分。”他把“应该”两字说得很重。

“是搞气象的吧？”

他摇摇头。“不是，只是因为工作关系，对这方面有点兴趣。”接着他一转话题问我道：“广东来的？”

我点点头。

“我吨系同乡啦。”这位反应灵敏的旅伴立即改用了广州话。

“我不是广东人。”

“在广东工作？多少年啦？”

“二十多年了。”

“是同乡！三年入籍，当了二十多年广东人，还说不是我的同乡呢！”

我不知道他这个“三年入籍”出自何经何典，只知道在这个双目像火炭般热烈的“同乡”面前，我是不能对自己的籍贯持异议的。我半生的大部分时间在广东度过，在外地我常以“广东人”自认，现在当然更乐意不同他争论了。

晨曦透进车窗，车内清晰起来。我的贵同乡是一个瘦小的身子各部配搭得十分紧凑的中年人。他面色微黑，一双大眼嵌在隆起的眉骨里，眉眼相距很近，宽嘴巴，高鼻梁，线条粗犷而分明，一看就使人感到这是一个热情、精干的角色。

随着列车的疾行，他不时地向我介绍窗外不断变化的景物；他健谈而渊博。

辽阔的松嫩平原，终于被车轮甩到后面。天际，在红霞的背景上，显出了小兴安岭的姿影。

列车在山谷回转。呼兰河上游的溪涧，像一条银色的小蛇，顽皮地在列车底下钻来钻去。有些地方冰融了，溪水从晶莹的碎石上粼粼流过，清澈动人，流一段，又钻入已经松化了的冰雪底下，像捉迷藏的小姑娘一样，隐没了它那活泼的体态。可是一个转弯，它又蓦地露出天真的笑脸，嘻嘻哈哈地向前奔跑。溪涧两岸，一块一块刚烧过荒的土地上，留下一个个烧黑的鳞甲般排列着的草墩子。几个看火的社员，跟着火头跳来跳去。被朝霞映红的烟雾，拉成一条条长带，在他们身边飞卷，不由得使人联想起长绸舞的绸带。

“烧的是茅草吧？”我问。

“不，这是兀喇草。”他说，“就是旧时说的东北三宝之一的兀喇草。把兀喇草絮到靰鞡里不冻脚，所以那时节兀喇草成了穷人真正的宝，可今日谁还穿那一块皮子窝成的靰鞡呢。”

“这一带也产人参、貂皮吧？”

“深山老林里出产这东西。”

我的注意力从溪涧转向山林。脱去银装的山林，连绵不断地从我眼前闪过，虽说大都未著新叶，但褐一片黄一片，白一片黑一片，间或夹一片苍翠，色彩斑斓，十分好看。

“树木可真多！”我赞叹道。

“小兴安岭嘛，我国主要木材产区，树林少了还行？”他想了一想，又接着说，“抗日战争时期，抗联第三路军总指挥李兆麟将军指挥的部队，就在这一带活动。这一带的深山老林就是当年抗日的好战场。”

我“啊”了一声，怀着惊愕与钦敬的感情，注视着密密的山林，思想被连绵的群山和林海带进了久远的年代……

过了一会儿，我望着一片褐色的林子问：“这是什么树？”

“落叶松。”他回答。

“就是人们常说的东北松吧？”

“还有一种东北红松。”他指指近山巅处一片镶在褐色中的绿色，“那就是。”随着大片大片灰色的黄色的林子飞过，他不断介绍着：“这是杨树，这是柞树。”

“那几棵白的是白桦吧？”我看到杨树林中有几棵树干分外白的树，猜测道。

“是白桦，前边就有大块大块的白桦林。”我曾在小说中多次读到关于白桦的描写，可从来未见过白桦树。我想白桦的树干也不过似白杨般白吧，没想到它要白得多，白得简直像涂了层白油漆。

正如他刚才所说，列车前行不远，两旁就出现了树干银白，树梢微红的白桦林子。但令我奇怪的是，漫山银白中，往往伸出几株乌黑的枝干，形态峥嵘，酷肖著名的芜湖铁画。

“贵同乡，”我逗笑地说，“白桦林中那黑色的是什么树，黑桦吗？”

“嚄，椴树！”他的眼睛放出异样的光彩，哈哈笑了几声。“别看人家脸黑，可是好材料，做砧板就顶呱呱。”

“我看你对植物学也挺有研究的。”

“别再误会。”可能他想起了我曾以为他是个气象工作者，急忙摆着手诙谐地说，“我可不是植物学家。”

“当然，”我故意顿一顿，“我知道你是来调木材的。”我对自己的眼力与阅历是颇为自信的。

“错啦，又错啦。”他笑了一阵，那双火炭般的眼睛紧盯了我片刻，压低声音说，“实话告诉你，我是来赶花的。”

“赶花？”我迷惑不解了。

“是赶花。”他神秘地笑了笑，“还不明白吗？养蜂不要赶花吗？”

我觉得这位同乡在逗弄我，不禁大笑起来。“哈哈，别逗啦，广东得天独厚，四季似锦，养蜂还要跑到这冰天雪地的小兴安岭来赶花？试问赶什么花？赶雪花吗？”

“不是赶雪花，是赶椴花。”他收住笑容，满脸严肃的神色。“这一带是中国黑蜂的故乡。椴树夏季开花，椴花酿出的椴蜜，同广东的荔枝蜜并列为我国蜂蜜的两大名品，早已驰名中外，久享盛誉。怎么贵同乡会没听说过呢？”

我愕然地听着，又深为自己的孤陋寡闻惶惑了。

“养蜂，就是不断地赶花！”他继续说，声调里有一种抑制不住的激情，瘦削的因为常年风吹日晒而粗糙的面颊上，这时泛起几条深深的笑纹。圆圆的瞳仁乌亮乌亮，像一堆火苗在眼眶里跳荡。

“要酿蜜，就得不停地去赶花，南花北花都要赶。花多蜜多，花好蜜好，你说是不是这个道理呢？”

这个道理太平常了，没有一点深奥的地方，我立即点头赞同。但在这平常的道理中，好像还有一种深刻的寓意。究竟这寓意是什么呢？我思索着，一时捕捉不到它的真谛。

停了一会儿，为了打破沉默，我问：

“离夏天还早，别说花了，连叶子还没一片，怎么你就来了？”

“噢，这个嘛，”他解释道，“组织上要我先来学习兄弟单位的先进技术。学习先进科学技术，不也是赶花吗！”

大片大片的椴树林，掠过车窗。身材瘦小的旅伴，紧闭线条明快的嘴唇，陷入沉思。初升的太阳从椴树梢上投来一束阳光，正照着他那随着车轮微微耸动的双臂，似乎双臂将要化成一对金色的翅膀，带着他飞进椴树林去。

一个可敬的养蜂人！人们写了那么多诗篇礼赞蜜蜂。对于这些礼赞，像他这样的养蜂人，不是更当之无愧吗？如果我们每一个人都能像他们那样勤恳地赶花，不是可以在各自的岗位上，为祖国和人民酿出更多更好的“蜜”吗？

我凝思着，直到被他的话唤醒：

“老乡，我下车了。”

“转车往伊春？”我急问。

“不，就到这里。”他指指半山坡几栋半隐在椴树林里的红房，“看，那边，多美！”

车刚停稳，他就像一个不安静的孩子跳下了门梯。那双富有弹性的短腿，一蹦一蹦，踏着冰块越过溪涧。他在对岸扭回头，挥挥手，对我笑了笑。阳光照着树枝上的水珠，好似椴花乍开，绚丽夺目。一下子我的旅伴被融进万花林里去了。

我的耳畔顿时响起嗡嗡的蜂鸣。

1978 年 4 月于长春

在第二松花江上

自从《松花江上》这首歌曲传唱开来之后，松花江就在中国几代人的心中流淌着。许多人都知道在祖国的东北有一条满蓄着悲愤的眼泪和壮烈的鲜血的江，有一条富饶美丽的江。

但我想，大约在关内，知道第二松花江的人不会很多吧？

我们通常讲的松花江，是指流经松嫩平原和三江平原的松花江。第二松花江是松花江的支流之一，发源于长白山主峰上的中朝界湖——天池。它流经吉林省，全长九百公里，在扶余县境北，与嫩江汇合后而成为我们常说的松花江。

我喜欢在哈尔滨、佳木斯的松花江堤岸上漫步，我更喜欢在吉林市的第二松花江堤岸上漫步。

我对第二松花江还似乎有点偏爱。如果把松花江比作一个成熟的、雍容富丽的少妇，那么第二松花江就是一个还带有几分山野气的真朴未琢、明洁秀逸的山姑了。

松花，这不是一个山姑的名字吗？

对“松花江”这个名字，素有不同解释，但大都说它是“天上之水”的意思。因为第二松花江的源头，在海拔二千一百九十四米的天池。这种解释固然言之有据，也很美，我却宁愿按汉字字义把它解释为漂着松花的江。童年，我就想象松花江清若明镜的江水，穿过山林，静静地流着，流着，水面上漂浮着许多许多松花……

这种稚气的想象，虽说是可笑的，我却一直不愿舍弃。因为我爱童年时代在悲愤的歌声中生发的梦幻，和那梦幻构成的诗一般的意境。

其实，在千卉万芳中，松花一点也不显眼。有哪位画家描绘过松花吗？有哪位诗人歌颂过松花吗？松花是质朴的，质朴得使人忘却了它的美。

但我知道松花很美，确实很美。

我看到过第二松花江畔的松花。

1979 年，我到了濒临第二松花江的吉林市。在这里，我找到了我向往的江水与松花。

那是 4 月底的一天，春已到来，花已开放，阳光暖洋洋地抚摸着人们的面颊。那天傍晚，忽而天低风紧，暝色中，迷迷濛濛地下起雪来了。松江路旁婀娜起舞的剪剪柳叶，霎时换上素白的羽衣。雪，渐渐染白了远山、大桥、屋顶和道路。只有松江路下的第二松花江，如黛的流水，愈显得浓重了。江面上缓缓腾起一重烟雾，像雪花投入温暖的江水，即刻被蒸发了似的。

我住在临江的一座楼上，窗下有几株松树。夜半醒来，窗外的清辉，映得满室透明，使人觉得好像处在一块大的水晶之中。我望望窗口，窗玻璃上有几丛美丽的花纹。我想那是松树的阴影了。倚窗探视，原来云破月来，雪已稍住。天上月光，地上雪光，雪月交辉，构成了一个奇美的清白世界。雪凝在那从不惹人注意的串串松花上，松花忽然银灿帛烂般怒放了。这时，苍树银花，雪峰碧江，月光把松花投入江心，浮动着，浮动着，那么缥缈，那么超逸，那么清丽，那么冷艳。啊，我终于找到我向往的江水与松花了，我终于找到童年梦幻中那个纯洁的意境了。

早晨，我被吵醒了。俯望窗下，原来是几个小女孩在跳橡皮筋。她们把书包放在雪地上，在两株松树间扯上橡皮筋，唱呀蹦呀，鲜艳的围巾在背后飘动。树上的麻雀，扑棱棱乱飞，不时把积雪碰落在她们身上。又下雪了，雪把她们的头发和双肩染成了白色，她们全然不顾。在我的眼睛里，她们都成了树上落下的松花。不一会儿，她们解掉皮筋，拿起书包，笑闹着，在雪中消失了。这时，我听到学校清悠的晨钟。

我像孩子们一样被春雪的喜悦感染。我走上松江路旁的江堤。太阳出来了，一会儿又被云遮住。雪时断时续地飘着。毕竟是春雪，雪融得很快。堤上的垂柳，一忽儿穿上素装，一忽儿又换上绿衣，绿白幻化，恍若神女弄舞。我走上吉林大桥，倚栏俯视，初时只觉桥下深邃幽晦，混沌一片，冥冥然不知江水何去，雪落哪方。目光随着雪花下坠，一会儿，眼下一亮，猝觉迷蒙顿失，豁然洞开，江水悠悠可鉴。似乎还有几条泛春的鱼儿，在桥底翕动来去呢。

穿过大桥，临江有座公园。由于林木蓊郁、人迹稀少的缘故，这里的积雪特别厚，也特别洁白。种在盆里的时花，都又被搬到暖房里去了，园内只剩下松树可赏，这使我对松花更多了一层认识；没有松花，何来青松！坐在玉树环抱的小亭里，望远处融雪后的绿柳，好像是从冬天看春天，但我知道只有亭旁松树上的春天，是常在的。

既然踏访松花，不能不游松花湖。其实，这时的松花湖还不能游，只能看，因为湖上的覆冰尚未解冻。

松花湖是修建丰满水电站形成的周围数百里的一个人工湖，新中国成立后进行了修整和改建，先后建成许多大型水利工程，成了一个多年调节水库。它使下游一千五百平方公里的土地免遭洪水灾害，五十多万亩田地得到灌溉，并有利于电力、航运、渔业的发展。

由吉林市往丰满，沿江而上，乘汽车只要一个钟头。这一带曾受沙俄和日本侵略者的多年蹂躏。在车上，一位当地朋友给我讲了不少关于老毛子和日本鬼子的故事。沙俄的魔爪最早伸到这里。1898 年，沙俄利用修筑中国东省铁路（中东铁路）之机，大肆掠夺这一地区的森林资源。他们从长白山的大森林里采伐木材，组以为筏，沿第二松花江，流至吉林，再编成大筏，流至哈尔滨。这些木材除充房舍建筑及铁道枕木之用外，有很大一部分被运回俄国。据不完全统计，沙俄每年掠夺吉林、黑龙江两省的木材，价值在一亿银圆以上。而中东铁路掌握在沙俄财政部的股票，只不过五百万两白银。丰满水电站是日本人为在我国大肆掠夺而兴建的。关于这座水电站的修建，至今还流传着一些可怖和神秘的传说。

侵略者在长白山麓和第二松花江畔的横行，激起了当地人民经久不息的反抗。甲午战争中，长白山夹皮沟三千农民，自动武装起来，奔赴海城附近参加战斗。义和团运动时期，第二松花江两岸到处是打击沙俄帝国主义的战场。“九一八”事变之后，这里又是英雄的抗日联军经常出没的地方。听着这些故事，我对那些像松花一样的山民，像松花一样的义和团英雄，像松花一样的抗联战士，寄以深深的敬意。他们像松花那样朴实，他们在历史上没有留下英名，但他们的精神将同松花常在。

第二松花江有她自己的仇恨和激情。在她平静的胸膛里，有一颗热烈的心。如今，她日夜不停地把自己的热从丰满大坝送到需要热的地方。

丰满大坝把第二松花江分成截然不同的两种景色。站在坝顶放眼望去，坝内平湖冰封，坝外飞流直泻。松花湖安卧在长白山脉的群峰之中，像一个冰肌玉肤的睡美人。如果说丰满大坝是她的玉枕的话，那么，坝外的江流就是她的万缕青丝。夕阳在山，波光如釉，松花湖对着春天的晴空梳洗，一洗历史的尘垢与烦恼。

山岭上的松树，正望着梳妆的松花湖。霞光落在积雪上，随着阴阳晦明的变化，群山上的积雪，或红，或紫，或白，或青，或黄，幻化出许多颜色，像是要用这些色彩去漂染松花，把它簪在松花湖的发鬓上。看着雪的色彩的变化，我惊异起来。据说，高明的画家，通过用墨的浓淡润枯，能使墨生五彩，如今，我看到了雪的五彩，对大自然这位卓越的画家，不能不更加敬佩。

第二松花江带着它那山野味的欢笑，从五彩的雪峰间，向前流去。两岸刷地亮起一串串灯光，在这个春夜里，第二松花江向往着四个现代化的明天，心儿热烈地跳跃着。

回到吉林市，夜班工人正赶往工厂，满街筒子都是脚步声、谈笑声。这座化工城市的夜晚，又有一派春意浮动的热闹。

月光下，第二松花江不息地奔流。我带着它的清丽与冷艳走入梦乡。梦中，我看见江面上漂浮着许许多多松花。

我赞美不显眼的松花。

我赞美这条不多为人所知的江。

我坚信，是质朴的松花和质朴的江，交相辉映，完成了它们独特的质朴的美。

1981 年 8 月 8 日于沈阳

桃花雪

洛都四郊山水之胜，龙门首焉。

——白居易

雪美，桃花美。

如果她们能携手同游，并且是在洛阳龙门这一特定的环境里，那不就太美了吗？

白雪皎洁，桃花娇艳，龙门古幽，在这一时间，在这一空间，我想象不出世界上还有比这更美的境界！

伊水、香山、佛窟、禹池，龙门蕴含着多少神话，多少梦幻和诗！

我的家乡正对着龙门口，在龙门南边七十里。小时候，我常和同学爬上学校墙角石砌的瞭望台，穿过麦浪起伏的平野，向远处眺望——龙门山截断我的视线，如阙的龙门口在轻烟或夕阳中，显出壮阔而神秘的身影。

老人们讲过许多故事，以至于我深信那里有比天上星星还多的佛像，连伊河滩上的每块石子，都是佛像。我相信白居易还在香山吟诗，我相信巍峨的伊阙是夏禹王运斧劈成。老人们说，很久很久以前，伊水被龙门挡住，山这边一片汪洋。后来大禹劈开龙门口，才露出了陆地，有了村庄。我有点怀疑大禹王的膂力，可是就在我们村庄南面四里的牛山半腰，有块大石佐证，使我不敢不相信。据说大禹的妹妹，每日提着饭罐站在这块大石上呼唤大禹，久而久之在石上留下了两个脚印，如今仍清晰可辨。

“开没有？”妹妹站在石上唤哥哥时，总喜欢先这样问一句。

“开啦——”有一天大禹从远处回答。接着“哗啦”一声巨响，龙门开了，白浪滚滚北去。

这一切传说，像石上的脚印，深深印在我幼小的心灵上。

童年我对龙门充满了向往——涂着神秘色彩的向往，可是童年我并未到过我常常眺望的龙门。

战乱，征途，异乡，思念……多少年过去了，有点好笑的是，我第一次造访故乡的龙门却是从广州出发的。这以后，我多次到过龙门。山水胜，乡土情，可能使我对龙门有多一分的偏爱吧。

但最使我难忘的，却是在龙门遇到的一场桃花雪。

去年农历三月，我重到洛阳。当地的同志执意要陪我游一次龙门。那天，乍然转冷，我正在犹豫，车来了。车刚开上洛龙公路，半空飘下点点白绒。起初我还只当是柳絮呢。忽然有个朋友喊了声：“雪！”我惊喜地注视一下车窗，真是雪——桃花雪！

路上赶车的车把式，田野锄麦的大姑娘，都仰起脸，喜悦地望着迷茫的天空。

这是一种轻柔的似乎带着暖意的雪，落地即融。但渐渐地大地也有了一种白意。汽车像在冰雪初融的浅溪上行驶，车后留下两条淡淡的轮痕。雪继续下着，望到陈毅同志题字的龙门石桥时，山巅已经披银挂玉了。

这次，龙门摆脱了平日的熙攘热闹，用它清幽古朴的本色来迎接我们。

啊，这才是龙门！沿着伊水河堤，沿着半山的佛龛，我进入了一个熟悉而新奇的仙境。雪花儿轻轻飘落，清澈的伊水上面荡漾着袅袅薄烟。细细的柳丝摇曳着，好像在和雪花儿嬉戏。庄严的巨佛，不似柳丝佻挞，像在静静地、静静地听着雪花的絮语。雪染白了它们那古老的鬓发，使它们显得更加素雅和端庄。最惹人处，对面香山桃花方醉。此际，红白相映，山水交辉，伊阙瑶台，莫可析辨。唐代诗人白居易说过："洛都四郊山水之胜，龙门首焉。"确为至理之言。

龙门是我国古代三大艺术石窟之一。从公元494年北魏孝文帝拓跋宏由平城迁都洛阳前后开创，历经南北朝、隋、唐，连续大规模营造四百余年之久，遂成此世界罕见的丰富多彩的艺术宝库。伊水两岸石崖上密布的佛洞、佛龛，如层楼牖窗，连绵横亘达两里。两山现存佛洞一千三百五十二个，佛龛七百五十个，佛塔四十余座，造像约十万尊。石窟中规模最大的奉先寺，洞口宽约四十米，内中就山雕凿巨佛九尊。主像卢舍那大佛通高十七点一四米，头长四米，耳长一点九米。两旁分立迦叶、阿难两菩萨、两天王、两力士。各个雕饰精美，形神兼备，体态巨大，给人以顶天立地之感。力士小腿最细处，一人难以合抱。这一工程历时三年零九个月，于唐高宗上元二年(675年)完成。据说是武则天"节省"一年脂粉钱两万贯做的"功德"。武则天的脂粉钱可谓巨矣，这"功德"做得也可谓盛矣。不过武则天如此"节省"，倒是统治者穷奢极欲的十分传神的写照。头脑清楚的武则天，发此善心，不单单是佞佛，主要是为了同唐高宗争夺权力。他们这对恩爱夫妻之间显然存在着激烈的权力斗争。唐高祖李渊自认老子李聃为祖宗，因此唐自开国即推崇道教。唐高宗以道教徒为自己的拥护者，武则天为了夺取帝位，则争取佛教徒为自己的拥护者。上元年间，武则天虽执掌政柄近十五年之久，但尚未当皇帝。武则天为了当女皇，不惜老脸上少擦一点脂粉（究竟少擦没有，不得而知），争取多一点拥护者。后来，佛也确实帮了武则天的大忙。公元690年，僧法明等十人伪造《大云经》四卷，说武则天是弥勒佛下生，当为唐代天子。武则天颁布《大云经》，接着由她的儿子李旦（唐睿宗）等六万余人上表请改国号。武则天“顺从众议”，改唐为周，正式上尊号为神圣皇帝。武则天使唐初取得的成就得到了巩固，对历史有一定的贡献。但作为一个权欲无度的封建统治者，她也做过许多坏事。“四人帮”评法批儒时把她捧上天，其险恶用心现已为天下人尽知，开始却也迷惑了不少人。但1973年10月，周总理陪加拿大贵宾到龙门参观，当讲解员讲到武则天是法家人物时，周总理特意背诵了一段骆宾王的《讨武曌檄》:“班声动而北风起，剑气冲而南斗平。喑呜则山岳崩颓，叱咤则风云变色……”总理犀利的目光，无畏的精神，震撼了伊水龙门。

龙门石窟至今保存的历代造像题记和碑刻三千六百余品，这不仅是考古研究的重要佐证，也是我国传统的书法艺术珍品。著名的“龙门二十品”，是龙门魏碑中的精华。公元494年前后最早开凿的古阳洞，规模宏大，内容丰富，“龙门二十品”中，古阳洞占有十九品。

雪时急时缓地下着。香山盛开的桃花红白相映。因为雪融得快，忽而红露出白，忽而白掩着红，此时此景，参佛之外，我自然想起与龙门结下了不解之缘的白居易。白居易的墓在香山近旁的山丘上。一过龙门桥，就看到白居易的墓碑，拾级而上，可达墓冢。

空门寂静老夫闲，
伴鸟随云往复还。
家酿满瓶书满架，
半移生计入香山。
——《香山寺二绝》之一

望着被白雪、红桃、翠柏簇拥着的香山寺，我不禁想起诗人在这里吟诵的诗句。

唐代宗大历七年(772 年)，白居易诞生于河南新郑县东郭宅一个小官僚的家庭，并在这里度过了童年。几经战乱兵燹，宦海沉浮，后在洛阳覆道里买宅。五十八岁时，因病免去刑部侍郎，诏除太子宾客分司东都，在柳絮纷飞杜鹃啼中，离开长安踏上归路。他在洛阳一住十八年，直至终老。白居易归洛后，爱香山寺地方清幽，和香山寺僧如满结香火社，自称香山居士。他常乘肩舆入山，白衣携杖，徘徊寺中；也曾于初冬微雪之时，同僧乘小船从建春门赴香山。他在船上烧茶烹菜，低吟长啸。太和二年(832 年)，元稹死后次年，他用为元稹写墓志所得的谢贽六七十万贯，重修香山寺。“支坏补缺，垒隤覆漏”，费时三月而成。他在《重修香山寺毕题二十二韵以纪之》诗末云：“便合穷年住，何言竟日游。可怜终老地，此是我菟裘。”说明他已决心在此归宿终老。

历来有人对白居易归洛后的生活和思想颇多贬责。他们只看到诗人这一时期“心向佛道，意在诗酒，田园闲放，悲观颓唐”的消极一面，把他这一段的诗歌创作一概归之为“闲适酬应之作”，这是偏颇的。诚然，诗人这一时期的许多诗同他早期那种“不能发声哭，转作乐府诗，篇篇无空文，句句必尽规”（《寄唐生》）对照起来，确有很大不同。但白居易在病老困苦之秋，还深深地关怀着祖国的安危和人民的疾苦。他听说刘沔的军队打败回鹘，迎回太和公主，就情不自禁地为祖国的胜利讴歌。有一年冬天，忽然想起在“是月岁阴暮，惨冽天地愁，白日冷无光，黄河冻不流”的季节里，那些“穷途绝粮客，寒狱无灯囚”的苦况。他对着一件新制的绫袄，感慨系之地咏道：“争得大裘长万丈，与君都盖洛阳城。”在他逝世前两年，他还抱着病老残躯，发动当地僧俗人等，以“贫者出力，仁者施钱”的办法，开凿了龙门潭南的八节滩、九峭石两个险滩，为人们造福不浅。我想这就是洛阳人因诗人终老龙门而引为光荣的原因吧。白居易老年好酒，并自号“醉吟先生”，因此过去拜谒白居易墓的人，常用杯酒祭奠。据说由于谒墓人络绎不绝，墓前方丈宽的地面，没有干燥的时候。

饮徒歌伴今何在，
雨散云飞尽不回；
从此香山风月夜，
只应长是一身来。

这位友朋亡散，儿婿早丧，晚境寂寥的老人只有香山为伴了。香山同情诗人内心的悲伤，诗人也确实为香山增色了。

雪——这难得一见的桃花雪，停了一会儿，又无声地在空中飞舞。

我站在清泉汇聚，冒着水泡和白汽的“禹王池”边，贪恋地望着山川的美色。

是时，雪白、桃红，柳绿、水青。

忽然，我好像听到诗人在深情而欢愉地吟诵：

> 绿蚁新醅酒，
> 红泥小火炉。
> 晚来天欲雪，
> 能饮一杯无？
> ——《问刘十九》

我笑了，那些大佛也笑了。

雪，像桃花瓣一样，暖融融地抚着我的面颊。

1980年8月于广州

春来早

火车一连穿过三十九个山洞，山口外突然展现出一片平原。机车减缓了速度，吐着浓重的白烟，在太行山毗邻平原的一个小站停了下来。白烟慢慢升腾，混合着山腰的薄雾，飘过梯田，飘过积雪的山巅。远处平原上，麦苗如茵。充满生机的林带，像缕缕青烟一样伸向天边。火车又开动起来。在天边，不知是白云还是残雪，似乎也随着晃动，发出晶莹的闪光。

我出神地望着窗外。回过头来，才发现对面原来空着的座位上，新来了两个穿黑灯芯绒衣裳的老大娘和一个围着桃红色丝巾的五六岁的小姑娘。她们每人身边都倚着一小捆树苗，多的十几株，少的四五株。每捆树苗都用草绳从下到上密密地缠起来，只露出树梢儿的几片叶蕾。

小姑娘一本正经地坐在那里，小心地扶着树苗，生怕它被碰伤似的。她那双水灵灵的大眼睛，不时忽闪闪地转动着，好奇地环顾车厢，神情十分可爱。我伸手拿过她身旁那捆树苗，仔细地看了看，问："妞，这是杨树苗吧？"

"不，这是'春来早'。"小姑娘纠正我说。

"小傻子，'春来早'也是杨树。"坐在旁边的老奶奶爱抚地望着小姑娘微笑。

"这是您孙女？"我问老奶奶。

"是重外孙女儿。"老奶奶故意拖长声音高兴地回答。

我反复端详老奶奶。她面色红润，一缕银丝从缀了一颗绿玉的黑绒帽下滑出来，拂着神情爽朗的面庞。

"老奶奶今年多大年岁？"我问道。

"您猜猜。"老奶奶诙谐地瞅着我。

"我看不出，六十。"

老奶奶一拍巴掌，哈哈笑起来，说："你再往前数几十年，我还是新媳妇哩。"

车厢里顿时充满了笑声。笑声过后，邻座一位女同志说："您老人家还能六十出头？"

老奶奶拍着坐在中间顶块深棕色头巾的老大娘说："这是俺闺女。她都六十出头了，你叫俺咋说！"

"娘，您老人家身子骨结实，面嫩不显老。"顶棕色头巾的老大娘说。

"看这妞，傻得不透气。你娘再面嫩也不能比她闺女年轻嘛！"老奶奶风趣地谈话，把大家又逗笑了。

笑声刚止，老大娘对大家说："俺娘今年八十三啦。"

"老奶奶真健朗。"我又接着问，"您这么大年岁了，还要到哪儿去栽树？"

"说我年轻，那不实在，说我年老，我可又不服气。拿俺娘来说，托毛主席的福，今年她一百〇三啦，还是植树模范呢。如今她还带领一帮女娃，扛着镢头在太行山栽树，要为农业学大寨做新贡献呢。呶，这树苗就是从她那儿起的。”

“哎哟，百岁老人还栽树！”那位女同志感叹地叫了起来。

“交春啦，正是栽树的节令嘛。树多荫大，水足粮丰。”老奶奶若有所思地望望窗外，满含深情地问那位女同志道：“同志，自古道，‘一担黄河水，六斗坡地泥’。水土流失，河床淤高。新中国成立前，这一带真是无雨风沙滚，一雨水滔滔，十载九遭旱，三年两决口呀，黄河沿人受的苦难比黄河水里的泥沙还多哪！解放啦，啥子山坡上修水平条田啰，沟洼里打坝淤地啰，风沙区引水拉沙啰，黄土层种树盖被啰，这些个点点道道，都叫人们琢磨出来啦，群众汗瓣砸穿石，咳，一大干，看着看着，黄河大变了。”车外的景色不断变化，明媚的田野像一幅秀丽的风景画，镶在玻璃窗上。老奶奶指指窗外，“你们看，这一带过去一片黄沙，几年工夫栽了多少树！水利修得也好，庄稼长得多喜人，眼看着变成影戏里的江南了。”

果园、林带、麦田在窗外飞过。几个穿花格布衣裳的姑娘在果园剪枝，一群社员在路基下造林。稍远的麦田里，有两个老大爷拿着锄头引水浇地。远处有拖拉机在翻地。

千里平野春意盎然，景色动人。

车厢内寂静片刻。一个往郑州医眼的盲人文艺队的队员拉响了胡琴，琴弦上流出河南坠子特有的浑厚、朴实的曲调。

我仍然沉浸在刚才老奶奶谈话给予我的激动中，情不自禁地说：“老人家，您刚才讲的这部黄河史，能讲给更多的人听听才好。”

“我老婆子能讲出个啥？”老奶奶自谦地说，拍着双膝笑得一仰一合。

“娘，您不是咱大队的造林宣讲员嘛！”顶头巾的大娘说，温顺地想讨老人欢心似的微微一笑。

“这闺女，别替你娘瞎吹。啥宣讲员，我只是个种树人罢了。”老奶奶慈祥地瞪了她的老姑娘一眼。

车厢内又是一阵哄笑。笑声过后，那位女同志问小姑娘：“小妞，你们奶孙三个从哪儿来？”

“俺同俺姥姥去看俺姥姥的姥姥。”小姑娘天真地回答。

“就是去看俺那百岁的老娘。”老奶奶替重外孙女解释。

“你给你姥姥的姥姥带些啥礼物去？”我逗小姑娘道。

“咱河南的泡桐树苗。”

“你姥姥的姥姥送给你些啥？”

“‘春来早’。”小姑娘歪着头用小手摸摸身边的树苗。

“为啥叫‘春来早’呢？”我问。

小姑娘看看老奶奶。老奶奶代她回答道：“这种杨树原来生长在长城北，不怕冻，发芽早，可是往南移不易栽活。俺娘年轻时，在太行山种活一棵，长到碗口粗细，一次日本鬼子扫荡，被炮弹崩掉了半边。剩下半边后来长成棵大树。俺娘用这棵树的种子培育了一种杨树新品种，这种树长得快，返青早，地上雪没化，树梢就见绿了。当地人给它起了个名字叫‘春来早’。俺娘花了八十年工夫，教它翻越了长城，如今，俺们要把它引到黄河那边。有人说不行，俺看能行，多不过再花它八十年工夫。”

老奶奶讲话的声调很平和。但是人们听了她的谈话，似乎都在想什么。一下子，车厢内变得沉静而肃穆，只有车轮声激荡着人们的心潮，飞过早春的原野。

我望着车窗，老奶奶坚定温厚的面庞镶在窗框里。车窗口的疾风吹拂着她鬓角的一缕白发，透过白发，我看到远处积着白雪，巍然屹立的太行山。

邻座那位女同志眼角有点湿润了。为了抑制自己的激动，她回过身，捧起小姑娘的小脸蛋低声问：“你妈呢？”

“俺妈上山啦！”

顶棕色头巾的老大娘——就是小姑娘的姥姥——觉得小姑娘说得不清楚，补充道：“俺那闺女是林学院的老师，这晷正领着学生在伏牛山造林、上课呢。”

“你们一家五代都是造林人，真是五代英豪。”我衷心地赞叹道。

“其实，何止一家，又何止五代。”老奶奶凝视着车窗外像金色巨龙一样奔腾在大地上的黄河，沉思着说，“过去，有人把黄河看成一条‘害河’，俺黄河沿人却不这么看！俺祖祖辈辈像喝娘奶一样喝着黄河水长大，再苦再难也不愿离开她，只是日盼夜盼，盼望有一天能把那些祸害黄河的人除掉，使黄河为她的子子孙孙造福。”

说话间，火车吼叫着奔上了黄河铁桥。沉郁、雄浑的河水蕴含着无限活力，翻波推澜，滚滚向前流去。

“染绿河两岸，碧水映青山。”那位盲人文艺队员和着弦音，欢快地唱着他的即兴新作：《五代人造林的故事》。

我的三个旅伴在黄河南岸一个小站下了车。我送她们走下门梯，久久地望着她们的身影和那些在她们肩头一晃一晃的树梢。她们走上山坡，新造的树林遮住了我的视线。树林间偶尔闪出小姑娘披的那幅桃红色头巾。

火车奔驰着。黄河，春天，希望，在我心中交织出各种图画。

忽然，美丽的田野上空飘起雪花。一道阳光透过云层斜射下来，千万片雪花映着阳光，像金色的绒毛一样，含着暖意。

春天来得真早啊！

路 树

我常想，路树对于一座城市，就像头发对于一位姑娘那么重要。

每到一座城市，我都喜欢观赏道旁的路树，并把它看作一种文明的标志。昆明的高耸入云的银桦，南京的闪着银色光泽的雪松，湛江的状若羽盖的榲树，都给我留下了深刻的印象。不同城市的路树有不同的特色与神韵，像一篇篇不同风格的诗一样，都给予人一种不同的美的享受。我喜爱长春那裹着冰雪的老杨的肃穆沉毅，我也喜爱沈阳那迎着春寒的垂柳的飒爽娆娇。我曾许多次不无骄傲地同北方的亲友谈起广州的路树，广州的许多路树是我看着长大的。那树身斑驳的千层木，那筑成绿墙的木麻黄，那紫荆，那白兰，都使我回忆起青年团如火的旗帜和如火的歌声。它们，保存着我的青春，联结着我的青春，常常激起我对团日，对友情，啊，对许多美好日子的回忆。可是我最常提起的，却是枝干奇伟，气根飘逸，叶盖如云，氤氲含烟的老榕。我感到在广州丰富多彩的路树中，椿树最具特色。

在我喜爱的许多城市的路树中，我好像对郑州的路树怀有多一分的偏爱。难道这仅仅因为那里是我家乡的缘故吗?

郑州的路树几乎是清一色的法国梧桐，而又不失之单调。法国梧桐枝干伸展幅度大，枝叶浓密，易活速长，是路树的优良品种。许多城市都种植法国梧桐，据我所见，却没有胜过郑州者。郑州道旁的法国梧桐格外茂盛，也格外整齐。那些排列成行的树干，从一定角度望去，简直是一道灰色的墙。由于精心管理，枝干按照人的意愿向街心伸展，每到夏日，笔直宽阔的街面全被绿荫覆盖，只偶尔从叶隙中流下缕缕金波，随风荡漾。其时，如果你在金水大道或花园路漫步，你会觉得你正凌波于一条缓缓的溪流，且似乎耳畔还响起一片潺潺的水声。或者你会觉得正穿越一道翡翠雕凿的隧洞，不远处就是洞天仙境，或者你以为正腾驾着一片悠悠的绿云，一扫心中的纤尘。啊，那是些怎样的绿荫啊!我常慨喟道，曾经沧海难为水，不到郑州不知荫。

我这样赞美郑州的路树，难免有偏爱之嫌。但如若你知道震惊中外的花园口就在现今这座“绿色的城市”之侧，如若你看到过它那被黄沙半掩、形同墓地的旧貌，你就会理解我对它的每一棵树每一片绿叶的深情了。

望着丹东道旁的银杏和茂名道旁的菠萝蜜，不能不使我另有一种感受。银杏，就是俗称的白果，为一种长寿树。据说山东莒县定林寺里，有一株身围十五点七米的银杏树，要八个人手拉手才能合抱，树龄达三千年以上，相传在春秋战国时代，树下为鲁侯伯禽和莒子会盟之处。比起定林寺里的这棵银杏树，丹东路旁的银杏，只能算小娃娃。它们大都植于新中国成立之后，却也长得相当高大了。树干婷婷，树荫淡淡，疏放的枝干向四周平伸，由低而高，渐次尖峭，层次分明，状若宝塔，钟形的绿叶像玲珑的铜铃一般挂满塔身，十分华美高雅。一阵秋风，万叶攒动，当你似乎觉得就要传来清冷悠扬的铃声时，却忽然望见一簇簇灰绿色的果实，这就是银杏了。记得幼年听大人讲的一些悲惨故事，总同老白果树有关联，因此这种树往往给我一种阴郁的感觉。丹东道旁的银杏，却向我展示出明丽的姿色。秋阳穿过枝叶，一位戴红臂章的护树老人踏着树影，时而含笑望望即将成熟的果子，时面用夸张的手势吓唬一下觊觎梢头的孩子，安详地踱着步子。目送着老人那被斜晖拉长的背影，像伸手可以触摸到枝头的果实那样，我触摸到了这静谧、明丽的边城里的一派昂昂生机。

茂名的菠萝蜜更是一种奇特的树。它那硕大的可达三四十斤重的果实，不但长在树枝上，而且长在树根上。如果你走路不留意，有时就可能踢在一个大菠萝蜜上。

近年我发现，像丹东和茂名那样，把果树当路树的城市越来越多了。作为旅客，我每每望着这种路树，除了领略一种自然美之外，还领略到了一种朴厚的精神之美。我深知，为了这些各具风格的路树，城市的主人们付出了多么艰辛的劳动！他们用汗水来绘制绿荫，甚至要用几代人的汗水才能把道路染绿。

有两件事深深铭刻在我的记忆里。一件是在沈阳一个寒冷的春夜里，我看到一个骑自行车的老人，匆匆地由这棵幼树跑到那棵幼树，用一个特小号的尖嘴灰匙，把新泥涂在一棵棵小柳树刚剪过枝的地方。另一件是在洛阳一个初夏的正午，五六个十岁上下的小女孩，提着灰桶，拿着麻刷，在骄阳下给泡桐树刷石灰水，神色专注而又认真。

我常常想起各种各样的路树，我更常常想起沈阳那位老大爷沿着新植的路树，急匆匆向前赶的背影，我更常想起洛阳那几个小姑娘晒红的脸蛋和汗湿的鬓发。

路树是美的，因为它给予人绿荫。

我爱各种各样的路树。

1979 年 9 月于珠海斗门

折粮石

开封原本没有山，开封现在还没有山。开封曾经有过一座名谓“艮岳”的名山。

小时候在开封念初中，地理老师讲山的构形，有的同学一点不懂。也许是有感于这个极目沙原的地域缺乏山的直观教材吧，老师提到了艮岳；仅仅是提到而已，因为艮岳早已不存在了。

难道艮岳飞了不成？从此我心里留下了这个神秘的疑问。

年岁稍长，周游了不少地方，查访过一些飞来峰和飞来峡，仍未找到艮岳的下落。那些飞来峰、飞来峡，只不过是局部地质构造的特异现象被附丽上一个灵异神怪故事罢了。杭州灵隐寺前的飞来峰，名气很大，原因就是一个天竺僧人自称在天竺看到过此山，言之凿凿，佛法恢恢，信徒们只有合十膜拜的份儿了。此山状若秃鹫，至今灵隐寺门前还悬一“灵鹫飞来”的大匾。历代文人雅士，多有赋咏。其实这个所谓的飞来峰，正牌是吴郡土著，如果真的由印度飞来，怕还要闹一场小小的领土纠纷呢。

直到前年我才知道，开封的艮岳确实是“飞”了，幸好没有“飞”到外国，而是“飞”到北京北海公园来了。

秀丽的北海公园，如果没有风格特异、洁白华美、高耸入云的白塔，一定会减色不少。如果把北海比作一个美貌的公主的话，一周芰荷溢香的绿水，是她的衣裙；白塔山上红墙金瓦的广寒宫，是她的霞帔；而山顶的白塔，就是她的珠冠了。

白塔山耸峙于四周环水的琼岛，山上那些嵯峨争姿的巨石，就是从艮岳“飞”来的。

艮岳怎样会由当年的汴京“飞”来北海，这要从风流皇帝宋徽宗赵佶和折粮石说起。

汴梁经过五代的经营，又借汴水之利，到宋王朝在那里建都时，从南薰门到朱雀门，层阁重楼，茶幌酒旗，绵亘十数里，一派王都繁华。据说宋朝的汴京，人口已逾百万，为世界第一大城市。“夜月池台王傅宅，春风杨柳太师桥。”当时不要说皇宫禁苑了，就是像太傅王黼、太师蔡京的住宅，也地广数里，池塘楼榭，小桥曲槛，已极豪华奢靡。可是这班误国君主、祸国臣子，犹感不足，还要肆意役使人民，大兴土木，搜奇罗珍。自命风雅的赵佶，除闹闹风流韵事，写几笔瘦金体，还酷好珍玩，垂意花石。太师蔡京窥其所好，暗中派人到江南搜罗异珍进献。这类进献年年增加。蔡京命朱勔专办此事。无论士庶，凡家有稍堪玩赏之石木，朱即派健卒入宅，黄封表识，以示征用。搬走时还有个“必拆屋以出”的怪规矩。物主稍不恭谨，即获大不敬罪，倾家荡产，家破人亡。这些搜获物一批批被运往汴京，舳舻千里，沿淮汴北上，那阵势确够可观的了。这就是历史上有名的花石纲，用现在的话说，就是花石运输队。这个运输队，一路依势贪横，凌轹州县，又给沿途老百姓带来了无穷的灾祸，闹得民心怨怼，道路以目。北宋王朝的垮台，同这个花石纲不无关系。

事物的发展往往是对贪横者的嘲弄。这个弄得天怒人怨，国运衰微的花石纲，按赵佶最初的意愿，倒是希望它能给赵家带来江山永固、皇祚无疆的吉祥。花石纲运来汴京的花石，有许多是太湖石。赵佶登极之初，感到皇嗣未广，请教方士，方士给他出了一个主意，要他在城东北隅造一座山。于是政和七年(1117年)，在没有山的汴京，用太湖石堆成了一座山，按八卦图的方位，艮为东北方，所以就把这座人工山命名为万岁艮岳。艮在北方土话中，还有坚硬的意思，可以引申为坚固、巩固。但是赵佶劳民伤财筑的这个万岁艮岳，却未能使赵宋皇嗣广大，皇统永继。靖康之乱，赵佶连当侄皇帝的资格都失去了，成了金人的俘虏；后来艮岳也不翼而飞了。原本没有山的汴梁又没有了山。

金大定十九年(1179年)，即赵佶建艮岳六十二年后，艮岳上的太湖石千里迢迢来到了今日的北海公园。10世纪时，北京曾是辽代的陪都“南京”，相传辽代的“瑶屿行宫”就在今日的北海公园。金大定年间，在此挖池造湖，堆土筑岛。湖名“西华海”，岛名“琼华岛”。这个海就是今日的北海，这个岛就是今日的琼岛。岛名琼华，不能只是一个土堆，于是统治者又不惜民力，将艮岳上的太湖石，由汴梁辗转运来，点缀其间。

太湖石本为太湖水中的石骨，历千百年的浪激波涤，孔穴自生，形象奇特，以瘦、皱、透为贵。它们岿然相累于琼岛，确使琼岛不负一个“琼”字。这些原没于水中的巨石，采集与运输都十分困难，据说当年朱勔办花石纲时，为了这些石头，常弄得舟覆人亡。由太湖把这些巨石运到开封，尚有水道可依；从开封再将这些巨石运至北京，则全凭人力。试想想，无尽的黄土，崎岖的山路，炎炎的烈日，凛凛的寒风，筋疲力竭的役夫们在健卒的皮鞭下，用最原始的工具，凭最后一口气，搬运着这些沉重的怪石，那是一幅幅多么惨烈的图画！统治者要人民用这种繁重的劳役代替纳粮，后人就把这些石头称为“折粮石”。就是这些“折粮石”，把琼岛打扮成了一座仙山，绕山环行，山形极尽变幻之妙，忽如风掣堆云，忽而连峰际天，忽如跃涧群狮，忽如戏水游龙。那块块奇石，有的孤高磊落，独立无依，有的胁肩交首，窃窃私语，有的目视苍穹，搏翅欲起，有的俯首合十，潜心养性。望着这琼山，望着山际霞光萦绕的殿堂，确有天外飞来之感。坐在刻有《白塔山总记》的涤霭亭旁，再久久望之，忽见那石头上现出斑斑血泪来。啊，你这“飞来”之客，你是浮在人民的血泪上，由太湖“飞”到开封，又由开封“飞”到这里的啊！你所走过的道路，难道不是几千年来封建统治者穷奢极欲和劳动人民被牛马般役使的缩影吗？

如今，很少人再去追及这些石头的来历了。北海公园游人如云，游艇如梭。姑娘和小伙子们，穿着鲜艳时尚的服装，在石山的小径上走着、笑着；有的抚石拍照，有的倚石私语，他们是幸福的。他们不会想到，他们也几乎成了搬运“折粮石”的役夫。江青不是曾经把北海公园变为私苑，作为她跑马的地方吗？如果这帮一心要当帝王的人上台，很可能艮岳还要“飞”一次。他们已经在不少的地方营宫造室，留下了役使人民、滥用国力的罪证。

几块巨物由天外向白塔飞来，我兀自一惊。定定神，原来是几片悠悠的白云。熏风送来阵阵荷花的清香，我走到一块题有“崑蒿”二字的巨石旁，吟味着后面刻的一首诗：“摩挲艮岳峰头石，千古兴亡一览中。”这两句诗倒有几分感慨。不过写这首诗的不是别人，正是好大喜功、劳民伤财的乾隆皇帝。乾隆皇帝写几句感叹兴亡、附庸风雅的诗可以，却不能从折粮石中总结出什么教训。视人民如芥土的封建帝王，是不懂得民力之可贵的。折粮石如果是一面镜子的话，这面镜子对他们也不会起什么“一览兴亡”的作用。

民力如金啊，愿折粮石这面镜子对后人有所警诫。

1981 年 7 月 20 日于北京

策骑古城头

天色将晚，我和女儿转过碑林的大门口沿着城墙内侧的道路向西走去，因为有人告诉我们要从南门（永宁门）登城。一面是黑沉沉的城墙，一面是屋顶反射着夕阳微光的古建筑，我们像在一条历史夹道里走着，越走越深，暮色也渐渐垂了下来。

南门外有瓮城和闸门，当年中国人就是在这里欢迎从大洋彼岸来的美国总统克林顿和夫人希拉里的。这是最高的礼遇，这是和平的宣示。城楼斗拱叠翠，重檐尽染，巍峨雄壮，金碧辉煌，年轻的美国总统从这里走进古城、走进拥有五千年历史的中国，无法掩饰他的惊讶与兴奋。今天，我和女儿走到城楼下也感叹不已。我和女儿按照好心人的指引穿过南门宽大的门洞，从瓮城的蹬道登上城楼。一轮红日尚未落去，眼前骤然豁亮，沉沉城垣浴在淡淡的金色里，王者之气扑面而来。从未看见过这景象的女儿惊住了，脱口问道：

“爸爸，这就是你说的西安？”

我答：“这就是我说的十三朝古都西安。”

女儿试探似的摸了摸城垛，“爸爸，这就是西安城墙？”

我点点头，加重语气答：“这就是西安古城墙！”

我虽然不是西安人，我也要为西安的古城墙骄傲。如今的西安古城墙起始于隋代，公元6世纪隋大兴年间筑城，城分外郭城、内宫城和皇城，形成城中有城的格局，结构严密。唐代末年，朱温挟唐昭宗逃往洛阳，留守长安的佑国军节度使韩建出于军事防守的需要，放弃外郭城和内宫城，以皇城城墙作为长安城的城墙，形成自五代至元代的城墙规模。崇信“深沟高垒”的明朝开国皇帝朱元璋命令大修长安城墙，南城墙和西城墙在隋唐遗留城墙的基础上加高加厚，并分别向东、向北扩展，形成了周长约十四公里的规模。改建的城墙高十二米，底宽十八米，顶宽十五米，墙体用黄土分层夯打版筑而成，厚度大于高度，十分坚固。长安城墙是一个系统工程，包括护城河、吊桥、闸楼、箭楼、正楼、角楼、敌楼、女儿墙、垛口等一系列军事设施，构成一个严密而完整的军事防御体系，是世界上现存规模最大、最为完整的军事堡垒设施。如今，它是西安的一个重要旅游景点。

城楼与城垛上的彩灯“唰”地亮了，一个五彩的巨环、一个星光的河流从天而降，围绕着沉浸在光海中的城市。女儿像天上飞来的仙子，高兴得跳来跳去，似在夜风中翩翩起舞。她要我同她一起测量墙顶的厚度，用步量来量去总得不出一个准确的数字，她笑了，她说这座城墙太神奇了，一定隐藏着许多秘密。

我告诉她一个秘密，这和一段家事有关。我说这座城由于有这道城墙易守难攻，1927年这里发生过一场有名的攻坚战。那时，陕军的李虎臣、杨虎城守城，镇嵩军攻城，攻了七个月没有攻开。女儿睁大眼不解地问：“他们为什么要打仗呢？”我说：

“很多仗是不为什么的。”小女儿又问：“后来呢？”我说：“后来？1927年在西安城头厮杀半年之久的双方军队，忽然都变成冯玉祥将军率领的国民革命军第二集团军北伐去了。”女儿的眼睛睁得更大，我知道她是更加不解了。

她问：“为什么？”

“什么为什么？”我反问。

“为什么一下打一下又不打了呢？”

“很多仗都是一下打，一下又不打；打打和和，和和打打。”我含含混混地答，我无法解释清楚。

“这里打过很多仗吗？”女儿又问

“是的，从古至今这里打过很多仗。”我说，“你看这城墙多么宽，有许许多多队士兵荷枪从上面跑过，也有许许多多失败的和胜利的将军在上面跑过马。”

“现在还能在上面骑马吗？”大约女儿是在想象策马奔驰的情景。

我说：“不会有了吧。这里已辟为公园，这里已远离战争。”

正说着，一阵铃声把我和女儿从难以理清的历史中惊醒。原以为是公园工作人员下班回家，循声看去却是一群年轻人骑着自行车由西向东而来。他们有十多多人，有骑单人自行车的，有骑双人自行车的；有人高唱，有人说笑，有对骑双人自行车的情侣依偎在一起，骑在后座的女孩把脸紧贴在男孩的后背上，闭上双眼好像在做一个美好的梦。当他们从我身边经过，我想起那些士兵和将军；他们比迎着硝烟跑去的士兵幸运，他们比策马而行的将军快乐，他们是古老城墙上真正幸福的一代。

女儿受到这群骑者的启发，也要骑自行车领略一下在古城头策骑的乐趣。我到租车处租了两部车子，从永宁门骑到东角门，女儿似乎兴犹未尽，还要骑双人车。御着从乐游原上吹来的夜风，我和女儿随意联想随意歌唱，我唱罢“康定溜溜的城哟”，她竟唱起“傍晚花园里，四处静悄悄”来。是的，这里不是战场，不是军事城堡，而是静悄悄的花园。

夜色浓了，灯光灿烂，四处很静很静。……我想，也许此刻这里是西安城最静的地方，是世界最静的地方……但愿古城头永远这样安详、宁静，像朝南的大门的名字——安宁门一样安宁。

2013 年 1 月 4 日于广州丽江花园

冷落了祖先

现在是个大讲旅游文化的时代。文化有深层次与浅层次之分，作为文化一部分的旅游文化也不能外。目前旅游圈内很热闹，费尽心机开发各种旅游项目，套用几十年前那句“有条件上，没条件创造条件也要上！”的话，现在不少地方开发旅游是“有资源上，没资源创造（制造）资源也要上！”气壮山河，其情可悯。但热闹多在山水风光与现代游乐上，对深层文化开发则少有兴趣，即是有，也往往停留在人们熟悉的几个因戏曲或传说而闻名的地方和人物上。众人抢食，于是争地名者有之，争人物者有之，争项目者更有之，而对中华民族最为丰富的古文化资源则漠视之。此前，我在仰韶文化遗址上就深有所触，几乎高喊：“不要冷落了祖先！”

提起仰韶文化和仰韶遗址，很多人都听说过，特别是近些年“仰韶”二字因仰韶酒的带动，已经风行天下。但如问那些手捧酒杯大发酒兴的人，仰韶何处？仰韶文化何哉？我相信十之八九会无言以对或答非所问，这不能说不是一种悲哀，因为仰韶文化对中华文化的发展乃至整个人类的文化发展太重要了。

仰韶文化是以地名而名之。仰韶村在河南省渑池县，距县城九公里。上世纪初，在中国没有发现新石器时期文化遗址之前，有些外国专家武断地得出“中国没有新石器时代文化”的结论，好像中国发展史链条断裂，缺少一环。1921 年在仰韶村发现的一些石斧、石凿之类石器，引起考古人士的注意。同年 10 月，经当时的北洋政府批准，由瑞典学者安特生和中国学者袁复礼、陈德广等进行了首次发掘，出土了一批器物。按照考古学惯例，把首先发现地作为这一文化类型的名称，故名“仰韶文化”。

仰韶村北有韶山，东、西、南三面环水，地处缓坡台地之上，依山临水，在古人眼中实为一块穴居求安的风水宝地。遗址总面积三十万平方米，文化层厚二至四米，出土器物有石器、骨器、蚌器等。其中用于农耕的有石斧、石铲、石凿、石锛等，用于狩猎的有石镞、石饼、弹丸等；用于纺织的有线坠、纺轮、骨针、骨锥等；生活用品有陶鼎、罐、碗、盆、钵、瓮、杯、缸等。此地出土的陶器上有彩色图案，纹饰有宽带纹、网状纹、花瓣纹、鱼纹和几何纹等，反映了先民们的审美意趣，故又被考古学家命名为“彩陶文化”，所以此地又包含有“龙山文化”遗存。

仰韶村至今已有三次有计划的发掘。除安特生、袁复礼等人的第一次发掘外，1951 年 6 月至 7 月初，在中国著名考古学家夏鼐主持下进行了第二次发掘，1980 年至 1981 年由河南省文物研究所和渑池县文化馆联合进行了第三次发掘。仰韶文化遗址作为黄河文化、华夏文化乃至东方文明、人类文明的活源头，自发现之日起即闻名于世，被中外考古界誉为“文化圣地”。它宣告了“中国无新石器时代文化”论的破产，填补了中国文化发展史上的空白。

我们的祖先如此辉煌的文化遗产，如今被冷落了，几乎不在旅游界的视线之内。上月初，我从洛阳出发，驱车直抵豫陕山交界处之潼关和老风陵渡口，回程参观了函谷关和三门峡水库，而后在渑池停留。想象中这边定另有一番盛况，却出乎意料地经历了一番艰难。先是在县城找不到通往遗址的路径，后来找到了又为建房的灰沙堵塞，好不容易找到一条通道却看不到任何路标。我们一面走一面问，在晒满玉米秆的水泥路上来来回回绕了近一个小时，终于走完了这段本不遥远的九公里路程。

仰韶村是个二十多户人家的小村庄，很安静。仰韶文化遗址位于村边，有一个花圃、一排作为陈列室的简易建筑和一座袁复礼的塑像。遗址地面因发掘而沉降，我走下台阶时，几只小猪正在花圃中觅食，毫不畏人。听到陈列室内有人说话，我循声走进陈列室，原来一位老者正给两个参观者讲解。后来我与老者交谈，始知他是村上的农民。他说，现在这个文化遗址交由村民管理，村民们每年竞标一次，谁中标谁管。今年他投标一万七千元，中了标。中标后立即拿出一万七千元，当场分给各户。我问能否收回这笔款，他说问题不大，因为参观者还是有的，每人每次收取十元，一年下来还是会有一笔收入。我问这里为什么不再进行开发呢，他说早听说过政府要开发，但未见动静。老者又陪我到周围看了看，四处有不少像是开凿过的陡壁，老者告诉我这是古人开掘的洞壁，是母系氏族社会时代的竖洞留下来的，大约已有五千年了。

这就是我们祖先的居处啊!

“热闹旅行路，此地独寂寞。”离开时，我只能空发一番感慨。

2006 年 11 月 18 日于广州丽江花园

乌衣巷的儿女们

现今秦淮河上有一座文德桥，夫子庙在桥这边，乌衣巷在桥那边。

文德桥不是中唐诗人刘禹锡诗中的朱雀桥，六朝时它仅为浮航，1585 年始建桥，桥名取“文德以昭天下之意”，今桥为 1998 年翻建。游人多因游夫子庙而来，许多人不过桥，与这边人头攒动的景况相比，乌衣巷那边似乎清冷许多。我走上桥，乌衣巷北口大门门首的石刻“乌衣巷”三字，豁然跳进眼帘。我不禁怔了一下，一种迷茫的历史距离感猝然退去，像一片黄叶掉进秦淮河的幽光里。

这就是乌衣巷了！像许多人一样，我对乌衣巷的兴趣大多来自刘禹锡那首怀古七绝。“朱雀桥边野草花，乌衣巷口夕阳斜。旧时王谢堂前燕，飞入寻常百姓家。”如今这首诗正刻在巷口左侧一通毛体狂草石碑上，许多人也许因为赶路，只在碑前看看就走了过去，似乎身边的古巷比不上夫子庙的小吃和秦淮河的彩船更有吸引力。我走进古巷。说它古，是因为它的历史。其实它也是 20 世纪 90 年代翻建的，想来很多建筑的年代不会很久远。巷子不长也不宽，古老的石板路两侧，店铺相连，有售民间工艺品的，有售咸水鸭的，有售风味小吃的，有售江南丝绸的，甚至还有售比萨售汉堡售奶茶的，济济铮铮，自有风情，但似乎少了真正的主角——民居，令人很难想象当年曾使小巷宣赫于世的高门士族的生活场景。进巷口不远，倒是有一座“王谢古居”，这座所谓的古居，可能是游客不多的原因，售票窗紧闭，我敲了许久，才有一个老者在院子里喊我进去，让我到他身边购票。院子不大，里面的“鉴晋楼”“来燕堂”也是翻建的，其规模只具象征性。不管怎样差强人意，但保留这块特有的地方和地名，还是有意义的。虽然不可能看到过去的景象，但双脚实实在在地踏在这块土地上，就有了一次接近和触摸历史的体验。

乌衣巷这个名字蕴含的历史，太丰富了。从得名起，至今大约已经两千年了。

南朝宋代曾任棘阳令的山谦所著《丹阳记》载：“乌衣之名，吴时乌衣营处所也。”东吴孙权的军队着黑色军服，驻扎在秦淮河北岸以拱卫京都的营地称“乌衣营”，此即乌衣巷的来历。东晋之后，乌衣巷因辅佐司马睿建立东晋王朝的宰相王导与谋划淝水之战大胜、中兴晋室的宰相谢安及其世族子孙，绵延近三百年居住于此而声名远播，并留下许许多多兴衰浮沉、变幻无常的故事。可以说，乌衣巷的历史，主要是王谢两大世族在这里延续三百年的历史。

王导与谢安功高权重，青史昭昭，他们的儿孙也冠盖如云，身为太傅、仆射、尚书令、大司马、大将军、太守、刺史等重臣高官，或建功立业、史书有踪可循者不乏其人。但最为后人称道，为中国文化发展发挥过重大作用者，则莫过于王羲之与谢灵运，一位是“书圣”，一位是诗派“鼻祖”，所谓“王家书法谢家诗”，即以此二人为代表。有了这书这诗，乌衣巷就给中华文化增添了更多风采!

王羲之是王导的堂侄，是东晋开国之君司马睿的表兄弟，父亲王旷曾任丹阳太守，管辖地区就在金陵一带，其出身之贵可以想见。《晋书·王羲之传》云：“羲之幼讷于言，人未之奇。”非神童也。相传他七岁学习书法，先得其父王旷之学，后又拜叔父王廙和卫夫人为师，勤练苦研，终得大成。王羲之性情直正，以“长辨瞻以骨鲠称”。他曾在乌衣巷王导宅中，坦腹东床，不事矫饰，反被选婿的太尉郗鉴选中，并留下“东床快婿”之美谈。他大半生在官场度过，由秘书郎初仕，又由护军将军改授右军将军、会稽内史，故世称“王右军”。这位右军将军实际不带兵，对国家命运发挥不了多少作用，后称病辞官，过起退隐生活。

王羲之在政治上军事上虽无大作为，但在文化上特别是书法艺术上，却达到前无古人、后无来者的境界，是一座迄今无人逾越的丰碑。他五十一岁在会稽内史任内，与人在兰亭聚会、修禊而写的《兰亭集序》，是他的代表作，被后人称为天下第一行书。他的《快雪时晴帖》，被清高宗乾隆列入“三希堂”之宝。另外“二希”则是他儿子王献之的《鸭头丸帖》和王导之孙王珣的《伯远帖》。乌衣巷王家自王导、王廙起，书法名家辈出，仅《淳化阁帖》即收王氏一门书法作品二十一幅之多。

乌衣巷谢家在文化上不逊于王家，特别是谢灵运的山水诗。谢灵运略晚于王羲之，他是指挥淝水大战的谢玄的孙子，谢安的从曾孙。谢玄因功封康乐公。谢灵运幼时生活在上虞及杭州，十五岁那年因逢孙恩之乱，入住建康乌衣巷。当时谢安之孙、晋陵公主夫婿、晋安帝重臣谢混住乌衣巷，其权势与气派可想而知。谢灵运自幼多受宠爱，娇纵惯养，来到朱雀桥边这座门排画戟，堂列犀簪的大宅，生活在绮襦纨绔、钟鸣鼎食的环境里，又因诗才而受到从叔谢混的特别器重，可以想象他是如何打发优渥日子的。《南史》载，他“性豪奢，车服鲜丽，衣服多改旧形制，世共宗之”。这就是说，他不仅看重衣着，还要改变形式，创立时尚，引导新潮流。他出入时要“四人洁衣裙，三人捉坐席”，被时人编入歌谣传唱，甚至被沈约写入《宋书·五行志》。谢灵运二十岁袭康乐公，曾任员外散骑侍郎、卫军从事中郎、太尉参军、秘书监、永嘉（今温州）太守等。他恃才傲物，处事狂悖而妄热，又在晋室与宋室及宋室内部的权力斗争中，三次“站错队”，致埋祸根。

东汉末期，天下纷争，在急剧变化的政治旋涡中，名士少有全者。人们为了避乱求生，追求一种玄空的思想意识，不讲政治，沉于玄谈，“竹林七贤”就是这股思潮的代表人物。这些人把极端化了的经学与老庄之学引入诗作，诗歌写作逐步脱离建安诗风，玄言诗随之而兴，逐步占据诗坛。东晋政权建立之后，由于江南地理条件与中原不同，渡江士族在一种全新的“千岩竞秀，万壑争流，草木葱茏，云兴霞蔚”景象中，一方面思念故园，回味着国破家亡的惨痛，一方面不能不产生对杏花春雨江南的热爱——热爱山水，欣赏山水，品味山水，从而描写山水的山水诗产生了。谢灵运是其中的代表人物，并将山水诗带入文学史，是山水诗公认的“鼻祖”。山水诗打破了玄言诗的桎梏，排除说理论玄，也不以寄情言志为主旨，注重客观描写，表现方法是自然主义的。谢灵运以写赋的原理写诗，喜用并偶铺叙，加以声色，博喻酿采，使树影山色、云容花貌尽入诗行，气象高远华贵。如诗句“春晚绿叶秀，岩高白云屯”“云日相辉映，空水共澄鲜”，形象鲜明，意味清新，一反玄言诗的僵硬与干枯。大诗人鲍照称，谢灵运五言诗如初发芙蓉，自然可爱。这“自然可爱”四字，可以说是对谢诗的定评，山水的自然美酿造出的艺术美，把山水诗推向了一个艺术高度。

乌衣巷谢家不只出了一个诗人谢灵运，当时还有“二谢”“三谢”之说，“二谢”指谢灵运和谢惠连。惠连为灵运之族弟，少灵运很多，但灵运“唯重惠连，与为刎颈交”。“三谢”之说，加之谢朓。谢灵运与谢朓还有“大小谢”之称，李白诗句：“蓬莱文章建安骨，中间小谢又清发。”中间小谢指的就是谢朓。谢混也是个重要诗人，这位族叔不仅关照着谢灵运的生活，还对谢灵运的创作产生过重要影响。不幸这四位诗人的命运结局都不好，除谢惠连早逝之外，其他三人都是在复杂的政治斗争中死于非命的。在“六朝金粉”下面的政治动荡中，文人常常成为政治牺牲品。鲁迅说，《文选》中的作家有一半不得好死。从嵇康、陆机、潘岳，一直到谢灵运、鲍照、王融、谢朓，莫不招致杀身之祸。

谢王两家在统治集团内部争权夺利引发的社会动乱中，都死了不少人。谢家死的不仅仅是几个诗人。才女谢道韫和谢家一批人都在孙恩叛乱中被杀。谢灵运的母亲是王羲之的外甥女，王羲之的弟弟王凝之的妻子是谢道韫，历代王谢家族有千丝万缕的联系，两家命运相同。身为皇亲国戚、勋相重臣的王家人死得不比谢家少，有罪死，无罪也死。宋明帝时，王彧的妹妹王贞凤是皇后，王彧被任命为尚书左仆射，执掌朝政。他深知“福兮祸所伏”的道理，本不受，宋明帝却非要把他推上这个高位不可。至宋明帝将死，特下诏书说：“朕不谓卿有罪，然吾不能独死，请子先之。”于是王彧饮所赐毒酒而亡。类似的情事，在乌衣巷王谢家族中反复出现，也许这就是乌衣巷的宿命吧！

乌衣巷王谢两家历经南朝兴亡事，具有幽默意味的是，他们还见证了南朝最后一个朝代的灭亡。当隋军攻克建业，那个还在听《后庭花》的陈后主陈叔宝身边只剩下江总、王宽及爱妃张丽华。王氏门第的王胄、王宽和谢氏家族的谢贞，都是南朝谢幕的见证人，也是王谢堂前燕子飞去的见证人。

我从乌衣巷走出来，华灯初上，秦淮河流光溢彩，船影浮动，桨声与笑声洒满一河。乌衣巷那边有些黯淡了，刚刚在我心中翻动的历史，又被夜色遮断。

2012 年 7 月 10 日

去听鹤唳

近年兴起的华东五市游，必到上海，到上海又必到七宝古镇。有人说，十年上海看浦东，百年上海看外滩，千年上海看七宝，信也。七宝古镇位于上海西南郊，原属松江，现属上海市闵行区。看看高度现代化的浦东，看看当年曾是“十里洋场”的外滩，再看看粉墙青瓦的古镇窄巷，一幅色彩对比强烈的历史画卷就徐徐展开了。

也许在拥扰而来的游客中，没有人会注意这幅画卷，他们在历经沧桑的画布上涂抹一分嚣闹，匆匆而过。

七宝古镇有江南水乡的风味，横汇塘环绕南北，蒲汇塘横贯东西。蒲汇塘上的塘桥和其他几座石拱桥，把古镇点缀得古朴而又妖娆。塘桥是古镇的中心，自塘桥北堍起至钟楼广场约三百步，为之北街；自塘桥南堍起向南伸展约两百步，为之南街，两街相连统称之为老街。老街是一条宽约丈余的石板路，两侧楼堂多为老建筑，虽铺肆相接，顾客涌动，但置身其中仍有一种隔世之感。

我来到老街，在无数代人走过的石板路上忽生一种寂寞。人流簇拥着我，听着卖东西的和买东西的人的问答，看着迷离的五颜六色的物品，一直向北走去。北街口外面是钟楼广场，广场牌坊旁有石碑。石碑是近人立的，上面记述了近年修葺老街的经过和民间关于七宝的传说。

停在石碑前，碑文上的一个名字——陆机，映入我的眼睛，并立即有一声划破晴空、悠远绵长的鹤唳飘过耳畔。读过《世说新语》的人都知道陆机在临刑前说过的那句话："欲闻华亭鹤唳，可复得乎！"哦，原来陆机的故乡在这里!

陆机是个悲剧人物，他以文章与书法名于后世，却因战场失败受刑而死。

今之上海松江即陆机的原籍吴郡吴县华亭。陆机为世代簪缨贵胄之后。祖父陆逊为三国吴名将、孙策之婿，曾与吕蒙定计杀关羽，夺荆州，又利用顺风纵火之势，败刘备，取得夷陵之战的胜利，官至丞相。父陆抗，也是三国名将，孙皓为帝时，曾任镇国大将军、大司马。在家庭影响下，陆机少时即为牙门将。公元 280 年，司马炎亡吴，十九岁的陆机和弟陆云，为避乱回到家乡华亭闭门读书，勤学十年，学问日臻，文采蕴藉风流。但他放不下的是建功立业，虽天移地转，亦欲在新朝一露峥嵘。太康末年，他与弟陆云同至都城洛阳。也是陆机机灵，与时下善炒作善走门径之徒相似，一到洛阳就献文首拜太常张华，经重爱力推，文才一时倾动京华，与弟时称"二陆"，后任平原内史，世称陆平原。有名有位，日子可说过得可以，但陆平原不满足于这个不能伸展抱负的"内史"职位，仍想效命疆场，以立不世之功勋。西晋是个短命的动荡不安的王朝，不乏机会。不久，八王乱起，陆机投靠在成都王司马颖帐下，任河北都督。晋惠帝太安二年（303年），成都王司马颖举兵讨伐长沙王司马乂，陆机任前锋都督，于洛阳七里涧大败，史称“河桥之败”。长史卢志诬陷他叛变谋反，被司马颖斩杀，并夷三族。临刑，陆机解戍衣，着衣幞，形貌自若，遂有华亭鹤唳之喟叹。故国之思，本常有之，早在他任河北都督时，闻警角之声，亦对身边人说：“闻此不如华亭鹤唳。”可知怀恋故乡和清读生活之情已久，但不知早退，致罹难。

陆机死时才四十三岁。文章千古事，沙场上的一个失败者，文场上却是一座丰碑。今天，洛阳有一座王城公园，原是周王城所在地，西晋也在此建有宫殿。涧水从洛阳流过，在靠近王城公园处有一道桥和一个名为七里河的地方，我多次到过这座河桥，曾想这里可能就是陆机“河桥之败”的地方，也可能是失败被杀的地方。他死在涧水边的刑场，他的文学事业却如涧水一直流传至今。

陆机是西晋太康、元康年间最负盛名的文学家，今存诗歌一百〇七首，赋二十七篇，在古代作家中属留存作品较多者。他的创作风格，多拟古，重用典，喜排偶，善骈文，用词华美深奥，雕凿堆砌，后人对其作品不无批评，但他的骈体文与排偶倾向，对后世不无影响，可以说他是骈体文的开创者。他的《赴洛阳道中》《辨亡论》《吊魏武帝文》等，均有经典意义。特别是他二十岁时写的《文赋》，系统探讨文学创作的规律，对灵感、构思与想象提出独到精辟的见解，述前人之未述，论前人之未论，影响了刘勰的《文心雕龙》，对后世为文者有很多启迪，是中国文学批评史上第一篇完整系统的论著。

才华灿然的陆机还是中国古代重要的书法家，他的《平复帖》流传至今，是今人能够看到的最早的古人真迹，故有“第一帖”

之称。《平复帖》是封向朋友报告病中复康状况的信笺，只有九行八十四个字。全帖古拙质朴，刚劲洒脱，表现出浓重的隶草风意，却又没有分明的隶书波磔，字体介于章草今草之间，透出草书演变的一段脉络，在中国书法发展史上具有不容置疑的重要地位。

七宝古镇的历史，可以上溯自一千七百年前的陆机。

石碑载："吾镇因七宝寺而得名。"何来七宝寺？这与陆机大有关系。陆机、陆云被杀后，其后裔在家乡陆宝山上立香火祠，名陆宝院，后更名陆宝庵。五代十国时，建立吴越国的钱镠到此巡游，驻陆宝庵，赠吴妃用金粉书写在蓝色绡纸上的《莲花经》一卷，后建寺，名七宝寺，宋真宗大中祥符元年（1008 年），定名七宝教寺。七宝镇即由此得名。七宝者，《莲花经》当为一宝，其他几宝不详。现今民间传说中的七宝，包括飞来佛、氽来钟、神树、金鸡、玉斧、玉筷等。均为后人牵强附会之说，不足为信。

七宝教寺与七宝镇几经圮毁及修复重建，历千劫而重生。抗日战争期间这里曾是中国军队抵抗日本侵略军的战场，清末建筑的老街，所幸保留下来。日寇侵沪期间，七宝教寺僧冒死将《吴妃手抄金字莲花经》保存下来，现存上海市历史博物馆。如今的七宝镇已经向外拓展，面积远远超过老街，作为国际大都会的上海一角，四周都是现代化的街市与建筑，地铁也早已通达。这块"古代保留地"像一个历史标本，镶嵌在现代都市中，让衣着时尚的游人认真体验一下"穿越"的滋味。

钟楼广场的牌坊两侧有副对联："长街还带宋时雨，小巷犹听大明钟。"似在召唤思古之幽情。其实走过老街不需要雨声或钟声的召唤，人们自自然然就会融进一个古老的地域与时代。那当铺、铁匠铺、竹器铺；那七宝方糕、七宝羊肉、熏癞蛤蟆、拆蹄、团子、酒酿糟肉、糟鱼和七宝老酒，都使人若隐若现地看到前人的衣襟和迷离朦胧的江南杏花雨。但在嘈杂的流行乐中，谁还能听到“华亭鹤唳”呢！

“华亭鹤唳”只留存在陆机的梦中与悲叹中。

2012年7月3日于广州丽江花园

有情不知故园老

读过陆游《钗头凤》一词的人，大都知道绍兴有一个沈园。如今，绍兴城里的那个沈园依旧在，只不过外地的游客不太留意。绍兴的名人确实太多，留下的名胜地也确实太多，一千多年来几经兴废，近百年来几近圮毁的沈园不为世人所知，实不为怪。这次我到绍兴，也是偶尔在鲁迅故居旁边看到一个路标，才知沈园就在附近。根据路标所指，穿南街，经禹迹寺古井，过桥转入洋河弄，找到了沈园。

沈园本为沈氏旧业，宋时为绍兴城内著名园林，占地十余亩，池台极盛，至中华人民共和国成立前夕，故园仅存一隅，遗址上只有两个池塘和葫芦池边的假山。1987 年，政府拨款重建，现已初步恢复故园规模。新建孤鹤轩、冷翠亭、冠芳楼、半壁亭、宋井亭、六朝井亭、闲云亭和双桂堂，错落有致，典雅凝重，与园内花木池塘相辉映，古趣盎然，颇具宋代园林特色。

双桂堂辟为陆游纪念馆。沈园是和陆游分不开的，陆游也是和沈园分不开的。沈园以陆游之诗词而播名，陆游以沈园的景物而寄情。一个情字，贯穿了伟大诗人坎坷的一生。

双桂堂前有一副夏承焘书题的楹联：

禹迹问遗迹，犹传临水惊鸿句；
燕然寻梦路，未死冰河铁马心。

这对楹联也道出了一个情字。上联说的是儿女情，下联说的是报国情。

陆游不单生长在一个内忧外患的时代，还生长在一个变故迭起的家庭。生活给他的感遇，使他成为儿女情长，英雄气亦长的人。

陆游生于1125年，也就是北宋“靖康之耻”的前一年。二十岁时，他与表妹唐琬结婚，婚后夫妻感情甚笃，但因母亲不容唐琬，遂被迫与唐琬离异。后来唐琬嫁赵士程，他另娶王氏，但他一直怀念唐琬。1151年春天，他游沈园与唐琬邂逅，唐琬置酒款待。此情此景，感慨无限，于是题壁写下千古绝唱、中国第一情诗《钗头凤》：

红酥手，黄縢酒，满城春色宫墙柳。东风恶，欢情薄，一怀愁绪，几年离索。错，错，错！

春如旧，人空瘦，泪痕红浥鲛绡透。桃花落，闲池阁，山盟虽在，锦书难托。莫，莫，莫！

唐琬读后，五内俱焚，和诗一首：

世情薄，人情恶，雨送黄昏花易落。晓风干，泪痕残，欲笺心事，独语斜阑。难，难，难！

人成各，今非昨，病魂常似秋千索。角声寒，夜阑珊，怕人寻问，咽泪装欢。瞒，瞒，瞒！

不久，唐琬抑郁而死。从此，沈园变成陆游心中的一块净土，一座祭堂。

四十年后当陆游在生活的旅途中遇到那么多打击与挫折，带着满腔壮志难酬的义愤回到故里时，又来到沈园。园已易主，但他的《钗头凤》却刻于石上。回首往事，读之怅然，于是又写下了这样一首诗：

枫叶初丹槲叶黄，河阳愁鬓怯新霜。
林亭感旧空回首，泉路凭谁说断肠。
坏壁醉题尘漠漠，断云幽梦事茫茫。
年来妄念消除尽，回向禅龛一炷香。

陆游晚年蛰居绍兴偏门外三山，进城时常登禹迹寺门楼，眺望寺南的沈园。禹迹寺与沈园仅隔一条小河，园内景色尽收眼底，1199年，也就是他七十五岁的时候，又吟出了这样的诗句：

城上斜阳画角哀，沈园非复旧池台。
伤心桥下春波绿，曾是惊鸿照影来。

这“惊鸿照影来”指的就是唐琬。

1205年，陆游已经八十一岁了，还曾游沈园，写下怀念唐琬的绝句两首，其中一首是：

城南小陌又逢春，只见梅花不见人。
玉骨久成泉下土，墨痕犹锁壁间尘。

直到八十三岁，也就是他逝世的前两年，他还到沈园一游，留下《春游》一诗：

沈家园里花如锦，半是当年识放翁。
也信美人终作土，不堪幽梦太匆匆。

世界上还有哪一位大诗人，会像陆游这样六十年间为其所爱的人执着地书写诗篇？世界上还有哪位大情人，会像陆游这样六十年间反复到一个处所，凭吊心上人的遗踪？

陆游乃真儿郎、真英雄、真诗人也。

1992年2月

沙漠雨

在墨人骚客笔下常有沙漠遇风甚或沙漠遇雪的描写，可我从没见过写沙漠遇雨的，大约是雨与沙漠太无缘的缘故吧。不久前我在腾格里沙漠，却有幸遇到了一场难得一见的沙漠雨。

车离银川，天色阴暗，行半日车过中卫，有人就说前方是沙坡头了。昏昏欲睡的我不觉一惊，抬头向前凝视，窗外一片模糊，车头玻璃上淅淅沥沥，雨水如注，在紊乱的雨丝里，看不清稍远的地方。

雨越下越大，车好像被前面的雨墙堵了似的，终于停下。冒雨下车，一幅震慑心灵的景色展现眼前。这就是沙坡头！它雄踞黄河西岸，滚滚而来的腾格里大沙漠在滚滚而去的黄河边戛然而止，形成一个高百余公尺的沙漠斜坡，故得名。大漠与大河在此交汇，黄沙与黄水在此交融，浩浩汤汤，天地一色；云腾雾罩，气象万千；沙坡头独立于黄河与大漠之间，仪态从容而庄严。雨仍在下，晃动的雨帘给周围的景象涂上一层空茫、寂远的色调，令人感到如入传说之秘境，倏然忘机。当地人说，来人有福了，百年不遇的雨，让你们赶上。四万多平方公里的腾格里沙漠边缘，年降雨量只有一百八十毫米，今天一起下给你们看了。

我向沙漠深处走去。边缘是一个受到联合国表彰的治沙林场，从 1958 年开始治沙至今，林场已有相当规模。在这里，沙漠向深处退走，红柳、沙棘之类植物绵延伸展，由于雨的帮助，枝条上辉映着的翠色染绿了半个天空。电瓶车沿着林间道路行驰，毕竟治沙的事业非常非常漫长，行约数里，绿色渐浅渐远，绿树变成黄沙，连天空的颜色似乎也无情地变了，黄色，黄色……仔细看却不是天空，而是与天空连成一片的沙漠。这沙漠多大啊，把天都挤走了，挤破了。腾格里大沙漠豁然展现于面前，我不禁喃喃着："沙漠，沙漠！"像第一次看到海，忍不住想向一个空漠的神祇膜拜。人们常常把沙漠和戈壁看作一对孪生兄弟，但沙漠不似平展无垠的戈壁滩，它起伏不定，变幻无穷。腾格里由无数十至三十米高的沙丘链组成，从遥远的内蒙古阿拉善左旗滚滚南下。由于它的沙层厚达一百二十米左右，厚度在世界沙漠中首屈一指，又被称为沙漠之王。我在雨中欣赏着这个沙漠的王者，它的威仪令大雨无声，不要说喧嚣了，连一点点热闹都没有；沙漠雨没有雨脚，雨点像被沙吸附着，激不起一点水花。沙面上没有滴痕，没有水注；雨再大，也留不下一丝痕迹。雨悄悄地化成湿气，把沙的颜色染深，把沙的表层结硬，这帮助了沙地漫步的我，脚步没有陷进沙里之虞。我走在因雨而结实了的沙脊上，沿着蜿蜒的丘链前行，十分惬意。毫无规则的沙丘接连不断，在随意挥洒的沙丘链牵引下，变成巨大的迷宫。风在这里是有形的，看着沙丘尖脊，似看到风的具象，看到凝固的风；风雕刻了沙丘，也雕刻了它自己；风和沙丘流动着，这些雕像千变万化。由于开放，如今这片沙漠新增一番热闹，但一些游乐节目，因雨而暂停。原想骑的骆驼没有了，黄河上的羊皮筏子漂流可能也是没有的了，我只有向沙漠深处走去，时而下到沙谷，时而爬上丘脊。我在一株沙柳前站立良久，那沙柳的枝条竟摆动起来，是被浪涛推动着的那种摇摆，我的身子不觉也随之而漂浮。浪涛在我身下，无边的寂静里传来沙声、涛声和歌声。是沙在唱歌吗？是一首熟悉的歌，是多年前的一首歌：

沙漠像黄海海浪，
咆哮奔腾到远方，
蒙古包似起伏的海岛，
骆驼在那里徜徉。
月光下，有人燃起野火，
悠然悲壮歌唱——
我们要生活，就要奋斗，
沙漠是自由幸福家乡。

不知是谁写的歌，总是一种生活记忆吧。许多人的生活与沙漠发生过联系，许多故事和许多在诗中被吟诵的景观与沙漠有关。“大漠孤烟直，长河落日圆”。这次，虽然我没有看到大漠落日，没有看到烽火台上狼粪燃起的孤烟，但心里却闪现着诗的意象。风沙漫卷历史画卷，蒙恬在画卷中走过，卫青在画卷中走过，许许多多留下名字和没有留下名字的将军、士兵、僧人、商人从画卷中走过，但金戈铁骑，贩夫走卒，厮杀声、驼铃声和累累白骨都在空旷的沙原上消失了，消失得像沙漠雨，不留一点声响。只有王维这两句诗跨越千年，仍在风沙中轰鸣。我沿着沙丘链沉思，听到有人说话。忙于拍照的陈实和小庞从沙丘后爬上来，给我也拍了张，后来走过来的小林小卢又给我拍了张，我四顾大漠，不禁暗自笑了：我想在这无数前人不留一点痕迹的沙漠上留下点什么吗?

在许多人建功立业的沙坡头上，如今只有一座雕像——王维的雕像。也许这不公平，但事实如此!

雨小了，我在沙坡头上高大的王维雕像下徘徊。为什么沙坡头独崇王维呢? 除了那两句诗，我真想不出还有别的原因。

开元二十五年（737 年）河西节度副使崔希逸战胜吐蕃，唐玄宗命王维以监察御史身份出塞宣慰，察访军情。王维路经此地，写《使至塞上》诗：

单车欲问边，属国过居延。
征蓬出汉塞，归雁入胡天。
大漠孤烟直，长河落日圆。
萧关逢候骑，都护在燕然。

河西节度使治所在凉州，即今甘肃武威。王维出塞宣慰，实际上是被排挤出朝廷，心情不好，路经今中卫市一带地方，侦察兵向他报告，他要慰问的守将不在，遂写此诗。他在诗中自比漂泊的“飞蓬”，表达内心的激愤与抑郁，但他面对眼前景色描写沙漠和黄河的两句诗——“大漠孤烟直，长河落日圆”，却成千古绝唱。这两句诗道出了此地奇特的壮丽风光，意境雄浑，千年来为人所传诵，不仅后来被大诗评家王国维称之为“千古壮观”之名句，连《红楼梦》中林黛玉的诗徒香菱也细细品出了“直”“圆”二字的妙用，赞叹不已。王维的人生不无瑕疵，如在安禄山攻占长安时曾附逆为官，如得宋之问蓝田别墅后隐居辋川以名士自视，却又贪恋官位等等，但他诗的成就却是应该肯定的。那一年心情抑郁的诗人来到塞上，一首不无牢骚的《使至塞上》，竟令一掬无名黄沙扬名海内，究是沙坡头成就了王维，还是王维成就了沙坡头呢？

这不是偶然现象，中国许多名胜都与诗人的吟诵有密不可分的关系。我想沙坡头与王维的关系，亦如王勃与滕王阁，王之涣与鹳雀楼，崔颢与黄鹤楼，张继与寒山寺，范仲淹与岳阳楼的关系吧。许多地方因文而名，因文而流传久远，这难解吗？文化是民族血脉里最重要的血液，一个民族的心理积淀最本质的成分是文化；诗歌强于兵器，文功重于武功，这就是为什么率兵数十万击退匈奴铁骑，先后收复河南（今内蒙古河套一带）的秦代大将蒙恬和汉代大将卫青的功绩早已被黄沙掩埋，而诗人的佳句得以广布流传的原因。

我流连在王维雕像旁。雨还在下，我在沙坡头看到了一场罕见的雨。

2007年10月7日于广州丽江花园

灵性青海湖

俗话说，“到青海不到青海湖，等于未到青海”，可见青海湖在人们心中的地位。到了西宁，友人说青海湖海拔四千二百五十米，我的身体可能不适应，还是不去为好。我谢绝了友人的好意相劝，毅然坐上大巴，执意要到心仪已久的青海湖去。车过日月山，又行约两小时，眼前出现了藏胞的帐篷和羊群，我从草原的风中嗅到了湖的气息。

青海湖近了，一带蔚蓝色的湖光悬在空际，像一片透明的水晶。走下客车，刚迈上一个缓坡，湖面突然伸展着向我扑来，我惊住了，惊异于天空般澄碧的水，更惊异于雪峰般渐渐浮起的云。

我站立湖滨静静地注视着，近处波平如镜，广阔的湖面凝重得没有一丝笑纹；远处，站立在水上的白云晶莹剔透，似冰似棉又似纯银，在动与不动之间，悠然地聚散着舒展着变化万千。自古以来，青海湖的云同青海湖的水一样有名。唐代诗人王昌龄有句诗“青海长云暗雪山”，把云的悲凉悲壮传递千年，但如今我看到的云却把一缕柔情带进我的心里——我想起儿时的云。

儿时在故乡，我喜欢坐在河边的黑石头上看云，有时也仰躺在麦苗地里看云，故乡的云洁净而美丽。一个几岁大的孩子，有时会呆立村口看云从伏牛山背后慢慢升起的景象，专注而痴迷，一忽儿看到牛角挂书的王冕，一忽儿又看到垂泪上马的昭君。村里最美的姑娘出嫁时也像昭君那样流过泪，花轿像云一样在我眼前飘动，凤冠霞帔装扮得戏中人似的姑娘在起轿时暗暗哭了。后来，我躺在麦苗地里凝望着天上的白云，为她编出许多故事。也许这就是我最初的“创作”。……这时，眼前湖面上的云低了、重了，颜色由雪白而灰而青进而叠成堆堆墨玉，紧贴着已变成墨蓝色的水面滑动，飞越湖中的一带青山，卷动着，腾跃着，向我扑来。我跑进一个亭子避雨，一阵大雨过后，我望着闪出金光的湖面遐想：我仍是那个大雨过后坐在窗前观看雨丝颤抖的孩子吗？

云收了，留下一片浩渺的湖水，我沿着湖岸走进伸入湖心的“二郎剑”沙洲。离水边不远的沙丘上有一个圆锥状的玛尼堆，我走过去绕了一周。藏语称玛尼堆为“朵帮”，多设村口、路边或湖边，用于禳灾、镇邪和求福。我用手摸摸玛尼堆上的玛尼石，似乎每块石上都写有大明咒六字真言、经语或吉祥图案。几个绕湖朝拜的藏民匍匐着从旁边经过，我被他们的虔诚深深感动。我在玛尼堆旁坐下，面对大湖，几个同来的女孩子笑闹着在湖边呼唤，好像在叫我，我没有听清楚，声音离我越来越远，我似已步入六字真言的秘境与灵域。“嗡、嘛、呢、叭、咪、哞”，这源于梵文的“六字”，据说象征一切诸菩萨的慈悲与加持，观世音菩萨就是持此咒而修成佛的。从字面解释，这六个字的意思是：“如意宝啊，莲花哟！”也有人作诗意解释：“好哇，莲花湖的珍宝！”我被这玄妙的意蕴攫住了，望着朦胧的湖水无意间喊了一声：

“好哇，青海湖之灵！”

好像是回音，几个女孩子中的一个在水边惊呼道：“快看，快看那水！”我循声望去，惊住了，震栗了，只见湖面突然由蔚蓝变成了银绿——一种掺了银粉的绿色，须臾银绿转成银白，整个湖面像一池水银，水波不兴，毫光四射，站立在岸边的几个女孩变成了贴在湖边的剪影，她们惊呼、跳动，黑色的背影像几只飞燕，在沙滩与湖面之间闪跃。天空阴暗下来，湖面却分外明亮。一带阳光斜射，水面的颜色变幻莫测，由边岸推移，自近而远是层叠的银灰、银绿、翠绿、浅蓝、碧蓝、瓦蓝、墨蓝，构成一条彩色的阶梯。更奇妙的是这阶梯突然竖立，像一道湖水筑成的彩色的墙，向我逼来。万籁俱寂，除了那个让我看水的女孩发出的微弱呼唤，四周没有一点声响，一切都静止了，那个女孩的声音我本是熟悉的，但此时我也分辨不清了。过了一分钟，时间或许更长或许更短，像墙一样站立的彩色湖面后退了、淡化了，四周又有了人声和鸟鸣。湖面的色彩退去，临山脚处的湖水已成墨色，一道雨帘垂挂下来。

我无法说明我在青海湖感受的这一切，但我深信青海湖是有灵性与灵气的，它是个灵湖，理应得到人们的崇敬。

浩瀚无边，天水相连，面积约四千五百平方公里的青海湖，曾在我的想象中出现过千百次，但当我真实地站立在它的面前，我却无言了，我感到在它的圣洁、博大、深邃面前，我的话是苍白的。

在距今一百万年前的第四纪造山运动中，因日月山异峰突起截断古黄河之水，遂形成这个内陆湖。它虽没有大海古老，但它是中华民族的脐血凝聚而成，与一部伟大的波澜壮阔的历史相连。古藏语称青海湖为“赤雪甲姆”，“甲姆”的意思为“王母”，“赤雪”的意思为“吞没万帐”，这说明在某个时候它风急浪高，曾经吞没过成千上万的账房与人畜，后西王母制伏洪水，被奉为青海湖女神，也称西海海神。这是传说，藏汉民族的不少传说和神话人物是两族共有的。从唐玄宗天宝十年始，历朝历代都祭西海海神，并成为华夏三大祭——祭海、祭黄帝、祭孔子——之一。现于“二郎剑”历代祭海处，尚有海神亭一座。令人忧虑的是近几十年青海湖的面积已大为缩小，并受到污染，负有盛名的鸟岛现与陆地已几近连在一起，著名而多产的鳇鱼，已不多见。

阵雨过后，水晶般的云堆从湖面，从山后，从铺满蒿、针茅、耐碱草的广阔草场升起，我忧郁地注视着湖面，我还能再看到你吗？你这个灵湖！

2007 年 10 月 20 日于广州丽江花园

羌笛声悠

唐代著名诗人王之涣只留下六首诗，尤以《登鹳雀楼》与《凉州词》脍炙人口。有这样一个故事：一日，王之涣与高适、王昌龄到酒店饮酒，三人私下约定以伶人演唱各人所作诗篇之多少，定诗名高下。后伶人中最美的女子唱的则是《凉州词》：

> 黄河远上白云间，一片孤城万仞山。
> 羌笛何须怨杨柳，春风不度玉门关。

《凉州词》我自蒙童初读，喜爱至今，诗中雄阔苍凉的意象与委婉蕴藉的情调，给予我无穷回味。但羌笛者何？多年来一直是我心头一个不解之谜。

今年春节期间与友人往九寨沟旅游，终于一睹羌笛真容。冬天往九寨沟，似乎不是个好时候。女儿说，九寨秋色最美，意思是秋天的九寨五彩缤纷，何必在冬季去看一片白皑皑的雪呢？但我去了，在无边的寂静中，在极目的洁白中，我亲近我体味了一次极美的雪景。在水晶般透明的空气中，在纯净得没有一丝尘污、没有一丝挂碍的天地间，极目远去，失去远古与现实的界线，其美无可言传。

我和友人坐在落地窗前看近处的松林和松林背后峻峭雄伟的雪峰，我说这里比阿尔卑斯山还美。友人默默点点头，不再说话，不让声响损坏完美的青花瓷般的寂静。我们入住的酒店被一个巨大的玻璃穹窿覆盖，雪花在玻璃外飘落，鲜花和喷泉在大堂内绽放；从“尔玛人家”“藏族小店”走到西餐厅，好像穿越在无限的时空之间。不知道“尔玛”什么意思，询问当地人，始知是羌人的自称，这使我突然又想起王之涣诗中的那支羌笛。

晚上观看阿坝藏族羌族自治州歌舞团演出，藏族歌唱演员那高亢、宽广、嘹亮、纯净的天籁之声，像从辽阔的草原升起，又从明朗的天际飞回，缭绕着，卷舒着，令人激动与陶醉。几曲过后，报幕人报出了一个令我不禁一惊的节目：羌笛独奏《尔玛音韵》。报幕人特别介绍吹奏羌笛的鼓腮法，他说不管一支曲子长五分钟还是十分钟，演奏者均为一气吹完，中间不换气，如今掌握此种演奏法的人已经不多。

一个瘦小的穿身黑衣的男演员上场，他手中的乐器——羌笛，细小而长不盈尺，像他一样貌不惊人。笛声响起，苍凉悲壮，忽急忽徐，如歌如泣；铁戈金马，奔腾呼号。一支小小的羌笛翻飞出高山积雪，大江奔流。《尔玛音韵》述说一段千年历史，述说如今居住于当地的羌人在一次部族大迁移中，中了敌人埋伏，危难之际神给头人托梦，要他带领剩余的族人走向高山，在高山上掘井筑寨。这支羌人在岷江雪山间定居下来，生生不息，绵延至今，成了如今羌族中人数最多的一支。无法肯定《尔玛音韵》述说的故事发生的具体年月，只有语言而无文字的羌族虽没有文字历史可考，但从岷江曾有羌水之称这点判断，这支羌人的历史非常古老。

中华民族是民族融合的结晶。羌族是我国西北部一个古老的民族，主要分布在今甘肃、青海、四川一带。最早见于甲骨卜辞，殷周时已有部分迁居中原。秦汉时部落众多，有先零、烧当、诺、广汉、武都等，后又有宕昌、邓至、白兰、党项等部。有人说，古时羌族人口众多，曾占全国人口六分之一，无可考，但江统《徙戎论》说，东汉时关中有人口百余万，氐羌和鲜卑等族约占一半，说明羌人数量确实不少。羌人曾在中华民族历史上扮演过重要角色，东晋至北宋间，烧当羌、党项羌先后建立后秦、西夏政权，今日宁夏的西夏陵，就是当年西夏政权的遗迹。

我和友人是乘旅游大巴往九寨沟的。从成都双流机场到九寨沟的公路，过都江堰不久均为沿江绕山而筑。一边岷江，一边岷山，透过车窗，半山间不断闪现出座座羌寨。羌寨多为两层或多层建筑，首层石砌，上覆木楼，最突出的是矗立高空、年代超越千年的石碉楼。《后汉书》中称为“邛笼”的石碉楼，全用不规则的大小不一的石片砌成，既没有现代的水泥黏合，也不用古时的糯米灰浆嵌缝，一片一片往上砌，高可达数十米。据说，藏区的石碉楼即源于此。山寨旁边有片片农田，山麓江岸间现展出大片大片种植整齐、树干用石灰水涂成白色的苹果园。羌人以羊为图腾，原是游牧民族，如今的种植技术，亦在长足进步着。车过险山老龙头，从云端往下看，青色村寨炊烟氤氲，穹庐碉楼隐约如画，车上人不由激动起来。声声惊叹中，问题来了：村民如何取水？羌人虽擅掘井与石砌建筑，但如此高之山上能掘井吗？争论激烈，莫衷一是。车经过的汶川、茂县，已是具有相当规模的城市，现代建筑历历在目。茂县有羌族首府之称，车在此过夜，停车时还不到下午四时，我与友人想浏览城区，观赏民俗，不意由于天气寒冷，高山阴影浓重，虽时间尚早而天色已近黄昏，商店大都关门，街上几无行人。

羌族是个好客的民族，旅人进入村寨，会受到热情款待——围成半圆的锅庄康巴舞跳起来了，手举羊角的羊皮鼓舞跳起来了，最难忘的还是羌笛和围坐酒坛的咂酒与歌声。火塘明亮，青稞酒香。所谓咂酒，就是将一支吸管插在一个酒坛里，围坐而饮，边饮边歌，正如前年青年歌手大赛上获一等奖的两位羌族兄弟的情状。

据1990年人口普查统计，羌族人口为十九万八千，多居于此，黔东及其他地方的一些羌人，也说是从一个叫作“茂汶”的地方迁去的。这里正处于龙门山脉地震带，是地震多发区。记得在往九寨沟的路上，车过茂县叠溪时，有人就说起1933年地震。那次地震把整个村庄埋入江下，并形成一个“海”，故有“叠溪”之称。想不到几个月后，这里又发生了八级大地震，灾难空前惨重，羌人和全国人民一道再次投入抗震救灾当中。山可陷落，人不沉沦，生活在地震带上的羌族兄弟，坚忍不拔，自强不息，无数次从山裂地陷中站起来。这次抗灾牺牲的米－171运输直升机机长邱光华，就是他们优秀的代表。

每次看到抗灾的电视画面，看到我曾见过的那山那水，耳畔就隐隐传过羌笛声。北川县博物馆馆长说，地震前全县会吹羌笛的还有几十人，地震后不知能剩几人。人们在抢救，不只是抢救人，还在抢救羌族文化，抢救非物质文化遗产。文化的传承是最顽强的，从王之涣的诗篇，到九寨沟的演奏，羌笛声悠，上下千年；纵横万重，不绝如缕。我坚信地震的巨大破坏力可以摧毁大山，却不可能摧毁这支小小的竹制羌笛。

2008年6月14日于广州丽江花园

龙井与龙须

茶中我最喜龙井。

广东人饮茶以红茶居多。在穷过渡造就“三水”干部的时期，同事们上班多饮英德红茶，由于经济拮据，同事们饮的英德红茶则多为茶末，还有饮虫屎茶者（至今我不明白虫屎茶究为何物）。少饮茶降格而为“白开水”干部的我，却读《茶经》，常参与同事们坐而论茶，甚至有一次一位同事出差安徽，还特意托其捎回黄山毛尖二两，请大家啜饮，致成茶事一盛。后来我出差杭州，公余游九溪，坐龙井畔一茶室稍憩，饮龙井茶一杯，只觉茶水淡绿晶莹，幽香暗浮，竟使我悠然进入忘机之境，始知此水之神妙也。明代孙一元《饮龙井》中有两句诗，“平生于物原无取，消受山中水一杯”，正道出人生消受中一种清淡隽永的极高品格。这杯山中水，令我一直消受不尽。

几年后又一次到杭州，首先系念的仍是那一杯水。一日偕友人游西湖，先不至湖滨，而直至钱塘江边，再沿山溯溪流而上，寻访龙井。一路峰回路转，溪水明灭，茶垅层叠，林木漫展，由山巅至溪畔，依然苍翠的老松修竹与叶已尽落的白杨水杉相环绕，密密匝匝，如烟如雾，亦梦亦幻，因苍凉而更显昂昂生机。路过一茶室名溪中溪，前有一小湖，因饱含山色而碧如翡翠。遥望鸡冠垅挂下的瀑布，像从天际抛过来一条白练，要将这块翡翠裹挟了去似的。瀑布由源于杨梅岭的青湾、宏法、唐永、方家、渚头、云栖、小康、佛石、百丈等九条小溪及源于龙井的众多小涧汇合而成，流入钱塘江，是为八景之一的“九溪烟树”胜景。从九溪汇合处前往龙井，我带错了路，绕道杨梅岭、烟霞洞、翁家山，多走了近一倍的路程。几经问路，至龙井村已疲惫不堪。

龙井位于南高峰的风篁岭上，原名龙泓、龙湫。龙井泉早在三国东吴赤乌年间(238—251 年)已发现，葛洪曾在此炼丹。古人以为此泉与海相通，必有龙，故名龙井。

本想进龙井寺茶室，路边遇一售茶者，邀我们试饮，矮凳小炉，自有风味，就于道旁坐下，一杯之后，神气顿感清爽。询问售茶人，姓张，五十余年纪，实为茶农，承包茶山五亩许。听其谈吐，知是个有较高文化素养之人。我翻翻茶案上一册《莎士比亚戏剧集》，问及身世。他说他原本是中学教师，在那政治风云动荡不安的年代，回乡务农，种茶三十余年，现已不识茶外世界。

他侧头望望已经偏西的太阳，含笑问：

“先生看看龙须好吗？过一会儿光线暗下去，它就不出来了。”

“龙须？什么龙须？”友人好奇地反问道。

“龙井里有龙，龙有龙须。这龙须是难得一见的，谁见到谁就能交好运。”老张笑着站起身。

龙井在一个小山丘上，井口呈圆形，水深约两米，清澈见底。四周奇石林立，古木蔽日。我们跟着老张走到井旁，老张从地上拾起一根树枝，用力在水面上搅动几下，水花平复之后，隐隐显出一条蠕动的由外向里逐渐收缩的波纹。

“看见没有？”老张指着波纹，“这就是龙须。”

友人从老张手中接过树枝也在水面搅动几下，水纹又出现了。

“我们真好运！我们真好运！”友人高兴地喊起来。

“这有什么科学道理吗？”我问老张。

“要讲科学嘛，”老张笑了，“龙须又叫分水线。这是由于井下有两股泉水，上层水与下层水的比重与流速不同，搅动后，在它们重新归于平静时，就会显出一道分水线。”

“那为什么又说是龙须呢？”友人追问。

“呃，龙须还是龙须嘛，”老张道，“龙井的水位常年不变，相传它通海，因而有龙，有龙就有龙须。”

听了老张的解释，我们只好含笑默认了。

老张引领我们一面看过乾隆皇帝题写的“湖山第一佳”摩崖石刻及神运石等景点，一面说起当年苏东坡到此与僧人品茶论道和乾隆皇帝在此采茶、建行宫的故事。边看边听，我暗自庆幸遇上了一位好向导。

回到老张的茶案，老张又泡上特级、一级、二级三种龙井茶，令我们流连着不忍离去。

“龙井茶的泡法似乎不讲究。”我指指案上热气袅袅的玻璃杯。

“讲究。饮龙井茶宜淡不宜浓，所以泡法讲究清淡，没有繁文缛节。”老张从放茶叶的铁皮箱里拿出一个抄本，翻开一页说，“这是清代傅玉霞讲龙井的一段话，我念念，‘啜之清淡，似觉无味，饮过后觉有一种太和之气，弥于齿颊之间，此无味之味，乃至味也。’傅玉霞是个真饮家，把龙井茶的个中三昧体察得真真切切，说得清清楚楚。为了得到无味之味，冲水后不可加盖；冲五次，以第三次为最佳。

“龙井茶有色、香、味、形‘四绝’：色，绿中带黄；香，犹若幽兰；味，其味甘醇；形，扁整平美。冲水后，这‘四绝’要呈现出来，所以泡要得法。”

“听说真正的龙井茶树只有十八棵，是吗？”我问。

“那是传说，或者最初只有十八棵。”老张想了想又说，“不过，现在龙井茶也不多。龙井村有茶山四百七十五亩，每年产茶五万斤，其中特级茶只有一千多斤。”

“怎么样才为特级茶？”

“每年清明前后采的茶是特级，谷雨前后采的茶是一级，再后来就是二级、三级了。”

“原来茶的等级是由采茶时令决定的。”

“采到好茶叶不一定能制出好茶。”老张说明，“炒茶靠真功夫，电脑不能代替。炒之前要看茶色、气候，然后考虑用火。没有十年八年的功夫，不敢说能把火候把握好。”

“学问还蛮大呢。”友人赞叹道。

“那当然，”老张自信地一笑，“所以茶农要多有那么一点文化才好。”

“龙井茶是不是最好的茶叶？”我提出了一个新的问题。

“这不能笼统地说，”老张笑笑，“茶分绿茶、红茶、花茶、乌龙茶几大类，各有特色。我国的绿茶以龙井、碧螺春、黄山毛尖最为有名，一般认为龙井为最。”

老张又给茶杯加上水，提醒道：“这是第三冲了。”

望望葱茏的茶山与相对而坐的茶农，端起茶杯，一种淡然的无味之味荡漾开来。

1993 年 2 月

石 语

世界上有鸟语、兽语，但也有石语吗？

我想是有的。如若没有石语，曹雪芹怎能根据一块顽石的记述，写下了那么一部千古不朽的《石头记》呢？考古学家和地质学家怎能凭几片岩石，把人类和地球的历史，追溯到无尽远的过去呢？

我不是“假作真时真亦假”的富于想象力的大艺术家，也不是以石块为书卷的科学家，但我却常常听到石的话语，常常同似乎处于永恒沉默中的岩石对话，特别是在美丽而深情的厦门岛。

到厦门的人，都喜欢在环海的鼓浪屿，在长长的集美海堤，在厦门大学和湖里炮台前面的沙滩和山巅，甚至在梵钟阵阵的南普陀寺，听海的嬉笑，海的细语……

我却喜欢去访万石岩，听它们的笑、诉和呼号。

万石岩植物园内有“太平石笑”一景。一石开口大笑，其状毕肖，上镌“石笑”二字。未走至前，远望已觉其憨态可掬，似已闻訇然笑声，即近，似又无声，凝听片刻，则泠泠心音由衷而发，非绝俗之石笑，不能如此童趣清远。如若笑也分品的话，此笑无疑应列为上品。雍正辛亥年间，有人在石上刻一诗，虽近打油，却自有一番俏趣，现录于后：

忽见石开口，不闻石有声。
夜因吞月光，朝为吐云情。
饮露千年绝，餐风一味清。
太平真好景，长笑息兵征。

从这诗，可知前人认为这块饮露餐风的奇石只会默笑，而不能发声，而我却听到了它那欢畅的笑声，也许是时代不同了吧。

两次到厦门来，福建省出版局副局长杨云同志都提醒我到万石岩走走。到厦门不可不到万石岩，他说。杨老任中共厦门市委宣传部长多年，对厦门的好去处了如指掌。万石岩为无数奇岩怪石叠成的峰峦，故有“万石朝天”和“万石锁云”的景观，历来为厦门名胜之地。中华人民共和国成立前，此处被驻军弄得房毁木摧，恐怖四伏。中华人民共和国成立后，几经整修开辟，成为全国著名的植物园之一。内中许多植物，为国内所罕见。我常陪作家到广州华南植物园参观，但万石岩植物园的一些植物，却是华南植物园所没有的。在葵类植物区我看到了贝叶树。相传最早的经文就是写在这种狭长的有韧性的叶子上的，故称贝叶经，成为佛门的圣物。高大的外观似葵树也似面包树，据说在那巨大的树干内储满淀粉，一棵树可取供食用的淀粉数十斤至数百斤。这种树绿叶婆娑，生机盎然，但不知为什么不能普遍栽种。这里的兰圃规模很大，培栽了两千多种兰花。最惹人注目的是岩旁路边尽情开放着的三角梅。三角梅即簕杜鹃，被厦门市民尊为市花，引为骄傲。在厦门，到处可以看到三角梅，可以说三角梅陪伴着家家户户，但万石岩则是三角梅荟萃之地。由于技术人员的悉心培植，园内的三角梅有数十种之多，花色不仅有红、紫、黄、白，还有浅紫、淡青。浓密的花丛，或从岩上垂下，或在溪旁拔起，忽隐忽现，像飘动的霓虹。肉质植物馆那些重达数十斤的仙人球虽不令我吃惊，但默默为它们付出心血的人们却令我敬佩。他们像这些沙漠植物一样，得到的水和养分是那么的少，但却顽强地同环境奋争着。植物园的负责人同我说，“文革”中植物园被毁，他在受批斗被看管当中，竭力保存下一些肉质植物品种。这些品种要几十年甚而上百年才开一次花，他这一生可能看不到它们开花了，但为了它们开花，为了给后人的生活增添色彩，他将付出毕生的血汗与忠诚。“太平石笑”看尽了战乱和“文革”的灾难，如今满目太平景象，怎能不笑口难合，向我诉说它的感慨与欢愉呢？我摸摸它，感到了它扑扑的心跳，感到了它浑身散发出的热气。

南普陀寺前有一棵古树，紧依古树有一块略呈三角形、高约两米半、底部埋于土中、腹部有个圆孔的大石，名箭穿石。顾名思义，此孔大约为某年某月某神箭手所射，但地方掌故却无诸如此类牵强附会的传说，不像辽东半岛凤凰山上的穿孔石，相传是薛仁贵一箭射去，留下了箭孔云云。耐人寻味的是箭孔石的俗名为钱孔石，在当地人口中，钱孔石要比箭孔石响亮得多。石孔长宽约半米，状若铜钱，传说谁若能从圆孔钻过，便可发财。这虽是无稽之谈，还是有人愿意信其灵的。孔周甚光滑，可知确有不少人硬着头皮往钱眼里钻。当地朋友讲了一个笑话，说有一胖子酒醉饭饱之后利欲顿炽，便前来钻钱孔石。孔夹其腹部，进退不得，竟日号叫。后节食刷膘（用现代的话来说是减肥），再往钻之，果然得出。不数月此人因胃疾身亡，收纸车纸马和纸钱累万。路人叹曰：“富已矣，灵也！”我站在钱孔石旁，问它何以欺人？石淡淡一笑说：“非我之过，君不见南普陀寺里的善男信女中间，有多少黄金梦幻者？在梵钟阵阵、香烟袅袅的佛门净地，尚且如此，何况我这块硬被涂上铜锈的石头，怎不引人胡思乱想？”

南普陀寺具有典型的南方寺院风格，华丽、俊逸，如云中仙阁。藏经阁藏有中外佛典经书数万卷。其中有较珍贵的《碛砂藏经》《明大藏经》，有弘一法师的手稿《佛说阿弥陀佛》，有明崇祯年间虔诚信徒和沙弥尼刺血书成的《血书妙法莲花真经》，有日本外务省赠送的《日本大藏经》。南普陀寺不仅因其藏经闻名，也因其素菜而为佛俗两界人士所向往。《厦门日报》为庆祝创刊三十周年，在南普陀寺设素菜筵席招待各界人士，我与作家苏晨有幸被邀。僧人们制出曾受郭沫若赋诗称赞的“半月沉江”等名菜，确实不负盛名。福州鼓山涌泉寺的素菜亦佳，前年赴闽，作家郭风、何为曾在涌泉寺赐饭，得以品尝，但比起南普陀来，涌泉似乎稍逊一筹。席间看到香港歌星蒋小姐，据说她是在香港得过大奖的，这次回家乡演唱，纯属义演，不知确否？我对她印象颇佳，从直感上觉得她比较朴实，不像从香港那个拜金社会过来的人。她在海上世界为参加庆祝活动的人演唱时，问大家想听什么歌，开放之初，内地观众还不惯于与演员互动，大家不语，她急了，竟喊：“同志们，同志们，我求你们理我呀！”纯真之情，荡然音间。在素席宴上，她腼腆地坐在最不惹人注目的地方，神态拘谨起来。后来我才知道她把我们这般人都看成了“领导”，而她又不知“领导”有多大。名寺佳肴，大家都吃得似乎比开心罗汉还开心，我的心却总有点惴惴然。我听主人说过，在海上世界招待大家吃自助餐那一次，餐具似乎同食物一起被人吞了下去，船方清点后，要宴会主人赔偿了数百元。因小利而失礼，因大利而忘义，尚不为其人，我想到钱孔石那个光滑的钱孔可能千百年后还会如此光滑，我祝愿发生在海上世界的丑事不要在南普陀寺重演，毕竟这是佛门净地嘛！

钱孔石好像听到我对它的诅咒，当我走出南普陀寺，它把我唤住了。月华泻地，五老峰巨石上那个佛字，闪烁可辨，依山而建的一大片寺庙，缥缥缈缈，似欲腾空飞翔，不远处传来海浪的吟唱。钱孔石低声告诉我，它本是海里的一块礁石，后来露出了水面。它身上的所谓钱孔，是长期海水冲击侵蚀形成的海蚀洞。听了钱孔石的话，我感到这石头倒有些科学精神，不像那些钻钱孔的人。闽南民间早有“沉东京，浮福建”的说法，《山海经》也有“闽在海中”的记载。据说千万年以前，福建许多地方还被海水覆盖，在它的东面却有块叫东京的陆地，沧海桑田，地壳升沉，福建浮出水面，相传的东京却没入海波。钱孔石和厦门许多附着牡蛎壳的石头，就是这次地壳运动的见证。一次地壳运动在宇宙的历史长河中，不过是一瞬间，一个人的一生又何其短暂，为何还要将生命销蚀在钱孔中去呢？钱孔石有许多话对地质学家、考古学家讲，对钻钱孔者则真可谓话不投机了。

厦门最负盛名的游览地，要数鼓浪屿了。鼓浪屿原名园沙洲，后来易名，与岛上的鼓浪石有关。

鼓浪石在鼓浪屿的西南端，体积巨大，因长年累月受海水侵蚀，中间形成一个竖洞，洞顶累一石，人可在洞中穿行。每逢涨潮，浪涛拍击岩壁，发出隆隆如鼓的巨响，其景如海涛抡起千百条手臂在擂一面大鼓，故名。距鼓浪石不远的日光岩莲花庵石洞中，有一副明代石刻对联云：“浪击龙宫鼓，风敲梵刹钟。”鼓浪石没有告诉我它是否来自龙宫，只道它给操练水师的民族英雄郑成功助过阵，给鸦片战争中以身殉国的民族英雄陈化成致过哀。陈化成在与敌肉搏中，壮烈牺牲于吴淞口。他的遗体归葬厦门时，沿途数十万群众列队送灵，跪拜奠祭。上海、厦门、揭石、金门、澎湖、台湾等地，均为他立祠勒碑。如今在鼓浪石的鼓语里，有对历史上民族英雄的缅怀，也有对亲人团聚的召唤。每日晨昏，它擂响大鼓，鼓声传到大担二担，传到大小金门，传到澎湖台湾。

在厦门访问期间，我和苏晨在当地驻军陪同下，访问了紧临金门的湖里炮台和前沿阵地。在哨所，隔一条不宽的海峡，金门的景物尽收眼底。西边，大担、二担、三担、四担、五担几个小岛，像几个按大小顺序排列的青螺和蹬石，把金门和厦门的境地连接起来。前沿哨所的一位连长告诉我们，炮战早已停止了，只是去年厦门与上海通航，轮船从这个海峡通过，对方象征性地打了几炮。哨所的绝大多数指战员，都没经历过当年的炮战。不久前，对方几名士兵误登属于我方的三担岛，我方立即将人送回，对方为了表示感谢，送了几箱易拉罐装啤酒，我方前沿驻军赶忙找了几箱青岛啤酒回谢。对方官兵喝到青岛啤酒，赞不绝口。两边的官兵都是年轻人，上一代人的仇恨对他们来说，已经很遥远了。在湖里炮台我开玩笑地对苏晨说："早些年，对面有我许多老乡呢。"苏晨问："怎么金门会有你那么多老乡？"我笑了笑："你看过电影《渡江侦察记》吗？影片中那个国民党的六十八军，原先驻扎在开封，淮海战役时退到蚌埠，以后守江防，后来就长期驻在这个金门岛了。抗日战争中，我父亲的部队同这个六十八军曾经在一起驻防，同这个军的头头可以说是同僚，因此我对这个六十八军颇有些印象。它里面大多数是河南人。"苏晨说："你的那些老乡早就老了，退役了吧？"我说："也是，但他们的儿子、孙子，仍是我的老乡嘛……”大家都笑了。笑过，我想用河南话高喊几声，使对方听听乡音。海峡虽不宽，但人语毕竟是传不过去的。

当晚，我沉默地坐在鼓浪石上。石安慰我道：“他们能听到我的鼓声，我的鼓声交织着乡音、心音，传至彼岸，震动着无数人的乡梦。”

石语惊天。

我喜欢同石对话，因为石有一颗真实的心。

1985 年秋

偶访林森藏骨塔

1984年9月19日，与康濯、骆文等二十余位作家和编辑，同游百洞山。百洞山在连江县境内，由福州驱车，沿闽江西行约九十华里，经马尾、亭江、琯头，即达山麓。山上岩洞垒垒，奇岩怪石则多肖形拟人，故有百洞山之称和一百〇八景之胜。

是日天色不佳，时下小雨，磴道溜滑，但大家游兴未因之而稍减。康老、骆老更是奋力向前，不甘落后于年轻人。过半山亭，至蝙蝠洞，渐入佳境，大家正欲往上攀登，忽见蝙蝠洞旁有块平地，上立一高约五米的石塔，遂往观之。塔身正面镌刻“参议院议长林森藏骨塔”一行大字。再细看上款下款，始知此塔为1926年林森所建。塔欠宏伟，却颇精致。全塔连塔基的台阶计，共十三个层次。上有四龙头、四佛像、伏龙、伏狮、伏虎、伏象及琴棋书画等石雕。福建的石工名匠颇多，这些石雕堪称艺术品。整座塔完整无损，保护良好。后据向导说，此塔也曾一度倾圮，近年政府拨了七万元重修。所以，仔细看去，各种石件，新旧参半。如四龙头是原来的，四佛像及伏龙、伏狮、伏虎、伏象，却是请名匠重雕的。碑身四周的石面，也是两新两旧。在百洞山看到林森藏骨塔，特别是看到重修的林森藏骨塔，我来前是未曾想到的。正因为有些突兀吧，这座不算宏伟的石塔，激起我许多遐想。

我知道林森这个名字，是在读小学的时候，那时正值抗战年间，《常识》课本里不免多了些“政治”内容。我们这些小学生为了应付考试，就得熟记诸如此类的课文：“国民政府主席林森，监察院院长于右任……”为了把枯燥无味的《常识》讲得有趣些，老师往往将一些道听途说的传闻添枝加叶讲给我们听。因此，我知道这位“国府主席”似乎处于无权的地位，用现在的话说，就是被架空了，晚景颇为“清冷”。待年事稍长时，我知道当年老师讲的确非全是杜撰，林森同他的“下属”蒋介石的关系确实耐人寻味。1931 年底蒋介石被迫辞去“国民政府主席”职务，1932 年元月，蒋介石捧林森出任“国民政府主席”，同时修改政府组织法，规定：“主席为国家元首，不负实际政治责任。”1943 年 8 月 1 日林森病逝重庆，蒋介石自任“国府主席”，又同时修改政府组织法，规定：“主席为国家元首，负实际的政治责任。”真乃妙绝，一个“不”字的加减，使林森做了十二年的摆设。正如于右任气愤时说的：“人家都说林子超（即林森）是傀儡，实际上他连傀儡都不如，只是一张相片。”

小时候虽不知其详，总感到这老头有点可怜，每当在阅览室的挂图上看到他那一绺白胡子，心里就不由得升起一种朦朦胧胧的不平感。

他的字也给我留下了深刻的印象，其原因不是我觉得他的字好，而是不明白为什么大人们要说好。我家有个客厅，很大，至少有五间房那么大。这客厅除了父亲偶尔回家用一用，平日是很少有人进去的。它阴森森的，以至于我同小兄弟们怀疑那里面住着一个狐仙，并编造了一些自己吓自己的故事。可有时候，我又喜欢独自一个人悄悄地躲在里面，打开那架靠在墙边的凤凰牌风琴，按一个音键，侧起头，好奇地听着音符在空冷的大厅里发出的嗡嗡回声。每当回声消失，我都要望望墙壁，怀疑那回声钻到墙上的字画后面去了。听大人讲过，这些字画中间，有林森、于右任写的条幅，并且是极珍贵的。有时我凝视着他们写的条幅出神，不明白大人为什么这样郑重其事地将它们挂起来。

若干年后，当我明白了那些条幅的价值时，它们早已在1944年日寇进犯中原的战火中，同那间客厅一起被毁了。

如今我站在百洞山上的林森藏骨塔前，自然要想起幼时的《常识》课本，想起那间空冷的客厅和墙上的字画，同时也生发出一些关于人、历史和战争的感叹。

林森老先生生于1867年，早年曾任职海关，1905年加入同盟会，为国民党元老。辛亥革命后，他出任南京临时参议院议长，1913年4月，在北京举行的首届国会上被选为参议院全院委员长。藏骨塔上的“议长”，大约即指此而言。1925年孙中山先生逝世后，他同邹鲁、谢持等人在北京西山孙中山先生灵柩旁开会，公开反对国共合作，反对孙中山先生的“联俄、联共、扶助农工”三大政策，另立国民党中央，被推举为西山会议派的中央常委兼海外部部长。可以说，在国共两党的关系史上，林森老先生是反对共产党的“先导”之一。但君子怀人以德，今天人民垂念的却是他作为一个老同盟会员，在推翻帝制的资产阶级民主革命中所做的历史贡献，和他在抗日战争中支持国共合作，共同抗日的一片爱国热忱。

林森老先生是闽侯人，百洞山原属闽侯县。他建藏骨塔于此，大概含有终老山林、终老故土的心愿吧。果真如此，他的这个心愿是实现了的。但在林森老先生的老朋友中，有这种心愿而不能实现的，又有多少呢？

想至此，我不禁默诵起于右任老先生在台湾写的那首凄婉痛绝、传诵一时的诗：

葬我于高山之上兮，
望我故乡，
故乡不可见兮，
永不能忘！

葬我于高山之上兮，
望我大陆，
大陆不可见兮，
只有痛哭！

天苍苍，
野茫茫，
山之上，
国有殇。

于右任老先生已于1964年11月作古了。但他至今未能葬于故乡，至今仍在“望我大陆”。在这一点上，林森老先生是幸运的。重庆，有他的墓，故乡，有他的藏骨塔。他的许多羁留在海峡那边，作古的或健在的老同事，是要羡慕他的。

雨下大了，石塔上布满了水痕，好像林老先生听到了海峡那边“大陆不可见兮，只有痛哭”的哭声，也在流泪。

我们冒雨前行，沿山道迂回而上，穿越几个岩洞，直达青芝寺。据说，青芝寺因此山草木间多生青紫色的灵芝而得名，初建于唐。明万历年间闽县人侍郎董应举和宰相叶向高曾在此读书。几经兴废，现存的青芝寺为林森等集资重建。外形为西洋别墅式，内面则是中国庙宇布局，在佛寺建筑中别具一格。旁有林森别墅，一底一楼，甚简朴。现均修葺一新，供游人观赏。

再往上，伫立石壁远眺，烟雨苍茫处，据说是闽江入海处。闽江口外，有马祖岛。马祖岛外，应该就是台湾海峡了。

1984 年 10 月 15 日

悠悠雪原

列车穿过外蒙古，到纳乌什基车站上来了俄罗斯的边检、海关人员。列车员老王一面招呼他们，一面向车厢高喊："都把护照拿出来，准备检查。"他又把头探进包厢低声说："喂，谁带有花生米？谁带有酒？人家要喝酒吃花生。"

车外是零下近四十度的严寒，车内闷热。绝大部分乘客是到俄罗斯跑生意的，他们把这个小站纳乌什基看作鬼门关。他们带的那些皮夹克、毛线衣、游戏卡、计算器之类的宝贝货物能不能顺利通过，要不要罚款或罚多少，以至于这次莫斯科之行是赔是赚，就看这一关了。有些乘客在慌乱与紧张中，不停地拭抹额头的汗珠。一种压抑的寂静弥漫开来，慢慢地，像寒夜的雾水一样，凝结成一片冰珠。

寒气袭来。在这个关口上好像只有我是个局外人。我望望窗外轻叹了口气：

"唉，这就是西伯利亚了。"

"西伯利亚"一词对许多中国人来说并不陌生。因为北半球的

“寒极”就位于俄罗斯的北极圈内，所以气象台经常预报西伯利亚寒流的南移情况，似乎中国的寒冷都来自那个辽阔的大陆，俄罗斯的一些文艺作品更给人以西伯利亚即流放地的阴森感觉，所以中国人常把西伯利亚看作严寒、神秘、不祥之地，并借用它来形容自己国土上那些边远、贫穷的地区。但西伯利亚的大森林、大雪原吸引着我，我对它有一种执着的向往，1990 年我从莫斯科归国，本想通过西伯利亚，后因上不去火车而作罢。

在车上遇到河北某学院一位多次到俄罗斯讲学的教授，谈到我的行程，他不无遗憾地说：“西伯利亚八九月最美，五彩缤纷，这时候就没什么好看的了。火车走了三天，你看看窗外，可能你会感到火车在原地未动，因为窗外的景色不变，一片白雪。”

“我是来看雪原的。西伯利亚大雪原总会别有一番气象。”

现在，车窗外就是我向往已久的西伯利亚大雪原了。

俄罗斯边检、海关人员在车上折腾了三个多小时，列车再启动时，已是北京时间凌晨，但按莫斯科时间计，还是夜半，只能透过积雪的反光，看到房舍和树林的黯淡轮廓。俄罗斯边检、海关人员一下车，车内顿时热闹起来。人们走来走去，互相诉说。有因挨了罚而掉泪骂街的，有因侥幸过关而高谈阔论的，更有人把货物从箱底、铺下抖擞出来，准备天亮后到所经的车站上叫卖了。

天刚亮，看到了贝加尔湖。列车在乌兰乌德站转上西伯利亚大铁路。铁路在这里向西南延伸，像一只短袜，紧贴着贝加尔湖的“脚部”，绕了一个半圆。贝加尔湖这只“脚”可大了，列车绕着它整走了半天。

贝加尔湖是世界最深的湖，最深处达一千六百二十米；南北长六百余公里，东西宽二十五至八十公里，水容量超过波罗的海，积聚了全球淡水资源的五分之一。古时候，我们中国人称它为北海，“贝加尔”就是“北海”的讹音。当年，西汉使节苏武被匈奴且鞮侯放逐羁留之处就在这里。“苏武留胡节不辱，雪地又冰天，留胡十九年，渴饮雪，饥吞毡，牧羊北海边。”这是小时候常唱的《苏武牧羊》中的一段歌词，唱起来很悲壮。在苏武的故事中，也有浪漫的一面：一位胡女爱上苏武，在冰天雪地中给苏武生了一对儿女，可见西伯利亚的酷寒冻不死苏武，也冰不死爱情。那时，匈奴的势力已伸展到西伯利亚，起码伸展到贝加尔湖周围，否则苏武的故事就失去了银色的背景。过了一百多年，大漠连年遭灾，统治集团内讧，匈奴分为南北两部，南匈奴归附汉朝，北匈奴在其他民族的进逼下，开始西迁，经过三百多年的不断西移，在公元400年前后到达匈牙利平原，建立起匈奴帝国。再过八十年，帝国瓦解，北匈奴遂与当地民族融合。在北匈奴进行民族大迁移时，他们走过了西伯利亚，也许正是他们给西伯利亚许多地方留下了第一行脚印、第一堆火烬、第一具尸骨。

贝加尔湖的湖面已经冰封，灰蒙蒙像一个积满历史微尘的巨镜。天也是灰蒙蒙的，往远处看，看不到天地的分界。湖边有一叠一叠如皱褶一样的积冰，给这面挂在天际的镜面镶上花边。几艘游艇和渔船冻结在冰层上，偶尔有一两个渔人把冰层凿穿，坐在洞口垂钓，身边燃起一堆冒着浓烟的篝火。除此之外，贝加尔的镜面上没有其他映像，在极致的空蒙与寂寥中，我感到令人震慑的冷峻与庄严。岸上，是无边无际的雪原。白桦树、落叶松、红松、冷杉织成的森林带在雪原上缭绕，或疏或密，或宽或狭，像不断变幻的乌云，带着雷声也带着亿万年的寂默在泛出青光的雪地上滚动。一带怒气冲冲的山岗，呼呼哧哧奔跑着喷出一团团雾气，吃力地由东向西伸展，但终于敌不过雪原的恢宏，臣服在雪原混茫的怀抱里，化成了一个个温柔的漫坡。在森林凹进去的漫坡地上，常出现一片尖顶、两披檐的带阁楼或不带阁楼的木屋。这是西伯利亚人的村庄，质朴、洁净而美丽的村落。

斯柳迪扬卡是贝加尔湖岸边的一个小站，列车上的中国生意人开始在这里售物，顿时每个窗口都成了售货窗，人们举着或抖着衬衫、围巾、拖鞋、夹克叫卖，有人还走到站台上兜售，顿时列车上下变成了一个琳琅满目、混乱不堪的大货场。与我同乘高包车厢的一个“代表团”，也人人摩拳擦掌，奇迹般拿出各色物什，走向“市场”。更令我诧异的是那位坐在普通车厢里的教授，也不甘示弱，老当益壮，在窗口高高举起一件色彩艳丽的拉毛毛线衣。

列车员老王过来同我打招呼 ：“还不下去看看热闹。我看这一列车的乘客唯一不卖货的就是您了。”

外蒙古和俄罗斯的车站都是敞开式的，车站任人出入，站台好似大街。斯柳迪扬卡毕竟太小了，也许居民比较贫困，所以中国生意人初战收获不大。我在站台上散步，走到小卖部前停了停。小卖部的货架上货物很少，只有些质劣的饼干与罐头且售价不低。一罐约一公斤瓶装西红柿罐头，标价八百卢布，按当日的卢布汇价，合人民币六元 ；一罐同样包装的西瓜罐头，标价九百卢布，合人民币六元七角，更令人生畏的是西红柿呈青黑色，西瓜呈粉白色。小卖部旁边有一个书摊，一位穿厚呢大衣的老太太坐在摊后幽幽地望着行人。一个在毛茸茸的皮帽下闪着一双美丽大眼的年轻女人，拉着一个雪爬犁，爬犁上坐着一男一女穿得圆鼓鼓的小孩，目不斜视地穿过站台。匆匆赶路的行人，哈着大口大口的白气，在车窗前停一停又匆匆走开。只有一对衣帽不整、衣着似我国东北鄂伦春人的男女，在站台上踯躅徘徊，茫然四顾。小站是西伯利亚的另一方风景。

莫斯科时间中午 12 时，我看到了伊尔库茨克车站和市区昏黄的冻结成球状的灯光，黑幕由东往西拉开，徐徐覆盖了西伯利亚的城镇和原野。

第二天早晨醒来，车窗外依旧是森林、雪原和偶尔闪现的尖顶木房，真的似风光不变，时间抗不住严寒而凝固了。但就在这静止中，又出现了万千变化。

雾和火车喷出的白气搅在一起，扯出一条无比绵长的纱巾，缥缥缈缈，摇摇曳曳，挂上树梢，挂上晴空。难得一见的太阳睡意蒙眬地露出半个醉酒后的面孔，远处的雪野和近处的森林，霎时闪出喜悦的金色，好像它们已穿上缀满珠宝的衣裳，即将起舞了。一群飞鸟掠过树林上空，旋了一个圈，直冲天穹，转向东，去同太阳亲近了。挂着积雪的松林，溢出绿意，一个妇女把木屋的窗户推开，露出鲜艳的红头巾。大地五光十色，喜气洋洋，像一个童话里的舞台。但太阳酒意未醒，突然仄楞几下，又把头缩回去。阴云合拢来，急忙给太阳盖上云被，风从地下钻出来，呼地一下把积雪剥成一卷一卷，抛到半空。又开始下雪了。雪由小而大，由缓而急，风搅着雪，雪搅着风，整个雪原翻倒了，天地浑然一体，森林、房舍、大地、天空均已隐去，只剩下浩渺的一片白。这时我觉得自己在云海中飞驶，连车轮的轰鸣也感觉不到了。不知过了多久，风停，雪停，凛冷纯净的大地，陷入绝对的空寂。冷杉上的积雪更重了，有的树梢被积雪压到地面，匍匐着似在声声叹息，四极没有一个活的影子，连飞鸟都没有一只。

列车轰鸣着，像一把滚烫的裁刀，划开了大雪原亘古不变的沉寂。

当然，今天西伯利亚的人文环境已发生了很大的变化。在 16 世纪沙皇俄国征服西伯利亚时，这片辽阔的大陆只有二十万人，如今这边的人口已近四千万，1905年西伯利亚大铁路开通后，各方面都得到开发，这里成了俄罗斯重要的经济区域。但是在这里你仍然能体验到那种凝结成历史的静谧。

一个历史之谜总在我心中浮沉。匈奴人从这里走过去了，柔然人从这里走过去了，蒙古人从这里走过去了，中国强盛的汉朝即使有李广那样的大将，也未能穿过大戈壁成为西伯利亚大森林的主人，为什么远在西方的俄罗斯竟能把这么大一片土地变成自己的属地呢？也许谁也无法回答这个历史疑问。

原始的西伯利亚早已变成了现代巨人。

进入俄罗斯境内的第二个早晨，列车通过叶尼塞河。叶尼塞河几乎等份地把俄罗斯分成东西两半，是俄罗斯水流量最大的河，在这里建有发电量六百万千瓦、世界最大的水电站之一的克拉斯诺亚尔斯克水电站。天色微明，宽阔的叶尼塞河雍容地向北流去，蓝绿色的水面上荡着浮冰和缕缕乳白色的薄雾，不急不躁，风度优雅而高贵。我想，只有我们的长江才有这种风度。

又是一日的傍晚，列车经过斯维尔德洛夫斯克和位于乌拉尔山麓的欧亚两洲分界线。斯维尔德洛夫斯克郊外有一个大湖，这使我想起一部电影。革命家斯维尔德洛夫在青年时代曾与伙伴在湖上泛舟，谈论革命，也许电影所描述的那个湖就是这个湖吧。夕阳望着湖面沉思，一半湖面溶在晚霞里。当年斯维尔德洛夫倡导的革命，这几年起了很大变化，我正是要到乌拉尔山那边去看个究竟的。

列车悠悠地令人颤怵地鸣了一声长笛。西伯利亚雪原退到车后，但前面仍然是凄迷的雪原。

1994年6月7日于广州

莫斯科郊外的晚上

俄罗斯国家广播电台的呼号，是著名歌曲《莫斯科郊外的晚上》的开头几小节乐曲。

傍晚花园里，
四处静悄悄。
……

真静，多么优美、多么安谧的寂静。这声音多么熟悉啊！有时一个人坐在公寓的宽大客厅里，听到这熟悉的声音，望望墙上的油画和脚下的地毯，望望窗外的雪、高楼和森林，还以为是在中国的家里呢。这首歌在中国传唱多少年了？现在的年轻人仍在唱，因此它是多么熟悉、多么牵人思绪啊！

从中国的家的窗口望出去，哪有雪与森林呢？

啊，这是莫斯科。

有一阵我住在莫斯科接近郊区的地方，我常常能够领略莫斯科郊外的晚上的景色。

莫斯科的市区与郊区很难划分。大莫斯科面积八百七十九平方公里，如包括外围绿化带共有一千七百二十五平方公里。城市布局呈环形和放射状，从内向外分别为林荫道环、园林路环、莫斯科环城公路和大莫斯科环城铁路。街市与森林交错，街市里有森林，森林里有街市，所以很难找到市区与郊野的分界线。我想，莫斯科的美丽与神秘就在于此吧。它的街市里有郊野，它的郊野里有街市，正像它的美丽覆盖着神秘的面纱，它的神秘裹着美丽的披肩一样。

莫斯科一词的语源有三种说法，其中一种说法是它来源于卡巴尔达语，意为密林。古代莫斯科河两岸密林遍布。我赞成这种说法。试想，如果没有密林，也就没有了莫斯科的郊野与灵气，没有了莫斯科的美丽与神秘，那又何有莫斯科？何有莫斯科郊外的晚上呢？

神奇的莫斯科森林啊！莫斯科有森林的地方，就算是郊野了。

我是冬季在莫斯科的，冬季在莫斯科只有看雪，莫斯科郊外的晚上只能是一派雪景。这景象也许没有夏季那份热烈，但却有一份更深的幽静。即使在冬季，莫斯科人也不会忘记郊外的晚上。我从高楼的窗口，常常看到森林里的点点篝火。我知道那是人们在野餐，或是一家人，或是一个集体，或是一对情侣。歌声响起，火光中闪出朦胧的人影，那是他们在起舞。

有一次看电视，看到记者对当年马林科夫的助手——苏共中央的一个负责干部的采访。蹲了三十年监狱，佩戴着往日勋章的老人向记者回忆往事时，电视播放了许多资料片，其中有一段片子记录了 50 年代马林科夫、赫鲁晓夫、卡冈诺维奇、伏罗希洛夫、米高扬等组成苏共主席团班底的那些人物，戴着皮帽穿着皮大衣，在莫斯科郊外的森林里，围着篝火烧烤喝酒。夜幕上显出一张张老猎人般的脸，他们兴奋地唱起来，唱的就是《莫斯科郊外的晚上》。声音虽嘶哑，但很动情，甚至有点甜美。这个非常奇特的场面，不能不令人生发感慨。我想，莫斯科人都会有一个莫斯科郊外的晚上吧，一个毕生难忘的晚上。

一天下午，一位朋友带一位少女来邀我到野外拍照。我同他们向森林走去。我们遇上了冬季莫斯科少有的好天气，太阳无限温柔地小心翼翼地抚摸着大地，生怕它的光辉炙伤了万物生灵。洁白的积雪懒洋洋偎依在阳光的怀抱里，伸出手臂攀着太阳的脖子诉说着，不让太阳离去。冬季莫斯科的下午太短了，才 4 点钟，天色已近黄昏。太阳红着脸，向森林后面沉去。我和同伴抓紧时间拍了几张照片，少女穿一件现今莫斯科人很少穿的红色风衣，在雪地和树林间跑着笑着，像一团火，像一面旗帜，抖动着她青春的欢愉。

“落了。”我望着终于从树梢跌下去的夕阳说。

“什么落了？”她惊异地望望我。

“太阳。”

“啊，原来是这么回事，”她笑着跑上一个雪丘，“还有一个呢，拍呀！’

雪丘上一团霞光，霞光烘托着一个姣美的笑脸。

“这张照片可题名为‘夕阳’吧？”拍过之后，我开玩笑地说。

“才不呢，叫‘早晨的太阳’。”

她回眸一笑，自顾自地沿着一条平坦的林间大路向森林深处走去。

这是一片泰加林，杉树、落叶松和白桦杂植其间，树干都不细了，交织的树枝遮蔽天空。由于晚霞的余晖，林间明亮而剔透，被积雪半埋的灌木丛，在斜射进来的霞光牵拽下，摇荡着，像一团团五彩缤纷的羽毛。羽毛织成大幕，徐徐拉开，一台伴着歌舞的浪漫故事开演了……但是我没有听到歌声，也没有遇到情侣。

在林间遇到一对年轻夫妇，男的扛着滑雪板，背着背囊，女的拉一个小雪橇，雪橇上坐两个小孩，后面跟一条小狗。这是莫斯科一个典型的幸福家庭。我们还遇到两个各领一个小孩的妇女，依在路边桦树干上大声说话。在家或在公共场所是不能大声说话的，她们跑这里练嗓门来了。

还是没有遇到浪漫而优雅的情侣。

走到道路转弯处，看到一片林间空地。空地上有一座小木屋和几张饱经风霜、样子苍老但仍挺立着的原木椅。一个老妇人坐在木椅上望天，一个老头子蹲在地上生火，旁边一个小女孩跑来跑去独自玩耍。我们上前打招呼，老人请我们坐下。我们看出他们正准备野餐，说了几句闲话，起身告辞。两位老人执意不肯，一定要我们留下同他们共享野餐。

“今天是我同她，”蹲在地上摆弄木柴的老头子向老妇人努努嘴，“同她结婚四十周年的日子，你们一定留下，权当是来祝贺的嘉宾。”

“就是嘉宾！”老太太一挥手，“让我们热闹热闹。”

生火、切肉、铺毯子，少女毫不犹豫地忙活起来，我同翻译做帮手。

夜色完全笼罩了树林，篝火点燃了。肉块在火苗上滋滋作响，冒出一股股浓香。香槟酒打开了。祝酒词说了一遍又一遍，后来两位老人给我们讲述了一个真真实实的美丽的故事。

四十一年前的今夜，一个青年和一个少女滑雪迷了路。在这里相遇了。那是一个寒冷而温暖的夜晚。一年后他们结婚，并和亲友来这里举行庆典。他们感激那一晚的寒冷，珍惜那一晚的温暖，一遍又一遍地唱那首著名的歌……

我们请两位老人再唱那首歌，两位微醺的老人动情地唱起来：

深夜花园里，
四处静悄悄，
树叶儿不再飒飒响。

少女把有些段落变成叠唱，应和着：

夜色多么好，
令我心向往，
莫斯科郊外的晚上。

很晚了，我们把老人和他们的小孙女送上有轨电车。

我回到公寓，倚窗眺望远处，高楼的灯光如瀑布倾泻，漫进一个深色的曲折缱绻的大湖。那深色的大湖，就是那片森林。那湖里究竟有多少美丽的珍珠和美丽的故事呢？我凭栏默想。

美丽和美丽不同，正如珍珠和珍珠不同一样。

这一夜，我领略了莫斯科郊外的晚上的另一种风情，一种与歌词不同的风情。

1994年9月14日于广州

后记

2016年，在编辑出版《失梦庄园》的同时，出版公司要我将已发表的散文作品选编出三部集子，形成系列，以飨读者。无疑这对我是一种鼓励与推动，在友人和家人的帮助下，初步编出了三部书稿。但编选也是创造性的劳动，需要深思熟虑，不能急于求成，三部初编书稿缺乏一种编辑思想的统领，比较粗糙和凌乱。不幸恰在此时我又病了，将交稿时间一延再延，耽误了出版公司的出版计划，特表歉意。

这成了我的一件心事，一年多来我在病中对初选书稿不断地反复调整、增删及用新稿予以充实，至今终于完成了《难忘桃金娘》《吾师吾友》《头颅》三部散文和杂文集的编选。

在此我首先要感谢许永总经理的督促与鼓励，感谢一直帮助我完成此项工作的文学评论家艾云及文学青年许丽仙、范霓、黄文生等友人与家人，感谢中国友谊出版公司和北京创美时代国际文化传播有限公司的支持和信任。

若丁 2018年4月5日于广州丽江花园

出 品 人：许　永
责任编辑：许宗华
特邀编辑：林园林
封面设计：海　云
印制总监：蒋　波
发行总监：田峰峥

投稿信箱：cmsdbj@163.com
发　　行：北京创美汇品图书有限公司
发行热线：010-59799930

创美工厂
微信公众平台

创美工厂
官方微博